D0925888

La conspiración del coltán

La conspiración del coltán

Jordi Sierra i Fabra

 catedral NOIR

Primera edición: septiembre de 2020

Diseño de la colección: Enric Jardí
Diseño de la portada: Mario Arturo
Imagen de la portada: ©Roy Bishop / Arcangel Images
Maquetación: Mireia Barreras

Dirección editorial: Ester Pujol

Catedral es un sello de Grup Enciclopèdia
Josep Pla, 95
08019 Barcelona

Impreso en Egedsa

Depósito legal: B-12.246-2020
Impreso en la UE
ISBN: 978-84-18059-15-5

Índice

LUNES

1

El tiempo, allí, parecía congelado.

Como si hubiera estado en ese lugar el día anterior.

Misma silla, misma ventana cortinada, misma luz, mismo marco decorativo, mismo aire, mismo ambiente, mismos muebles, misma psiquiatra, misma sonrisa suave, mismas formas, mismo tacto.

Todo igual.

Y sin embargo habían pasado... ¿Cuánto? ¿Tres meses?

—Tres meses —se lo confirmó Beatriz Puigdomènech leyéndole el pensamiento mientras ojeaba las páginas de su eterno bloc de notas, como si lo tuviera todo anotado en él en lugar de conservarlo en el ordenador.

—¿Ya? —dijo por decir algo.

—Bueno, es bastante tiempo.

—Depende, ¿no?

Al comienzo iba a verla cada semana. Después lo fue espaciando.

Tres meses podían ser tanto una eternidad como un soplo de tiempo.

La mujer le sonrió con dulzura.

—Me alegro de verla.

—Yo no —bromeó sin ganas.

Cuando una iba al médico, no decía «hasta la próxima» o «espero volver pronto». Lo que le gritaba el cuerpo y estallaba en el silencio de la mente era un claro «¡ojalá no vuelva a verte más!».

Con una loquera venía a pasar más o menos lo mismo.

No estaba allí por gusto.

Aunque la doctora Puigdomènech fuera una tía legal.

—¿Cómo ha estado durante este tiempo?

Magda se encogió de hombros.

—Relativamente bien, supongo —respondió.

—¿Trabajo?

—Mucho. El que no sale, me lo busco yo.

—¿Algún problema?

—Los habituales en una profesión estresante como la mía.

—¿Y en estos tres meses...?

—Los normales.

—¿Ataques de ansiedad, pánico...?

—No.

—¿Cómo se siente ahora mismo?

—Difusa —admitió.

—Una curiosa palabra.

—Difusa, extraña, con subidas y bajadas... Ya sabe por qué estoy aquí, ¿no? —Señaló el bloc de notas.

—Se acerca el aniversario —dijo la psiquiatra.

El aniversario.

La gente celebraba los cumpleaños, las bodas de plata u oro, la graduación o la fecha en que se conoció al amor eterno. Por lo menos la gente normal. Los que recordaban los «otros» aniversarios eran pasto de sí mismos. La palabra *recordar* era una espada de Damocles suspendida sobre la conciencia, tan frágil como humana. Había fechas que, simplemente, volvían a la cabeza igual que un trueno, regresaban justo en el momento preciso para retumbar produciendo un efecto devastador.

Magda miró la ventana. La cortina, blanca y transparente, no se movía. Una nube vertical llena de ondulantes pliegues. Ningún ruido procedente de la calle. Las once y cinco de la mañana y parecía la hora punta de la tarde. Hacía ya calor, mucho calor. Cada año sucedía lo mismo, o peor: después de la verbena de San Juan, el verano irrumpía con la fuerza de un infierno dispuesto a machacar la tierra. Y, según los expertos, iba a ser uno de los más calurosos.

La pausa había sido muy larga, excesiva.

—Ha pasado otro año. —Suspiró.

—Imagino que muy rápido.

—Demasiado.

—¿Recuerda lo que hablamos entonces?

Beatriz Puigdomènech no perdía el tiempo.

—Sí —reconoció Magda.

—¿Cree que ha cambiado algo?

Se miró las uñas. Tenía las manos bonitas y lo sabía. Por eso se las cuidaba mucho más que otras partes del cuerpo. Manos y pies de princesa. Armadura de guerrero.

Abollada, pero de guerrero al fin y al cabo.

—Pensé que me dolería más cuando fueran aniversarios concretos, como el décimo, ¿recuerda? Pero ya ve. El año pasado fue el duodécimo y tuve aquel inmenso bajón. Este es el decimotercero.

—Falta una semana.

—Pero es como un tren acercándose a la estación. Sabes que va a llegar y que se detendrá. Querría estar prevenida.

—Sigue siendo una mujer fuerte.

—También los grandes árboles se caen cuando el viento es huracanado.

—¿Tiene miedo?

—Un poco.

—¿De qué?

—De todo. Cualquier cosa me desarbola y me afecta. La llamé ayer para pedirle esta cita urgente porque vi una película y... bueno, ya sabe. De pronto...

—¿Qué película?

—*Días de vino y rosas.*

—La recuerdo.

—Es un clásico, sí, aunque yo no la había visto nunca porque es antigua.

—Pero va de dos alcohólicos.

—Va de muchas cosas, del amor, de tener y no tener, de la dependencia, de la renuncia... —Apretó las manos con fuerza—. Jack Lemmon bebe para socializar, incluso por su trabajo, y acaba haciendo que Lee Remick también lo haga, para no dejarle solo y compartir el momento. Terminan alcohólicos los dos, las pasan canutas y él logra salirse, pero ella ya no puede. Es la espiral de la degradación y la autodestrucción. La última escena es desgarradora. Se quieren, pero ella le dice que sin una botella la vida no tiene sentido. No puede amarle sin beber y él no puede amarla bebiendo.

—¿Cómo lo asocia a su caso?

—Tenía que haber muerto yo en lugar de él.

—¿Todavía cree eso?

—Sí.

—¿Y lo piensa de verdad?

—Sí.

—¿Por qué?

—Yo inicié aquella investigación. Yo era el Jack Lemmon de nuestra historia. Le convencí para que me ayudara, para que la siguiéramos juntos, le involucré en ella y, cuando tiré la toalla, él ya no pudo parar. Por eso le mataron. Yo me salí y Rafa, como Lee Remick, siguió con la botella, con el reportaje, aun sabiendo a lo que se arriesgaba.

—Usted no tiró la toalla.

—Tuve miedo por primera vez. Si eso no es tirar la toalla...

—¿No cree que con el paso de los años está distorsionando la historia poco a poco?

—No, no tengo esa impresión. Cierro los ojos y sigo viéndolo, como si hubiera sucedido ayer.

—Creía que habíamos superado la fase de la culpa.

—Supongo que es como un bumerán. Viendo la película, cuando Jack Lemmon arrasa el invernadero buscando esa botella escondida. No sé, creo que me vi a mí misma, solo que en lugar de buscar una botella intentaba encontrarme a mí.

—Magda, usted se volcó en su trabajo no como redención, sino porque forma parte de su vida, porque nació para hacer lo que hace y porque sabe que eso le da un sentido a su existencia. Se lo daba antes y se lo da ahora.

—Mi trabajo es todo lo que tengo —reconoció con la mirada perdida.

—Tiene más cosas, aunque no sepa verlo o no se dé cuenta.

—¿Lee *Zona Interior*?

—Sí.

—¿Por mí?

—Porque la lee mucha gente que quiere saber qué está pasando. Y le diré algo: sus últimas investigaciones periodísticas no parecen haber sido fáciles.

—Cada vez tengo menos miedo.

—¿Sigue sintiendo la tentación del abismo?

—Sí.

—¿Ideas suicidas?

—Ideas suicidas no, pero me lanzo de cabeza a la piscina sin hacerme preguntas, sin pensar en si habrá agua o no. Voy al límite. No me importa morir. Esa es la diferencia. He perdido toda cautela. De hecho, ya regresé así de Afganistán. Me di cuenta entonces, el día del atentado. Es como caminar bajo la lluvia sin mojarte.

—Lo último que he leído de usted ha tenido mucho impacto.

—Lo sé.

—Toda esa trama...

—Fue cosa de paciencia. Es indispensable en lo mío. Paciencia y olfato, nada más.

—No hay mucha gente que se dedique al periodismo de investigación.

—Porque no es fácil. Necesitas libertad para meterte en problemas. Si tienes ataduras...

—La última vez me contó que a veces discutía con la directora de la revista.

—Lógico.

—¿Por qué?

—Porque además de la directora es la dueña y las dos últimas demandas que le cayeron por mis reportajes las ganó por los pelos.

—Pero ella los publica.

—A veces me cuesta lo mío, aunque ella es una mujer valiente.

Beatriz Puigdomènech hizo un alto. Pasó algunas páginas del bloc. Grabada las sesiones, pero cada paciente tenía su propio archivo manual, escrito con las impresiones tomadas *in situ*. Magda dejó de mirar la ventana.

Aquella habitación, la consulta, la propia voz de la psiquiatra, siempre le proporcionaban un atisbo de paz.

La cordura de la reflexión.

«Vives, luego sigue.»

¿Quién dijo aquello del compromiso de la vida, del deber de exprimirla hasta el final, hasta el último aliento, porque no había nada más?

Alguien feliz, seguro.

Inconscientemente feliz y optimista.

—¿Sigue teniendo relaciones sexuales peligrosas?

Era una pregunta esperada, pero le pilló un poco por sorpresa. Demoró la respuesta.

—Es importante abordarlo —le hizo ver la doctora Puigdomènech.

—A veces hablo demasiado. —Suspiró.

—Soy su psiquiatra.

—¿Sabe por qué vine a verla la primera vez?

—Me lo dijo: le encantó que un mafioso como Tony Soprano también lo hiciera, aunque se tratara de una serie de televisión.

—La vi por casualidad y me enganchó. Me la tragué entera en una semana. Me quedé fascinada. El tipo mataba gente, le ponía los cuernos a su mujer, y luego se iba a ver a su doctora y le hablaba como si tal cosa. Tenía un trabajo estresante, eso era todo. Aquella ausencia de culpa...

—Más bien iba al psiquiatra por esa culpa que le reconcomía.

—Sí, pero salía de la consulta y como si nada, seguía con lo suyo. Eso me decidió a buscar ayuda y por eso la llamé. Pude haber ido a cualquier otro, pero la escogí a usted por puro instinto. Creo que fue por el nombre. Me pareció pomposo.

Eso la hizo reír. Pero no perdió el hilo de la conversación.

—Ese hombre con el que se acuesta...

—Néstor.

—¿Ha cambiado algo con respecto a él?

—No. Solo es sexo. No hay amor, sí necesidad. Ése es nuestro compromiso.

—¿Nunca han hablado de ir en serio?

—¿Con él? No. Sirve para lo que sirve. Es listo, un abogado de prestigio, algo *playboy*, me hace reír, le hago reír... ¿Para qué más? Cuando me llama, voy. Y cuando le llamo yo, viene.

—¿Néstor conoce su historia?

—Desde el comienzo. Al igual que Juan, mi amigo policía. Hay un antes y un después en mi vida. Antes era Rafa. Después han aparecido todos ellos.

—¿Sigue soñando?

—Mucho.

—¿Con él?

—A veces, aunque cada vez menos. Siempre que Rafa aparece en mis sueños es en plan bucólico: paseamos, estamos en una playa, vemos puestas de sol... Es todo muy dulce. Y me gusta, me deja un buen sabor de boca, aunque el despertar sea una burla, un choque emocional. En cambio, los sueños donde estoy yo sola siempre son angustiosos: pierdo aviones, pierdo maletas, doy vueltas sin encontrar la puerta de embarque, aterrizamos en lugares extrañísimos después de volar entre edificios o a ras de tierra...

—Tienen que ver con viajes.

—Casi siempre.

—¿Se ha preguntado por qué?

—No.

—Es como si quisiera estar siempre en otra parte, lejos, moverse sin parar.

—Me he quedado colgada en muchos aeropuertos y siempre mantengo la calma. Incluso las dos veces que he sufrido accidentes de vuelo.

—Una cosa es el dominio externo y otra muy distinta, lo que asimilan el cuerpo y la mente. Ahora que se acerca el aniversario, ¿no vuelve a verle muerto en sus sueños?

—Para eso no hace falta soñar. —Las palabras surgieron pesadas, cargadas de plomo—. Sigo viéndole en el suelo, muerto, con la sangre...

—¿Recuerda cuando hizo aquel test? —la detuvo la mujer.

—¿El de las mil preguntas? —Soltó un bufido—. Por Dios, me tuvo cuatro horas rellenándolo.

—¿Y qué le dije?

—Lo mismo que me ha dicho antes: que era una mujer fuerte, que sabía muy bien dónde estaba, qué me sucedía y, lo más importante, cómo solucionarlo. También me dijo que me atendería, pero que en el fondo no la necesitaba.

—Y está aquí.

—Sí, estoy aquí.

—¿Cree que me necesita?

—Sí.

—Y se niega a tomar nada.

—No me gustan los potingues.

—Ayudan. Sobre todo en momentos en los que es duro luchar.

—Se lo repito: no quiero nada químico en mi cuerpo. Vengo a verla para que hablemos, para liberarme... Supongo que también buscando un poco de paz, tranquilidad, no sé.

—¿Y lo consigo?

—Sí.

—Es bueno saberlo.

—Y le agradezco que me haya hecho un hueco en plena mañana.

—Sabe que siempre puede llamarme por una urgencia.

Magda asintió con la cabeza.

Beatriz Puigdomènech miró la hora.

—Vamos a examinar estas últimas semanas —dijo—. ¿Está trabajando en algo ahora mismo?

—Siempre tengo dos o tres temas en proceso. Investigar, buscar datos, unir las piezas del rompecabezas, es lo que más cuesta. Ahora, cuando salga de aquí, tengo una cita y, por el tono del mensaje, puede ser importante.

—La gente le cuenta cosas.

—Suele hacerlo.

La psiquiatra cruzó una pierna sobre otra y se estiró la falda. Tenía sesenta años pero aparentaba cincuenta y vestía como una mujer de treinta. Era atractiva.

Magda se preguntó por qué no sabía nada de ella.

—¿Por qué decidió ver *Días de vino y rosas*? ¿Alguien la animó? ¿Sabía de qué iba la historia? —la bombardeó Beatriz Puigdomènech.

2

El trayecto en moto desde el centro de Barcelona hasta Sant Just Desvern fue relativamente rápido. Lo malo era que iba inmersa en sus pensamientos y por dos veces estuvo a punto de liarla. Una, cuando no vio el acelerado transitar de una mujer en un paso cebra, que había irrumpido en él a la carrera tras salir de detrás de un contenedor. Logró eludirla de milagro y se llevó un buen grito de protesta. La segunda, cuando frenó de urgencia y la rueda delantera se detuvo a menos de un centímetro del automóvil que la precedía. Por suerte su maravillosa Honda NC750S era estupenda y tenía buenos frenos.

Cerró los ojos y trató de aislarse.

Ir a ver a la doctora Puigdomènech solía zarandear sus emociones. Entraba hecha un lío, a veces al límite, y salía del revés, con la necesidad de reordenarse a sí misma y asimilar lo hablado. Por supuesto, si no se abría allí, con ella. Así que acababa haciéndolo. Se abría y se enfrentaba a sus miedos y a sus fantasmas.

Ella, que tenía fama de ser una mujer fuerte y segura.

Un bloque de mármol o una puerta de acero, infranqueable.

Se detuvo justo al entrar en Sant Just Desvern por la N-340 para comprobar la dirección. Utilizó el móvil para revisar la distancia. Estaba cerca, aunque tenía que dar una vuelta. Retomó el camino y la moto se adentró por algunas calles vacías, con viviendas unifamiliares a ambos lados. Casitas menudas, cuidadas, con pequeños jardines y verjas de hierro añejas. Casi parecía mentira que tan cerca de Barcelona todavía hubiera gente que pudiera vivir como en el campo.

No del todo aislados, pero sí en relativo silencio.

Al llegar a la calle y encontrar la casa detuvo la moto.

Era una casa como cualquiera de las otras repartidas por la zona: una planta, muros de piedra, hiedra escalando algunos trozos, ventanas necesitadas de pintura protegidas por batientes o cortinas, techo de tejas y una chimenea. Esto último se le antojó un lujo. Poder encender fuego y ver arder unos troncos en invierno, con un chocolate caliente en las manos.

O haciendo otras cosas.

Quizá Sonia recibía en su casa.

La otra vez no se lo había preguntado.

Al abrir la puerta de hierro de la cancela metálica, se oyó un gemido corto y seco debido a la falta de aceite. Un chirriar que tal vez era una especie de aviso de que alguien llegaba a la casa. El jardín estaba desarreglado. O la primavera no había pasado por allí, o a Sonia no le preocupaba su aspecto. Media docena de parterres con restos de flores secas se alternaban con círculos de piedra de entre los cuales emergían árboles de ramas necesitadas de agua. El suelo estaba formado por piedras blancas que crepitaban bajo las pisadas.

Magda se detuvo ante la puerta.

—Allá vamos —dijo.

Llamó al timbre. Al otro lado se oyó el tintineo de una campanita.

Y, tras él, el silencio.

Esperó unos segundos antes de volver a pulsar el timbre. Mismo efecto, mismo resultado.

—¿Sonia? —llamó en voz alta acercando la boca a la madera.

Nada.

La había citado ella. Y el tono era urgente. Más que urgente: ansioso. Como si se tratara de una cuestión de vida o muerte.

Después de oírlo tres veces, se sabía el mensaje de memoria:

«Magda, tengo algo muy gordo. Muchísimo. Quizá le interese. Venga a verme hoy mismo si puede. Llame antes, aunque estaré en casa. Lo que he de contarle es muy serio y... Bueno, ya lo verá. Lo que está claro es que no será gratis, ¿de acuerdo? Por favor, la espero».

Eso había sido la tarde anterior.

Y no lo había escuchado hasta la noche, pasadas las doce.

Llamó a Sonia. Después de media docena de tonos había saltado el buzón de voz. Le mandó un *whatsapp*. Sin respuesta. A la una, el último mensaje de Magda había sido:

«Vendré mañana por la mañana, pero no a primera hora, tengo una cita. Supongo que pasaré por su casa a eso de las 12.15 o las 12.30. Si no va a estar, avíseme».

Eran las 12.27.

Magda regresó a la calle. Miró a derecha e izquierda: nadie a la vista.

Y, aunque preguntara, el barrio daba la impresión de ser un mundo en el que cada cual vivía en su casa. No era como una escalera, puerta con puerta, donde los vecinos oían hasta cuando el de arriba iba al baño.

Por si eso no era suficiente, el trabajo de Sonia no era habitual.

Magda volvió a cruzar el jardín. Esta vez, además de pulsar el timbre, llamó a la puerta con los nudillos. Tal vez estuviera dormida. Si trabajaba de noche...

«Algo muy gordo. Muchísimo. Lo que he de contarle es muy serio.»

Y, por encima de todo, el tono. La fuerza de las palabras. La ansiedad.

Sacó el móvil del bolsillo y marcó el número de Sonia.

Mientras esperaba, no muy lejos, al otro lado de la puerta, oyó nítidamente los zumbidos que su llamada producía en el móvil de Sonia. Y, de nuevo, la voz del contestador: «Deja tu mensaje. Te llamaré lo antes que pueda».

El móvil estaba allí, a un par de metros. ¿Acaso había salido de casa sin él? ¿O dormía tan y tan profundamente que era incapaz de oírlo?

Se alejó de la casa y miró las ventanas de la fachada. Estaban cerradas. Caminó hacia la izquierda y escrutó las de ese lado: el seto que comunicaba con la casa de al lado estaba a menos de dos metros. Hacía calor, mucho calor, pero todas tenían el mismo aspecto. Llegó a la parte de atrás. Había una segunda puerta que daba a una pequeña glorieta de madera en no muy buen estado.

Probó con la puerta sin éxito.

La siguiente ventana, sin embargo, solo estaba entornada.

La empujó despacio, con una mano, y metió la cabeza por el hueco. No se atrevió a más.

—¿Sonia?

La ventana daba a una habitación pequeña utilizada como trastero. Vio un armario, estantes, dos maletas y ropa amontonada sobre una butaca. Ropa de la que solía utilizar Sonia con sus clientes, llamativa y sexy, colorista y cara.

No supo si dar el paso. Entrar. El oficio de periodista a veces le confería una especie de halo de seguridad que rozaba la osadía. El descaro.

—¡Sonia, soy yo: Magda! ¡Voy a entrar!

Pasó un pie por encima del alféizar. Luego el otro. Se quedó sentada en el marco de la ventana, a la espera de algo que no llegó. Por último se dejó caer suavemente del otro lado.

Ya no la llamó.

Esperaba encontrarla dormida, quizá bajo los efectos de alguna droga o con resaca. Cuando la entrevistó, ella misma se lo dijo: «Intento controlar lo que puedo, no pasarme, no bajar la guardia ni las defensas, pero en ocasiones has de seguir el rollo del cliente, beber, esnifar, y nunca sabes realmente lo que te estás metiendo en el cuerpo. Que ellos tengan dinero y cierta clase no significa que no puedan salirse de madre y saltarse toda regla. En una habitación, a solas con un tipo, puede pasar de todo. Gustos raros, mierdas raras».

Salió de la habitación y se encontró con un pasillito corto. El cuarto de Sonia tenía la puerta abierta y la cama a medio hacer. Olía bien.

Pero ella no estaba allí.

Magda empezó a sentirse como lo que en realidad era: una intrusa. Si Sonia regresaba en ese momento...

Pero Sonia nunca saldría sin el móvil, aunque fuera para ir a tirar la basura a la esquina. También le dijo eso: «Nunca me separo de él. Es mi herramienta de trabajo. He de estar disponible las veinticuatro horas del día».

Por primera vez, tuvo un mal presentimiento.

¿Cuántos años llevaba en el oficio?

¿Cuántas veces había acudido a una cita urgente para oír una confesión o una denuncia importante como paso previo a uno de sus grandes reportajes?

El mal presentimiento le hizo sentir vértigos.

La casa estaba en orden, limpia. La cocina, el baño, otra habitación, en este caso vacía...

Llegó a la sala. Y el vértigo se desató, cortándole el aliento. Sonia estaba allí.

En el techo había tres vigas de madera, señal de que se trataba de una casa antigua. Y ella colgaba de la central, atada con una cuerda que la mantenía suspendida en el aire igual que una lámpara apagada. Atada como un fardo. Atada como cualquier mujer después de una sesión de *bondage* o de cualquier tipo de sexo duro, con cuerdas y nudos cubriendo todo su cuerpo desnudo.

Nudos y más nudos, cuerdas y más cuerdas envolviéndola con la plasticidad de una escultura.

Y, desde luego, muerta.

3

No era la primera vez que veía trabajar a los Mossos d'Esquadra o a la Policía Nacional, incluso a la Guardia Civil cuando había estado fuera de Cataluña, pero sí era la primera vez que les llamaba ella después de encontrar un cadáver.

Desde el jardín los veía operar, entrar y salir de la casa. Un enjambre de uniformes hollando el hogar de una persona que ya no podía quejarse de nada. Los de la científica, en busca de cualquier detalle relevante que pudiera esclarecer los hechos, eran los más minuciosos. Le habían preguntado diez veces si había tocado algo. Lo peor había sido responder a lo más relevante: ¿cómo había entrado?

Se decía que la persona que «encontraba» un cadáver era la principal sospechosa en el caso de que se tratara de un asesinato.

¿Y lo era? ¿Un asesinato? ¿O el simple y fatal resultado de una práctica sexual llevada al límite?

Mientras esperaba a los mossos, había examinado el cuerpo, sin tocarlo, por aquello de las «transferencias». No había sangre. Ni rastro de ninguna herida o golpe. Al menos a primera vista. Sonia tenía las rodillas en alto, las piernas caídas, el torso inclinado hacia atrás, con las manos sueltas pero con las muñecas atadas a los tobillos por la espalda. La cabeza colgaba inerme, con el cabello desparramado. Una hermosa mata de pelo negro.

Fue una de las cosas que más la impactó cuando la conoció semanas atrás. El cabello, los ojos, los labios, el cuerpo... Sonia era algo más que una mujer diez.

Dejó de pensar en ella cuando Juan Molins apareció por la puerta de la casa, la buscó con la mirada y, tras encontrarla, se dirigió a ella.

Magda esperó. Conocía de sobra lo que iba a seguir.

—¿Cómo estás? —suavizó la entrada su amigo.

—Bien.

—Bueno, no es el primer muerto que ves.

—El primero así, desde luego que sí.

—Impacta un poco, claro. —Juan levantó la cabeza y dio por terminada la breve tregua. Suspiró largamente mientras decía—: Dios, Magda...

Ella se sintió belicosa.

—¿«Dios, Magda» qué?

—Ya lo sabes.

—No, dilo.

—Pues que está bien que investigues las mierdas nacionales, escribas sobre ellas y pongas a más de uno en la picota o patas arriba, pero que encima encuentres cadáveres...

—¿Y qué quieres que te diga? ¿Habrías preferido que me fuera y que no te llamara?

—No, mujer.

—Pues ya está. —Se cruzó de brazos, irritada—. ¿Crees que me ha gustado encontrármela así? Y, por si fuera poco, ¿perder todo este tiempo con tus amigos?

—¿Encima te enfadas?

—¡No me enfado! —exclamó, mostrando todo lo contrario con la expresión de su rostro.

—Pues menos mal —concilió Juan.

—Lo que pasa es que ella está ahí. —Señaló la casa—. ¿La habéis bajado ya?

—Lo están haciendo ahora.

—Era una de las mujeres más guapas y exuberantes que jamás haya conocido en persona.

—Eso me ha parecido.

—¿Tenéis ya alguna idea?

—No, hasta que se haga la autopsia.

—No parecía forzada, ¿verdad?

—No. Ni siquiera da la impresión de haber hecho el amor con alguien, aunque nunca se sabe.

El sexo de Sonia. Rasurado, enorme, con los labios abiertos formando una rosada pasa o una nuez llena de pliegues. Un sexo nada discreto. Un sexo que, junto con su belleza, era la fuente de su trabajo.

Un sexo que enloquecía a los hombres, seguro.

—¿Prefieres hablar aquí a hacerlo en comisaría? —preguntó su amigo.

Le miró con acritud.

—No me jodas, va, Juan —dijo.

—Entonces habla, venga. Soy todo oídos.

Podía ser su amigo, pero era todo un inspector. Aunque por lo menos no iba de uniforme.

Su compañero de correrías, porque siempre iban en parejas, no estaba a la vista. Se encontraban solos. En parte era mejor. Juan la apreciaba.

Magda sacó el móvil. Buscó el mensaje de voz de Sonia y se lo puso para que lo oyera.

«Magda, tengo algo muy gordo. Muchísimo. Quizá le interese. Venga a verme hoy mismo si puede. Llame antes, aunque estaré en casa. Lo que he de contarle es muy serio y...

Bueno, ya lo verá. Lo que está claro es que no será gratis, ¿de acuerdo? Por favor, la espero.»

—Me lo mandó ayer por la tarde, pero no lo oí hasta muy de noche, pasadas las doce. La telefoneé pero ya no me lo cogió, así que imaginé que estaría trabajando. Le envié un *whatsapp*. No tuve respuesta. Luego le dejé un mensaje diciendo que pasaría esta mañana a partir de las doce, ya lo encontraréis cuando examinéis su móvil. Eso es todo. Si he entrado por la ventana ha sido porque la he llamado y he oído el zumbido del teléfono al otro lado de la puerta. Eso me ha escamado. He pensado que estaría dormida o... qué sé yo. Ya me conoces.

—Impulsiva.

—Será eso.

—Inconsciente.

—Va, Juan, corta. ¿Qué más quieres saber?

—¿Quién era?

—Se dedicaba a la prostitución de lujo.

El inspector de los Mossos d'Esquadra lanzó una rápida mirada en dirección a la casa.

—¿En serio?

—Sí, en serio. ¿Te extraña?

—A mí ya no me sorprende nada, pero aun así... ¿De qué la conocías?

—Hace dos meses hice un reportaje sobre la prostitución de alto *standing*.

—Sí, lo recuerdo. —Asintió Juan—. Muy bueno, por cierto.

—Pues ella fue mi principal garganta profunda.

—¿Y le cogiste cariño tú a ella o ella a ti?

—Cariño no sé, confianza sí. Era una tía legal.

—Pero puta.

—No me seas machista. No te va. —Chasqueó la lengua—.

Sí, puta, vale, pero legal. Y con dos ovarios. Desde niña fue un espectáculo, todos los chicos babeando por ella. Intentó ser actriz, no lo consiguió. Por la calle era súper, pero en un *casting* era una más. Al final pensó que, puesto que todos los tíos la deseaban, lo mejor era que pagaran por ella. Más simple, imposible. ¿Sabes lo que ganaba por una simple cita?

—Lo leí en tu reportaje.

—Pues ya está. Si un tío gordo y baboso quiere llevar a cenar a una mujer de bandera, que pague. Si se la quiere llevar de acompañante de fin de semana a París, Londres o las Maldivas, que pague. Y si quiere follar con una diosa, que pague.

—Ahora la que se pone feminista eres tú.

—No me pongo feminista, soy feminista —le recalcó.

—Lo sé. Ángela me lo dice siempre.

La mujer de Juan era un cielo. Y casada con un policía, más aún.

—Mira, por lo que sé, por lo que me dijo cuando el reportaje, ella no tenía ni chulo ni nada de eso, que es lo malo de la mayoría. Con su estatus iba por libre, aunque también estaba en una agencia que le buscaba las citas. Es más: disfrutaba con el sexo. Supongo que eso es importante. Si recuerdas el reportaje, ella fue la que me dijo que todo estaba en la cabeza, que una polla era igual a otra, que lo único que tenía que hacer era ejercer de actriz. ¿Que un tipo pesaba ciento veinte kilos u otro babeaba al correrse? De acuerdo: gajes del oficio. Lo soportaba un rato. Otros trabajaban ocho horas al día en cosas peores y por menos dinero.

—¿Cómo se llamaba?

—Sonia.

—¿Sonia qué más?

—Solo Sonia. No sé el apellido. A lo peor ni siquiera era

su verdadero nombre, sino el de guerra. Tendrás que mirarlo en su documentación.

—¿Y la agencia?

—Es un número de teléfono. —Volvió a examinar el móvil y se lo cantó—. Una mujer lo controla todo.

—¿Tienes idea de para qué quería verte?

—Ninguna.

—¿Habías vuelto a verla desde que hiciste el reportaje?

—No.

—¿Y a las otras chicas?

—Fueron dos más, y tampoco.

—Cuando hablaste con ella, ¿te comentó algo de su vida, amigos, novios, familia...?

—No.

—Magda...

—¡Que no, coño! ¿Para qué iba a guardarme algo así?

—Te conozco —manifestó con un deje de cansancio.

—¿Y eso que tiene que ver?

—Pues que sé que vas a meter las narices en esto.

A veces olvidaba que era un amigo y solo veía al poli.

—¡¿Cómo quieres que las meta?! —gritó exasperada—. ¡No tengo ni idea de nada!

—¿Pero no te parece casual que aparezca muerta justo antes de hablar contigo?

—Juan, por favor. —Hizo un gesto de cansancio.

—Esa mujer sabía algo gordo, ella misma te lo dice en el mensaje. Y si se relacionaba con gente de dinero, influyente, es más que probable que estemos delante de un caso de asesinato. También iba a pedirte dinero por ello. Y las grandes cosas valen mucho.

—¿Y lo del shibari?

—¿Lo del qué? —Juan levantó las cejas.

—Lo de atarla.

—¿Se llama así?

—Por Dios, Juan. —Soltó un bufido—. ¿Y tú eres inspector de los mossos?

—Me ocupo de homicidios y delitos graves. De sexo sé poco.

—El shibari no es solo sexo. Es una forma de arte japonés.

—¿Atar a una mujer es arte?

—Para ellos, sí. Pero aquí estamos en Occidente y, como casi siempre, no pillamos ni una de lo que se traen entre manos los orientales, y más si se trata de algo cultural y ancestral. Fuera de allí se ha convertido en una suerte de *bondage* y se ha puesto de moda con las novelas eróticas baratas y las películas para gilipollas. ¿No has visto la de webs que venden toda clase de aparatos para el sado: cadenas, correas, varas, esposas...?

—No suelo visitar esa clase de páginas.

—Deberías y, así, estarías al día.

Juan fue un poco al grano.

—Así que Sonia practicaba shi...

—Shibari.

—Eso.

—No lo sé. Es posible. Pero más bien creo que el que era adicto al tema era el que la ató. Se tomó su tiempo para hacer un trabajo minucioso. Te repito que no es como liar un paquete. Por lo que sé, hay un enorme ritual detrás. Las cuerdas, los nudos, las posiciones... todo tiene su intríngulis.

—*Bondage* o no, la primera impresión indica que se ahogó con las cuerdas.

—¿Cuándo tendréis la autopsia?

—Le daré prioridad. ¿Por qué?

—Para estar seguros de que...

—No pluralices. ¿O crees que voy a contártelo?

—Juan, no seas plasta. —Arrugó la cara.

—¿Has oído hablar de los secretos de sumario y esas cosas?

—Sí, pero no voy a publicar nada, te lo juro. Escribo reportajes, no necrológicas.

—Entonces, ¿para qué quieres saberlo?

—Te lo preguntaré como amiga.

—Los amigos no hablan de muertes ni asesinatos.

—¡Joder, entonces llámalo curiosidad, morbo...! —Tuvo un acceso de rabia casi seguido por otro de frustración, como si los sentimientos reprimidos tras el hallazgo del cadáver emergieran de pronto igual que las burbujas de una botella de cava recién abierta después de ser agitada—. ¡Me llamó, la conocía, era una diosa y ahora no es más que un juguete roto! ¡Mierda, Juan!

El policía se quedó callado unos segundos. Dejó que el acceso de ira menguara.

Seguían en el jardín, un poco a la sombra de uno de los árboles, entre la actividad de la casa y los curiosos agolpados en la calle. Magda llevaba la cazadora colgada del hombro. Respiró con tanta fuerza que el primer botón de la camisa, justo entre los senos, amenazó con ceder. Por uno de los bordes asomaba un sujetador rojo.

Le gustaba el rojo.

Pese a todo, Juan no cambió el tono.

—¿Has mirado en su móvil? —preguntó de pronto.

—¿Yo?

—Sí, tú.

—Bueno. —Se rindió—. Mientras os esperaba, sí, pero está bloqueado.

—De acuerdo. —Juan decidió no echar más leña al fuego, así que hizo el ademán de regresar a la casa y dejarla allí.

—¿Puedo irme ya? —quiso saber ella.

El mosso lo valoró. El tono de la mirada se dulcificó.

—¿Estás bien?

—Sí.

—Me refiero a que debe de hacer casi tres meses que no hablamos.

—A veces ni me doy cuenta de cómo pasa el tiempo.

—Por eso te pregunto si estás bien.

—Sí, lo estoy. ¿Tengo mala cara o qué?

—Sé que la semana que viene se cumplen trece años.

Magda hizo lo posible para no venirse abajo.

No allí.

No con él.

—Joder, Juan —exhaló.

—Vale, perdona. Puedes irte, sí.

—Gracias.

—Si recuerdas algo más de Sonia, lo que sea...

—Te llamaré, claro.

—Y tranquila, ¿eh?

Soltó una risa desangelada.

—¡Oh, sí, mucho! —Asintió.

Por la puerta del jardín entraban ahora unos hombres con mantas y sacos de plástico negro. La policía científica había terminado y daban paso a los forenses. Una vez el juez dictaminase el levantamiento del cadáver, iban a retirar el cuerpo de Sonia. Magda no quería estar allí cuando lo hicieran. De pronto no se oía ni una mosca. El silencio predominaba en aquel rincón del mundo.

Necesitaba subirse a la moto, acelerar y sentir el aire contra su rostro.

4

Muchas veces daba vueltas en moto, sin rumbo, por el simple placer de conducir y sentirse libre, como si estando en movimiento pudiera pensar mejor o hacerlo de otra forma. Para no detenerse con los semáforos, utilizaba las rondas de circunvalación de la ciudad. Daba la vuelta completa a Barcelona por ellas, por la de Dalt y luego por la del Litoral, y salía por el mismo lugar que había entrado.

Esta vez era diferente. Necesitaba un poco de calma: no se quitaba de la cabeza la imagen de Sonia. La dura belleza del shibari opuesta a la realidad de la muerte.

Cuando conoció a Sonia, le habló del reportaje y ella se avino a contarle sus experiencias. La vio como una mujer única, empoderada, firme y fuerte, conocedora de sus límites pero también de su fuerza. Una mujer por la que cualquiera podía perder la cabeza. Jóvenes, mayores o viejos eran capaces de babear por alguien así. La belleza no solo era una forma de arte concreto, un cuadro, una escultura, una construcción. También era una forma animada, el cuerpo de un hombre o de una mujer. Da Vinci había diseñado al Hombre de Vitrubio. La mujer perfecta, en cambio, tenía muchos perfiles y rostros.

Las otras prostitutas de lujo del reportaje también la habían impactado de una manera u otra, pero Sonia había sido la que más lo había hecho. La especial. La clase de mujer que dejaba huella.

Y había pensado mucho en ella desde la publicación del artículo.

Salió de Sant Just Desvern y entró en Barcelona por Collblanc, siguiendo la larga línea recta de la Nacional 340 convertida en calle. Antes de llegar a Badal recordó que no había desayunado por culpa de su cita con Beatriz Puigdomènech y que ya casi era la hora de comer. Más bien se lo recordó su vacío estómago, que le produjo un retortijón cavernoso. Además, estaba lo de Sonia, el vacío que deja en un cuerpo un susto de tal magnitud.

Necesitaba coger fuerzas.

Detuvo la moto frente a un bar, a la altura de la Rambla del Brasil, sobre la Ronda del Mig, y se sentó en una mesa después de pedir en la barra un café con leche y un bocadillo de jamón y queso. No sacó el móvil de buenas a primeras. Esperó a que le sirvieran lo pedido y, mientras masticaba el primer bocado, lo abrió.

Las fotos que había tomado de Sonia antes de que llegaran los mossos le golpearon de nuevo la razón. Una docena de imágenes, desde todos los lados y ángulos, en general y con detalle. Cabeza, rostro, manos, pies, cuerpo, sexo...

Durante la conversación con Juan había temido que le preguntara si había hecho fotos. No le gustaba mentirle. A pesar de lo sucedido trece años antes, y durante los meses siguientes al asesinato de Rafa, ahora Juan era su amigo. Tenían complicidad. Ni siquiera era la primera vez que se apoyaban en un caso o que discutían por algún otro. Si Juan le hubiera preguntado «¿Has tomado alguna foto?», ella le habría contestado que no.

Y si él le hubiera pedido el móvil para comprobarlo...

De hecho, no le hacía falta mirar las imágenes de Sonia, Magda tenía memoria fotográfica. Pero de todas formas las pasó, una a una, deteniéndose en ellas y ampliándolas con los dedos. Lo más impactante era el rostro de la prostituta. Reflejaba serenidad con los ojos cerrados. Una máscara perfecta de lo que había sido en vida. No necesitaba ni maquillarse. Y, desde luego, no lo estaba. La mata de pelo negro caída hacia el suelo formaba una llamarada oscura que invitaba a la caricia. Su cuerpo, incluso muerto, era una invitación al deseo.

Magda se sintió turbada. Nunca había visto así a una mujer ni sentido aquello. ¿Sería la empatía de la muerte?

Amplió uno de los nudos al máximo. Parecía bien hecho. O al menos así lo daba a entender la forma. Estaba situado justo sobre el pezón, tapándolo. Los pezones de Sonia eran grandes, pronunciados, con los rosetones oscuros sobresaliendo de la curva del pecho. El hombre que hubiera armado toda aquella estructura se lo había tomado con calma, sin prisas, quizá empeñado en hacer una verdadera obra de arte.

¿También habría tomado fotos?

Volvió al rostro, la boca entreabierta por la posición caída de la cabeza, la levedad de los dientes frontales asomando por el hueco. Y entonces la invadió la pena. Y la lástima. Y la frustración. En un mundo cada vez más aséptico y vulgar, más funcional y carente de belleza, la pérdida de alguien como Sonia tenía que ser relevante.

Se había acabado el bocadillo sin apenas darse cuenta.

Sorbió el café con leche.

—¿Para qué querías verme? —le preguntó a la imagen de la muerta.

Cogió el bolso y buscó su bloc de notas por el fondo. Tardó

en encontrarlo. Cuando lo hizo lo abrió sobre la mesa y sostuvo el bolígrafo con la mano. En una de las páginas todavía libres escribió las primeras palabras del caso, como solía hacer siempre antes de lanzarse a fondo. En este caso fueron «Sonia», «Shibari» y «alto *standing*».

No parecía mucho.

No era mucho.

Lo único que tenía era el número de la agencia que le servía de contacto para las citas. En los periódicos se anunciaba como «Agencia Five Stars». La responsable era una tal Ágatha Ros.

Lo buscó en el móvil y lo anotó debajo de las tres primeras palabras escritas en la página.

Entonces le entró una llamada. Estuvo a punto de no contestar, pero era lunes. Victoria Soldevilla no solía llamarla los lunes, así que podía ser algo importante. De lo contrario le habría mandado un *whatsapp*. Su trabajo en la revista no tenía horario, tampoco la sensación de esclavitud. Todos sabían que el verdadero trabajo de una periodista de investigación estaba en la calle.

Se resignó a responder.

—¿Sí, Victoria?

La dueña y directora de *Zona Interior* tenía voz de lunes.

—¿Dónde estás?

—Tomando algo. ¿Por?

—¿A esta hora?

—He tenido un comienzo de mañana complicado y a lo peor tengo una tarde liada. Mejor coger fuerzas.

—¿Vas a venir?

—¿He de ir?

—Me gustaría.

—Vale.

—¿Lo del comienzo de mañana complicado?

—Luego te lo cuento.

—De acuerdo. ¿Cuánto tardas?

—Quince minutos. —Lo alargó cinco más para poder acabarse el café con leche en paz.

—Hasta ahora —se despidió su superiora.

Cortó la comunicación y anotó una quinta palabra en el bloc: «Juan».

La primera vez que lo había visto, trece años antes, le pareció un buen policía, meticuloso, ordenado, serio y eficiente. Respetó su dolor y se comportó de forma exquisita con ella. En ningún momento la atosigó con preguntas ni fue insensible. Tuvo paciencia. Luego, en los días, semanas y meses que siguieron al asesinato de Rafa, a pesar de la falta de noticias y la sensación de que el crimen iba a quedar impune, entre los dos se forjó aquella relación de amistad, a veces increíblemente sólida, a veces extraña, como si mezclar agua y aceite siguiera siendo imposible. El caso seguía abierto, Juan nunca lo había dado por cerrado, tenía una fe inquebrantable. Era ella la que la había perdido.

Quizá por esa razón todavía seguía viendo a la doctora Puigdomènech. Porque el asesino de Rafa seguía libre. Y ella siempre cerraba sus reportajes.

Le acababa de decir a Victoria que llegaría en un cuarto de hora, pero siguió sentada con la taza en las manos, sin prisas. Quince minutos o veinte, ¿qué más daba? No sentía ninguna urgencia, a pesar de que una voz en su interior llevaba rato gritándole que se pusiera en marcha. Que Sonia esperaba. Que, lo quisiera o no, ya estaba metida en algo, lo que fuera.

Las últimas palabras de Beatriz Puigdomènech antes de irse de la consulta revolotearon por su mente.

—No puede refugiarse únicamente en el trabajo. Mantiene

una actividad frenética. De momento es su salvaguardia, pero si no encuentra un resquicio para mantener algo de vida social, tarde o temprano eso le pasará factura, se sentirá sola. Y hay un tipo de soledad que es muy dañino.

«Un tipo de soledad.»

Habría jurado que no, que solo había una soledad.

Algún día le preguntaría a la psiquiatra por qué, después de tantos años, todavía se empeñaba en hablarle de usted. ¿Se trataba de marcar las distancias? ¿Dejar claro que una era la doctora y la otra la paciente?

Magda tuvo bastante. Se levantó de la mesa, fue a la barra, pagó sus consumiciones y salió a la calle.

El primer semáforo que pilló lo pasó en rojo.

5

Las oficinas de la revista estaban en el centro. Algo bueno para el trabajo y malo para la resistencia urbana. Las hordas de turistas que habían convertido a Barcelona en su destino favorito, por encima o a la par que París, Praga, Londres o Venecia, se desparramaban como una mancha por la ciudad, impregnándolo todo de color, pero también de agobio. Con la llegada del «buen tiempo», barcos gigantescos atracaban en el puerto como si conquistaran un espacio. Abrían sus panzas y de ellos surgían miles de hombres con pantalones cortos y camisas estrafalarias, miles de mujeres con poca ropa y carnes blancas, miles de niños ruidosos que buscaban algo parecido a un Disneyworld o un Port Aventura urbano. La marea humana subía por las Ramblas, por el paseo de Gràcia, y se desparramaba en torno a la Pedrera, o la Casa de los Huesos, como la llamaban los guías turísticos; otros se dirigían en peregrinación a la Sagrada Familia, cual Lourdes milagroso, solo para tropezar con la realidad de su *overbooking* insostenible.

Ésa era la Barcelona del siglo XXI, probablemente no muy distinta ya de Sevilla, Bilbao o Madrid.

Una ciudad *okupada*.

No metió la moto en el *parking* del edificio para no perder más tiempo, aunque le costaba dejar en la calle su preciosa Honda NC750S de color rojo. La aparcó en la acera, para lo cual tuvo que conseguir que un enjambre de chinos apretujados se apartara lo justo, guardó el casco en el maletero posterior y, tras cruzar el umbral protector, subió hasta el primer piso. Pasó por delante del mostrador de recepción sin decir nada porque la recepcionista estaba ocupada discutiendo por teléfono con alguien. La gente solía llamar pidiendo informaciones que no podían facilitarles, así de simple. Cuando llegó frente al despacho de Victoria Soldevilla lanzó una rápida mirada en dirección a la secretaria.

No tuvo que preguntar nada.

—Pasa, está sola.

Llamó con los nudillos y, sin esperar respuesta, abrió la puerta.

La directora y dueña de *Zona Interior* estaba sentada en su butaca. Su trono. Elegante, siempre cuidada, bien peinada y con el maquillaje justo, era una suerte de Anna Wintour a la española, con la diferencia de que *Vogue* se dedicaba a la moda y *Zona Interior* a hablar de los temas más candentes de la actualidad mundial, preferentemente de la actualidad patria. La revista la había fundado el padre de Victoria en los años de la dictadura, con la que había tenido que lidiar no pocas veces. Censuras, prohibiciones, multas, números secuestrados... La suerte era que Pablo Soldevilla estaba forrado y podía soportarlo sin demasiados inconvenientes. Con la llegada de la democracia, surgieron otros problemas. Los dos atentados con bomba de finales de los años setenta y comienzos de los ochenta no habían causado muertos, pero sí importantes destrozos. De la Transición se había pasado al enrarecido clima político del siglo XXI, las crisis, la corrupción, la especulación, el narcotráfico, las mafias...

El marco ideal para que *Zona Interior* siguiera destapando la realidad.

Magda se sentó en una de las dos sillas situadas frente a la mesa y esperó a que Victoria Soldevilla se dignara mirarla.

Pasaron cinco segundos. Dejó el papel que estaba leyendo con fingido interés y se enfrentó a su visitante. No perdió el tiempo.

—¿Cómo están los tres temas de los que hablamos el viernes pasado?

—En punto muerto —se sinceró.

—¿Y eso?

—No he tenido un fin de semana fácil —dijo sin entrar en detalles, como por ejemplo que ninguno de los tres temas la motivaba ni le sonaba excesivamente relevante.

Victoria captó el detalle.

—Necesitamos algo para dentro de dos semanas. Y mejor si es una —dijo—. Me gustaría cerrar el jueves.

—Puedo escribir algo, pero no para portada ni para echar cohetes.

—Tenías el tema de los traficantes de prostitutas africanas, la corrupción y la trama ucraniana.

—Con lo de la corrupción necesito más tiempo. Nadie habla. He de ver la forma de llegar al centro de la trama, y sin pruebas. Estoy harta de denuncias y juicios.

—¿Me lo dices o me lo cuentas? —bromeó su superiora.

—El tema de la trama ucraniana va para largo, ya te lo digo. Y lo del tráfico de chicas africanas... ¿Qué quieres? Tendría que irme a Nigeria y a Camerún.

—Ni hablar.

—Ya. —Se encogió de hombros—. Pero es ahí donde está el foco.

Victoria Soldevilla se mordió la comisura del labio. Por

detrás de ella, tanto en la pared como en las estanterías, los premios logrados por la revista destacaban sobre un mar de fotos y libros. En las fotografías no faltaban las típicas imágenes con políticos, reyes, premios Nobel o deportistas. En la pared de la izquierda el ventanal que daba al paseo de Gracia. En la de la derecha las portadas enmarcadas de los números que habían hecho historia.

La mayoría de los recientes, con reportajes firmados por ella: Magda Ventura.

—¿Estás bien? —preguntó de pronto la veterana periodista.

—Sí, ¿por qué? —replicó envarada.

—No sé. Te veo un poco... ¿abatida?

—Acabo de ver muerta a una conocida.

—¿En serio? —Levantó las cejas—. ¿A quién?

—¿Recuerdas el reportaje de la prostitución de lujo?

—Ha sido el número más vendido de este año. Cómo no voy a recordarlo.

—Pues se trata de la que fue mi principal informante en esa investigación. Y a todas luces da mala espina, porque si bien parece haber muerto en un ritual sexual...

—¿Insinúas que pueden haberla asesinado?

—Sí.

—¿Por el reportaje? —preguntó asustada la mujer.

—No, no creo —la calmó—. Me llamó ayer y me dijo que quería contarme algo muy gordo.

—Tienes razón: eso da mala espina. —Frunció el ceño.

—A mí también me lo parece —se mostró de acuerdo con ella.

—Si se trata de un asesinato, solo hay dos opciones: que la hayan matado por lo que pudiera saber o que lo hayan hecho para que no te lo contara.

—Es lo mismo que pienso yo. —Magda asintió.

—¿Por qué dices que parece haber muerto en un ritual sexual?

—Sabes lo que es el shibari, ¿no?

—Por supuesto.

Magda cogió el móvil, buscó una de las fotografías de Sonia y se lo pasó a Victoria.

La directora de la revista escrutó la imagen quince, veinte segundos.

—¿Cómo has tomado esa foto? —preguntó.

—He sido yo quien ha descubierto el cadáver y ha llamado a los mossos. Mientras esperaba...

—¿Saben que la tienes?

—No. Y hay más. —Extendió la mano para recuperar el móvil—. Juan Molins se ocupa del caso.

—¿Le has llamado a él?

—¿A quién si no?

Victoria Soldevilla miró fijamente a su redactora estrella. No hacía falta decirlo, pero lo hizo.

—Vas a meterte en esto, ¿verdad?

—Creo que se lo debo.

—Tú no le debes nada a nadie.

—Me llamó a mí.

—Porque eres quien eres. Seguro que, fuera lo que fuese lo que quisiera contarte, no iba a hacerlo gratis.

—Dijo que me costaría dinero, sí.

—¿Lo ves?

—¿Y qué quieres que haga, que lo ignore?

—¿Tienes algo?

—No.

—¿Un punto de partida, lo que sea?

—No.

—Pues ya me dirás.

—He sacado adelante reportajes con menos.

—Escucha —la apuntó con un dedo inflexible, más como jefa que como amiga—: una cosa es meterte en líos y acabar con una demanda en un juzgado porque a alguien no le sienta bien lo que has escrito tú y he publicado yo, pero otra muy distinta es ir tras un asesino. Y si, según tú, no es una muerte accidental sino un crimen...

—No sería la primera vez que voy tras un asesino.

—Y trataron de atropellarte, ¿vale? Acabaste en el hospital.

—Era un chapucero.

La mirada de Victoria Soldevilla fue de hierro.

Pero rebotó en la coraza de Magda.

—Pasas de mí —dijo su directora.

No hubo respuesta. Suficiente.

—Te doy tres días. —El tono fue enérgico, casi duro—. Si no consigues nada, lo dejas.

—De acuerdo —aceptó ella.

—El jueves quiero un reportaje, de lo que sea, pero sin falta.

—¿Y si es el viernes?

Más que un bufido, lo que soltó la mujer fue un viento huracanado en forma de hastío.

Fin de la conversación.

—Lárgate, ¿quieres?

Magda se levantó. Caminó hasta la puerta y, solo al llegar a ella, se detuvo un instante al oír de nuevo la voz de Victoria Soldevilla.

—Que no te maten.

Salió del despacho sin responder y con una sonrisa en los labios. Le guiñó un ojo a la secretaria y se dirigió a su mesa de trabajo. Nunca la utilizaba, pero era su mesa. Le dejaban la correspondencia, por lo general tanto cartas ensalzándola como otras poniéndola a parir y amenazándola. Estas últimas ya ni se las pasaba a la gente de seguridad, y menos aún a la policía. Iba a sentarse en la silla cuando de la nada, como casi siempre, apareció Oriol Enrich.

El plasta de Oriol Enrich.

Debía de haber uno en todas las empresas, seguro.

Tipos que todavía no sabían que estaban muy dentro del siglo XXI y que las mujeres habían dado un paso al frente en casi todo. Tipos separados tras un fracaso matrimonial y tan salidos como perdidos.

—¡Dios, Magda!

—¿Y ahora qué? —Volvió la cabeza al sentir su aliento en el cogote.

—Es que ya estamos en primavera.

—¿Eso dónde lo has leído?

—No hace falta que lo lea. Me basta con ver cómo os vestís todas. Joder.

Le había parado los pies una docena de veces. Lo había comentado a recursos humanos. En la última cena de Nochebuena, con él ya achispado, le había agarrado por la garganta y lo había empotrado contra una pared mientras lo miraba con ojos asesinos. Pero no había forma.

Y tampoco valía la pena.

Todos en la redacción la miraban de una manera especial por ser quien era, por su estatus, por sus reportajes. La respetaban, pero eso no significaba que también la quisieran.

—Oriol.

—¿Qué?

—Piérdete.

—No, si perdido ya estoy. Te juro que...

Le dio la espalda y se sentó en su silla. No había apenas

nadie dada la hora. Casi todos y todas estaban comiendo, apurando hasta el último minuto la pausa de mediodía. Abrió el ordenador, tecleó su clave de acceso y esperó a que se activaran todos los archivos. Luego entró en Internet y escribió la palabra «shibari» en el buscador.

Aparecieron un sinfín de páginas, algunas con fotos, vídeos... Pasó cinco minutos ojeándolas. Algunas fotos eran artísticas; algunas unas cuantas modelos, guapísimas; algunos vídeos, verdaderas *performances*. Pero también había puro sado, violencia oculta y mucho que leer.

Demasiado.

Sintió un cosquilleó en el estómago, en la entrepierna y sonrió para sí misma.

Con el móvil en la mano buscó en los contactos y marcó el número de Néstor. Reaparecieron las palabras de Beatriz Puigdomènech en su cabeza:

«—Ese hombre con el que se acuesta...

»—Néstor.

»—¿Ha cambiado algo con respecto a él?

—No. Solo es sexo. No hay amor, sí necesidad. Ése es nuestro compromiso».

Todo el mundo necesitaba un salvavidas. Un refugio.

La voz de Néstor se oyó en la línea:

—¿Magda?

—¿Tienes plan esta noche? —No perdió el tiempo en rituales de cortesía.

—Por ti lo dejo todo, ya lo sabes —fue la rápida respuesta de él.

—Va, en serio. ¿Tienes alguno o no?

—Tenía una partida de póquer, pero puedo pasar.

—¿Ningún amor fugaz de los tuyos?

—Que no, pesada.

Podía tener a una cada noche. Y a veces era así. Abogado, rico, *playboy*... Pero era un encanto. El mejor de los amigos. El mejor amante. El mejor compañero de juegos.

Aunque solo fuera por unas horas.

—De acuerdo. Esta noche pues —dijo ella.

—¿En tu casa o en la mía?

—Ya sabes que mi cama es pequeña y no está para resistir tus envites amatorios, cielo —bromeó—. Prefiero tu inmenso colchón.

—¿Cenamos antes?

Fue tan directa como contundente.

—No, solo quiero follar y hablar.

Esto último le extrañó.

—¿Hablar?

—Hasta la noche —se despidió sin más.

6

Para llamar a Five Stars prefirió emplear el teléfono fijo. Cuantas menos pistas dejara de su relación con el caso, por si acaso Juan investigaba sus llamadas telefónicas, mejor. Marcó el número y cerró los ojos, en busca de concentración y aislamiento.

La respuesta al otro lado de la línea fue instantánea.

—Five Stars, ¿dígame? ¿En qué puedo servirle?

Recordaba a Ágatha Ros. Una mujer astuta con aire de ejecutiva. De hecho, es lo que era. Manejaba las citas de un grupo de chicas selectas para clientes aún más selectos. La discreción era la base de su negocio. También los buenos contactos y la eficacia más contrastada. Un cliente feliz era un cliente adicto. La fidelidad contaba y se pagaba.

La voz era melódica, armoniosa. Proporcionaba serenidad. Venía a decir algo así como: «¿Ves cómo has acertado telefoneando? No pasa nada. Estás a punto de dar un paso que te transportará a otra esfera del placer».

—Buenos días, señora Ros.

La pausa fue incierta.

—¿Sí?

—Soy Magda Ventura, ¿se acuerda de mí?

La recordaba. Tanto que se quedó sin habla.

—¿Señora Ros?

—¿Qué quiere ahora? —preguntó de manera tan correcta como aséptica.

—Me gustaría hablar con usted.

—¿Para otro reportaje?

—No. Es personal.

Pareció que acababa de contarle un chiste.

—¿En serio?

—Bueno, Sonia me dijo que después de mi artículo no les había ido nada mal. Publicidad gratuita. Y eso que no cité en ningún momento el nombre de la agencia.

—Una parte de ello es cierta —repuso la mujer—. Más clientes, más negocio. Pero también nos puso en el punto de mira de otros intereses. —Volvió al punto central del anterior comentario de Magda—: ¿Por qué es personal? ¿Es que quiere cambiar de oficio?

No supo si lo decía en broma o en serio. Tenía cuarenta y dos años, buen cuerpo, estaba en forma, no era fea, más bien lo contrario. Atractiva. ¿Resultona? Evitó reír.

—Señora Ros, la policía no tardará en contactar con usted. Puede que lo hagan hoy mismo, o mañana a más tardar. Será mejor que hable conmigo antes, se lo aseguro.

Con esta afirmación logró impactarla.

—¿La policía?

—Los Mossos d'Esquadra, sí. Probablemente el inspector Juan Molins. Y sería mejor que no le hablara de mí. La llamo como amiga.

El tono de voz perdió vigor.

—¿Qué ha sucedido? —preguntó.

—Se lo diré en persona.

—Éste es únicamente un número de contacto, ya lo sabe —divagó.

—Entonces dígame dónde quiere que nos veamos.

—Pero... —vaciló por última vez.

—Créame: es grave —remató Magda.

—¿Grave para mí?

—Para Sonia.

Ágatha Ros se rindió, pero no lo hizo de inmediato. Mediaron unos segundos más antes de que claudicara.

—¿En un par de horas?

—¿Dónde? —preguntó Magda.

—¿Le va bien junto a las multisalas Cinesa Diagonal, en los restaurantes de arriba?

—Perfecto. ¿En cuál de ellos?

—El mexicano.

—Gracias, señora Ros.

—No me las dé. Voy a pasar dos horas de los nervios.

—Nos vemos —se despidió.

Cortó la comunicación pero no tuvo tiempo siquiera de volver a guardar el móvil. La musiquita de WhatsApp la alertó de un mensaje. Se encontró con un breve texto de Blanca, su hermana mayor: «¿Puedo llamarte?».

Pensó en hacerlo ella, pero optó por lo más práctico: «Sí».

Esperó con el móvil en la mano hasta que oyó otra música, la de la llamada telefónica. No dejó ni que se extinguiera el primer tono.

—¿Qué quieres?

—Yo también te quiero —la pinchó Blanca.

—Es tarde para que te dé incluso las buenas tardes y estoy liada, va.

—¿Cuándo no lo estás?

—¿Has telefoneado para cotillear, para meterte conmigo por algo o para pedirme un favor?

La conocía. De toda la vida.

—Lo último. —Arrastró la «u» con una larga cadencia.

—Eso está mejor. ¿Qué quieres?

—¿Puedes llevar mañana a Alba al médico?

—¿A qué hora?

—Por la mañana, a las once. Yo no puedo salir del trabajo.

—¿Y por qué ha de ser a esa hora?

—Porque, tratándose de una urgencia, es la que le ha dado el ginecólogo haciéndonos un favor.

—¿Le sigue doliendo?

—Sí, como el mes pasado, y es ya la tercera regla. Mejor que la examine, aunque yo creo que son nervios y el miedo que siempre ha tenido a la sangre y a esas cosas. ¿Puedes ir, en serio?

—Por Alba ya sabes que sí, mujer.

—¡Ay, gracias, de verdad! Ya sé que podría ir sola, pero mira, al tratarse de algo tan íntimo como el ginecólogo, prefiero que alguien la acompañe. Encima, con la confianza que te tiene. A veces creo que habla más contigo que conmigo.

Pasó por alto el comentario de su hermana.

—¿Saúl?

—¿Su padre? Sí, ya, las ganas. Además, me diría que eso es cosa de mujeres.

Le caía bien su cuñado, pero no dejaba de ser «un hombre».

—Desde luego...

—¿Desde luego qué? —cazó Blanca el comentario.

—Si nos hubieran protegido tanto a nosotras...

—¡Ay, calla!

—Nunca nos llevaron al ginecólogo.

—¡Ni nos contaron nada, no te fastidia!

—Mamá nos tuvo demasiado mayor.

—Bueno, ya sabes dónde está el colegio, ¿no?

—Que no te oiga llamarlo «colegio».

—Bueno, el instituto, sí, ¡el insti! —Blanca soltó un bufido—. ¿Ves cómo te entiendes mejor que yo con ella?

—Soy la tía guay —bromeó empleando una palabra ya caduca.

—Eres la única que tiene, pero sí, lo reconozco.

—Pues no soy el mejor modelo a seguir.

—Ya, ya. —Siguió, preocupada por Alba—: ¿Luego me la dejas en casa?

—¿No puede coger el metro o el autobús?

—¿A ti que más te da?

—Claro, yo no trabajo.

—¡Pero si vas a tu bola, no tienes horarios!

Magda cerró los ojos. Era inútil discutir con ella. Cuando anunció que iba a estudiar periodismo hubo un terremoto en casa. Todos se pusieron en su contra. Blanca la que más. Su padre le dijo que estudiara algo «con salidas». Le contestó: «Papá, no soy una autopista».

Se la ganó, claro.

Pero hizo periodismo.

Su hermana Blanca ya estaba con su carrera: económicas. Bancos y dinero. Y, encima, casada con un promotor inmobiliario.

Con semejantes padres, no era de extrañar que Alba, hija única, tuviera en un pedestal a su tía.

—Vale, te dejo —arrió velas su hermana—. ¿Todo bien?

—Sí —mintió por compromiso.

—¿Andas metida en algo?

—¿Y cuándo no?

—¿Emocionante?

«He empezado el día viendo a una mujer muerta, prostituta de lujo, colgada del techo de su casa y atada con una técnica japonesa llamada shibari, *bondage* de moda por aquí.»

Estuvo a punto de soltárselo.

—La tira —se limitó a decir.

—¿Famosos y tal?

—Sabes que el famoseo no es mi estilo.

—Pues es una pena. Una buena exclusiva con un ex de alguna pillado con una ex de alguno y ganarías más en un día que en un año.

—Patético.

—Nada, nada, a lo tuyo. Ya lo leeré.

—Adiós, Blanca —se despidió.

Dejó el móvil sobre la mesa. Luego volvió a cogerlo y le quitó el sonido. Era un maravilloso instrumento, pero en ocasiones necesitaba pensar, distanciarse del mundo, ocupar su propio espacio en silencio, y eso implicaba aislarse de interrupciones ajenas.

Movió el ratón y la pantalla del ordenador volvió a iluminarse.

7

Necesitaba quemar dos horas.

Era poco para hacer según qué y mucho para perderlas.

Buscó en lo más oculto del ordenador los archivos con las notas, los apuntes y las entrevistas de su reportaje sobre la prostitución de lujo. Todo estaba guardado allí, como también lo estaba en el ordenador de casa, tanto lo hecho a mano como los audios. Esta vez, sin embargo, no se puso los auriculares. No quería oír la voz de Sonia. Seguía viéndola muerta.

Así que se concentró en los textos. Mientras seleccionaba los archivos de Sonia, los más largos, mucho más que los de las otras dos mujeres, recordó la escena, la tarde pasada con ella, las horas, los cafés, la intimidad, la empatía surgida entre las dos, como si se reconocieran la una a la otra.

Dos mujeres libres. A una enorme distancia, pero libres al fin y al cabo.

Encontró un primer perfil de su entrevistada:

Especial, segura, firme, ni víctima ni cautiva de la necesidad, empoderada y capaz de ejercer el control absoluto de su cuerpo. Tiene carácter. Disfruta del sexo. Puede que, en lo más profundo, sea tan frágil como cualquier otra, pero no lo aparenta. Está sola, lo sabe y eso tiene un precio a pagar. Pero vive y trabaja con la naturalidad de lo cotidiano. Es una buena conocedora de la psicología masculina. Sabe que trata con hombres importantes, ricos, a los que no les falta de nada y que pueden pagar por ella. Los respeta, siempre y cuando la respeten a ella. Puede hacer lo que sea si se habla antes. Todo tiene un precio, pero afirma que no se muestra proclive a las aberraciones. Es una maestra, una inductora, una líder callada que permite a sus clientes pensar que el poder lo tienen ellos. Puede provocarle un orgasmo a un tipo en segundos y también prolongar su placer si así lo prefiere. Sus fotos desnuda son de una turbadora presencia. Parece una modelo de Mapplethorpe. No está delgada, no es un saco de huesos; al contrario, es voluptuosa y afirma no haberse operado nada. La creo.

En las anotaciones y las entrevistas transcritas de la grabadora había bastantes frases y diálogos subrayados. La mayoría los había utilizado para el reportaje. Ahora volvían a ella con otro significado, otro matiz.

Hay pocos tipos de hombres. Yo los resumiría de una forma básica. Está el que paga y se siente tu amo, el sumiso con piel de cordero que te deja toda iniciativa, el que se siente culpable por engañar a su mujer o porque cree que en el fondo eres una pobre infeliz que ha de venderse para comer, el que disfruta con el dolor, el que busca cumplir sus fantasías, el que solo quiere hacerlo con el ideal forjado en sus sueños... Pero, por lo general, los que pagan por algo caro suelen ser hombres refinados, atentos, incluso generosos. Siempre hay excepciones, pero esa es mi idea de cliente ideal. He salido con muchos solo como acompañante, para cenar o lucirme en una fiesta, sin sexo. He viajado a islas paradisíacas con otros, en cambio, para estar haciendo el amor las veinticuatro horas del día. Unos y otros buscan calidad, no únicamente que los lleves a placeres extremos. También se necesita cultura. Por eso leo mucho, lo que puedo. Ese tipo de clientes no quieren a una ignorante ni a una Barbie estúpida.

Pasó por la pantalla diversos textos con historias, anécdotas, situaciones, momentos. Sonia no tenía más allá de veintisiete o veintiocho años, pero tal y como hablaba, y después de casi una década de profesión, habría podido escribir un libro, una enciclopedia: *Mis hombres y yo*. Se lo comentó como periodista y ella se echó a reír.

Magda recordó algo más.

Algo que no estaba en los archivos.

Algo de lo que había hablado con Sonia, al margen de la entrevista.

—Usted serviría.

Se la había quedado mirando con los ojos abiertos de par en par.

—¿Yo?

—Sí.

—Tengo cuarenta y dos años.

—¿Y qué? No todos buscan juventud. Muchos quieren experiencia.

—No me haga reír.

—Hablo en serio. Es guapa, tiene un cuerpo rotundo, formas... Viéndole las manos, lo más seguro es que también tenga los pies bonitos. A muchos les gustan los pies. Los míos lo son y se vuelven locos con ellos. No sé si cuida mucho o no, pero tiene la piel lustrosa, los labios carnosos, los ojos vivos. En la playa va en bikini, claro.

—No.

—¿No?

No le dijo el porqué. No era necesario. Era privado.

Sonia había continuado.

—No ha sido madre, ¿cierto?

—No, así es.

—Usted tiene un morbo especial, Magda. Y creo que lo sabe. Y si no es así, ya se lo digo yo.

—Sé que lo tengo. Desde niña.

—Pues ya está. ¿No se maquilla nunca?

—A veces.

—¿Le gusta el sexo?

—Soy selectiva. —Trató de echar balones fuera mientras se sentía un poco incómoda por el giro que estaba tomando la charla.

—¿Está separada? —Señaló el dedo anular de la mano izquierda, sin anillo de casada.

—No.

—¿Soltera?

—Sí.

—Bien.

—Pero no es lo mío —reconoció, tratando de dar por terminada esa parte de la conversación.

—No, ya lo imagino —había dicho entonces Sonia—. Usted es de las que se va de corresponsal de guerra por convicción, porque se lo grita su conciencia, porque ama lo que hace, escribir de lo que ve y lo que siente, ¿me equivoco?

No se equivocaba.

Estuvo tentada de enseñarle la cicatriz.

—Gracias por el halago —se limitó a decir.

—Cuando escriba sobre todo esto, no piense solo en mí o en las demás chicas con las que hable. Hágalo en usted, en lo que haría o sentiría estando en nuestro lugar. Hay cosas que si no se interiorizan no sirven, se quedan en la superficie. Y no creo que sus reportajes sean así, ¿verdad? No la veo una mujer banal.

Aquella noche lo había comentado con Néstor y se había reído lo suyo. Pero había escrito el artículo desde dentro, no desde fuera. Poniéndose en la piel de Sonia.

Muchos, incluso en *Zona Interior*, le preguntaron por «la experiencia».

«Su» experiencia.

Iba a cerrar ya el ordenador cuando revisó uno de los últimos archivos. El título del mismo lo decía todo: «Importante».

Al abrirlo se encontró con la transcripción de un diálogo que fue básico a la hora de escribir el reportaje. Hablaba de las relaciones entre las chicas. Algo que demostraba que no eran entes solitarios y expuestos, sino que formaban una pequeña comunidad, casi una cooperativa de apoyo mutuo. Una primera línea de defensa frente a los peligros de una profesión difícil.

«No somos amigas, competimos. Si tengo un buen cliente, trato de hacerlo mío, de retenerlo. No quiero que cambie y se vaya con otra. Fidelizar es básico para la subsistencia. Eso no significa que, si nos conocemos, y a veces solemos hacer dúos o tríos, o ir a fiestas en grupo, no intercambiemos información cuando esta es sensible. Es una forma de protegernos. Si un tipo es raro, si otro quiere cosas fuera de lo común, si a uno le va el sexo duro u otro es violento, lo compartimos. Basta con una llamada: "Si te toca Fulano, cuidado". Muchas veces no sabemos los nombres de los clientes o nos dan uno falso, pero en caso de que valga la pena, los describimos: rasgos, marcas, detalles y cosas así. La nuestra no deja de ser una profesión de riesgo.»

«Una profesión de riesgo.»

Ahora sí, Magda apagó el ordenador. Cogió el móvil y le quitó la opción de silencio.

Sonia era un bello animal, así de simple. Una fuerza de la naturaleza, como podía serlo una ballena, un rinoceronte o un elefante. Puro poder.

¿Quién podía haberle hecho aquello? ¿Y por qué?

¿Accidente jugando o asesinato premeditado?

Media tarde. El tiempo había pasado volando, como siempre lo hacía cuando investigaba algo o se perdía buscando información en Internet.

Se levantó para acudir a su cita con Ágatha Ros y, como por arte de magia, se encontró de nuevo a Oriol Enrich en su camino.

Tendría unos cuarenta años y era el especialista en espectáculos, cine, música, teatro y televisión. Estaba allí por su cabeza más que por sus dotes periodísticas. Recordaba todas las películas habidas y por haber, actores, actrices y directores. Se sabía de memoria todos los Oscars de la Academia. Veía un fotograma y reconocía de qué película era, incluso el año. Y le gustaban los escándalos de los famosos.

También su propia fama. Tarde o temprano acabaría en una televisión privada haciendo el idiota y malvendiéndose.

Oriol se le plantó delante con una sonrisa de oreja a oreja y dos entradas en la mano.

—Son para el viernes por la noche —le dijo—. Estreno en el Tívoli, nada menos. Fila siete centro.

—Mira qué bien. —Pasó por su lado

—Venga, mujer. Paz. ¿Te vienes?

—No.

—¡Me portaré bien, te lo juro!

—¿Vas a ir sin manos y mudo?

—¡No seas así!

—Invita a Pepa.

Le cambió la cara.

—¡Por Dios, mujer, que esa es de las que se casa!

—Entonces no la invites. No le deseo tanto mal. Creía que solo era cosa de echar un polvo.

Ya habían llegado a la puerta. Oriol Enrich no ocultó su frustrada amargura.

—¿Por qué eres siempre tan dura? —exclamó.

Magda evitó contestarle. No le habría gustado la respuesta.

Salió de la redacción y enfiló escaleras abajo para volver al calor de lamejorciudaddelmundo.com.

8

Ándele, el restaurante mexicano del complejo de cines de Cinesa Diagonal, se encontraba relativamente vacío a pesar de la hora. Tres mesas de la terraza exterior estaban ocupadas por jóvenes, una por tres chicos, otra por dos chicas y en la tercera había un chico y una chica. Nadie parecía mayor de veinticinco años. Seguramente después estaría lleno a rebosar, antes del comienzo de las sesiones de noche en los cines, y también durante y después de ellas. Magda escogió la más alejada de todas las mesas ocupadas. Le pidió una Corona al camarero y cuando este se la traía apareció Ágatha Ros.

Su expresión era cenicienta. Incómoda.

La mujer que manejaba los hilos de las prostitutas de lujo de Five Stars era alta, de rasgos firmes, rostro duro, cabello corto y cuerpo hermético. Vestía con sobriedad, traje de chaqueta elegante con una blusa liviana que resaltaba la contundencia de sus cincuenta y pocos años. Llevaba tacones, la clase de calzado que en el entarimado de madera de los restaurantes de Cinesa resultaba de lo más incómodo. La primera vez que se vieron ya se quedó con ganas de saber más de ella. Pensó incluso en otro reportaje. Ahora el interés se le acentuó de golpe.

Ágatha Ros se sentó delante de ella, en la silla frontal. No se anduvo por las ramas. Puso las manos sobre la mesa, con el brillo de dos anillos de oro y otro adornado con un pequeño diamante, y con las pulseras y el Rolex de la muñeca izquierda como estandarte. Destilaba lujo, pero sabía cómo llevarlo.

—¿Qué quiere? —disparó.

—Siento haberla molestado —se excusó Magda utilizando su mejor piel de cordero.

—Ustedes los periodistas suelen ser...

—¿Molestos?

—Impertinentes —dijo—. Creen que tienen libre acceso a todo, sin límites, patente de corso. Un hermano mío lo es. Sé de qué hablo.

El camarero reapareció. Ágatha Ros le pidió un vermut.

—Le aseguro que esto es serio. —Magda suspiró cuando el hombre se retiró.

—¿De qué se trata? —bajó la voz, aunque estaban lejos de la mesa ocupada más cercana—. Su llamada me ha dejado... medio trastornada. ¿Policía? ¿Mejor hablar con usted antes? ¿De qué va todo esto?

Iba a decirle la verdad, pero de pronto optó por cambiar de táctica.

—Sonia está en apuros —dijo.

La mujer levantó las cejas.

—¿Sonia? —repitió.

—Sí.

—¿Qué clase de apuros?

—Creo que está en peligro. —Siguió escrutando su reacción. La novedad no la conmocionó demasiado.

—Le aseguro una cosa: sabe cuidarse —manifestó con suficiencia.

—Todos necesitamos a alguien.

—Así que se hicieron amigas cuando lo del artículo. —Curvó la comisura izquierda de los labios.

—Lo suficiente.

—¿Le ha pedido ella que hable conmigo?

—No, es cosa mía.

—¿Y qué tiene que ver la policía en esto, con Sonia o conmigo? —Se cruzó de brazos—. ¿Va a decirme lo que pasa o qué?

—Nunca la han detenido por hacer lo que hace —afirmó Magda, manteniendo el sesgo de la charla.

—¿Por qué habrían de detenerme? —se extrañó—. Me dedico a poner a caballeros de buen nivel en contacto con señoritas de primera. Es algo de lo más simple.

El vermut aterrizó delante de ella y cogió el vaso con una mano tensa.

—Mire, si no me dice de qué va esto, me largo.

—Deme unos minutos —le suplicó Magda.

Ágatha Ros bebió un sorbo del vermut y volvió a dejar el vaso en mesa. Por la calle pasó un coche con una sirena, tal vez una ambulancia. Eso la crispó todavía más.

—No me gusta usted —quiso dejar claro.

—Lo siento. —Se encogió de hombros Magda—. Mire... necesito saber con quién ha salido Sonia estos últimos días, el viernes, el sábado y quizá el domingo.

—No puedo decírselo.

—Por favor...

—En primer lugar, a los clientes no les pido datos. La discreción es lo que prima. Ellos piden un tipo de mujer, con unos rasgos o unas características determinados, les digo precios, ellos me indican el lugar y la hora de la cita, y eso es todo. En segundo lugar, Sonia, como todas, tiene sus propios clientes fijos y se busca la vida por su lado. Las chicas saben que es más inseguro, pero se arriesgan.

—¿Así que no sabe lo que hizo este fin de semana?

—Sonia no ha trabajado conmigo desde hace cinco o seis días, aunque tendría que comprobarlo. La llamé el sábado por la mañana, pero me dijo que estaba ocupada esa noche con algo especial.

—¿Sabe...?

—No —se apresuró a contestar.

—¿Le hizo algún comentario?

—Ninguno, pero debió de montarse algo en compañía, porque otra chica me dijo lo mismo, con idénticas palabras, que le había ofrecido «algo especial».

—¿Qué chica?

—Nerea.

—¿La misma Nerea de mi reportaje?

—No sé si fue ella, le recuerdo que en el reportaje no empleó sus nombres reales. Supongo que sí, porque es amiga de Sonia. —Bebió un segundo sorbo de vermut y su paciencia llegó al límite. Al dejar el vaso en la mesa tensó la espalda y miró la hora—. Le he concedido unos minutos —manifestó—. Dígame en que clase de peligro está Sonia o me voy.

Magda se lo soltó a bocajarro.

—La han matado, señora Ros.

Le cambió la cara.

Primero, la noticia fue un golpe, un puñetazo que la hizo palidecer. Segundo, el impacto bajó al plexo solar, porque la dejó sin aliento. Se la quedó mirando como si acabase de decirle que una nave repleta de extraterrestres acababa de posarse en el Tibidabo.

Incrédula. La muerte siempre produce esa reacción.

—¿Qué? —balbuceó.

—La han encontrado muerta esta mañana. —No le dijo que había sido ella quien había hallado el cuerpo—. Me llamó ayer, me dejó un mensaje diciendo que quería hablar conmigo sobre «algo gordo». Y hoy ha aparecido muerta.

Por tercera vez cogió el vaso de vermut. La diferencia fue que ahora lo apuró de golpe. Seguía pálida, pero sus ojos se mantenían limpios y secos. La boca formaba ahora una línea recta.

—¿Tiene idea...? —aventuró Magda.

—No —respondió terminante—. ¿Cómo voy a tener idea de algo así?

—Era solo una pregunta.

—Pues no imagino de qué puede tratarse. —Miró el vaso vacío, como si deseara verlo lleno de nuevo—. ¿Cómo la han matado?

—Aún no se sabe. La han encontrado en su casa, colgada del techo y atada según los ritos del shibari. Quizá fuera por ahogamiento, quizá por algún tipo de droga... Lo determinará la autopsia. No parecía haber daños físicos a primera vista, porque estaba desnuda y no se advertían heridas de ningún tipo.

La mirada se le extravió un poco.

—Les pido siempre que tengan cuidado con las prácticas de riesgo... —La voz fue debilitándose mientras lo decía.

—¿Le gustaba eso, lo del shibari?

—No lo sé. No son cosas que se suelan comentar.

—¿Tampoco lo comentó de algún cliente?

—No.

—Ella me llamó el domingo, ayer —le hizo ver Magda—. Por el tono de la voz y la urgencia, es lógico pensar que se tratara de algo reciente. Es más que probable que ese «algo gordo» a lo que se refería lo encontrara, descubriera o tuviera conocimiento de ello a lo largo del día de ayer o del sábado. Tal vez fuera en eso «especial» de lo que le habló a usted.

—Entonces solo lo sabrá ella.

—Y las chicas con las que estuvo.

—Sí, supongo que sí. —Ágatha Ros empezó a recuperarse—. Me ha dicho antes por teléfono que la policía contactará conmigo.

—El inspector Juan Molins, de los mossos, sí.

—También me ha dicho que mejor no le hable de usted.

—Bueno, soy periodista. No les gusta que metamos las narices en según qué cosas.

—Pero ahora sé que Sonia ha muerto.

—Sí, claro —aceptó.

Les sobrevino un silencio cargado de malos presagios, que rompió la aparición de seis ruidosos chicos jóvenes, *Made in Sarrià*. Zapatillas caras, pantalones cortos hasta las rodillas, camisetas de marca, perfectos despeinados y móviles de última generación. Se sentaron en la mesa más cercana a ellas riendo con desparpajo. El mundo era suyo.

Magda se terminó la cerveza.

—Lamento haberle dado la noticia —dijo.

Ágatha Ros despertó del breve letargo.

—¿Qué va a hacer usted? —Suspiró.

—¿En qué sentido?

—Si me ha telefoneado y me ha hecho tantas preguntas es por una razón, ¿no? ¿Está jugando a los detectives?

—Yo nunca juego. Es mi trabajo —le aseguró.

—¿Investigar algo como esto es su trabajo?

—Sonia quería contarme alguna cosa importante, al menos para ella. Posiblemente también para mí como periodista. Esto me convierte automáticamente en parte de la historia. O la han matado para que no hablara conmigo o la han matado por lo que sabía, sin saber que iba a contárselo a una periodista. No puedo quedarme al margen.

—El mundo es un lugar oscuro y peligroso —reflexionó de pronto la mujer de Five Stars.

Como si la hubieran escuchado y se lo tomaran a broma, los seis chicos estallaron en una carcajada al unísono. Las dos chicas de la mesa contigua les lanzaron una mirada divertida. Acababa de comenzar la primavera y la testosterona parecía haber caído del cielo como una fina lluvia capaz de empaparlo todo. Una de las chicas miró el móvil. Otra daba la impresión de estar encandilada con el más rubio de los jóvenes. Los días se hacían ya muy largos, así que la tarde era luminosa.

Primavera y todo un verano por delante.

—He de irme —dio por terminada la conversación Ágatha Ros.

—Gracias por venir —dijo Magda.

La mujer abrió el bolso para sacar el monedero. Se lo impidió con un gesto.

No hubo más palabras.

La vio alejarse en dirección a la plaza San Gregorio Taumaturgo. Si Ágatha Ros había quedado con ella allí, era porque su casa, su despacho, lo que fuera, no estaba lejos. Una zona de lujo para una agencia de lujo.

Magda levantó la mano y pidió otra cerveza. Todavía era temprano.

Le había dicho a Néstor que solo quería follar. Un error. Una buena cena, después de no desayunar y del temprano bocadillo de mediodía, no le habría venido mal. Las cenas de y con Néstor eran como para tomárselas muy en serio.

Un *playboy bon vivant*.

Encima, el hijo de puta ni engordaba.

9

Cuando Néstor cocinaba en casa, era un perfecto *gourmet*, un artista, minucioso y detallista. Solo por eso ya tenía visos de hombre perfecto. Cuando cenaban fuera, la llevaba a los mejores lugares porque, como decía él, «para comer mierda mejor morirse en una hamburguesería barata». Los coches deportivos que coleccionaba, el yate que apenas utilizaba y la casa de S'Agaró en la que se refugiaba cuando ligaba con una *top* o quería alejarse de miradas ajenas ya eran otra historia. Viajar al Caribe, las Maldivas o la Polinesia, también. Lo mejor era que estaba siempre de buen humor. Un pesimista-fatalista que se tomaba la vida a broma y, casi, con resignación.

Pensó en llamarle y decirle que sí cenaría con él.

Nunca se pedían nada y sabían perfectamente qué darse.

A pesar de la presencia de los seis ruidosos jóvenes, siguió sentada en la terraza del Ándele y sacó el portátil del bolso. No pudo ponerlo en marcha porque le sonó el móvil.

Isabel.

Le costaba hacer amigas y mantener las que ya tenía o aparecían nuevas, pero Isabel era la de siempre, la de toda la vida, desde la infancia. De hecho, casi era su lado más terrenal.

Bueno, ese y el de la familia.

—¿Sí?

—¿Qué haces, petarda?

—Yo también te quiero.

—Va, que no sé nada de ti. ¿Estás en Barcelona?

—Voy a entrevistar a Brad Pitt.

Logró sorprenderla. Por un momento se lo creyó.

—Sí, ¡anda ya!

—¿Por qué no podría entrevistarle?

—¡Porque tú no haces entrevistas! Eso es demasiado poco para ti.

—Gracias.

—Va, en serio, ¿estás aquí?

—Sí.

—¿Liada?

—¿Cuándo no lo estoy?

—Es que si no hay problemas te los buscas. ¿Comemos mañana?

No tenía ni idea de qué iba a hacer al día siguiente, salvo llevar a su sobrina al ginecólogo por la mañana. Pero no quiso decirle que no.

Era de las pocas personas que necesitaba.

—De momento te digo que sí.

—¿Y cuándo me lo confirmarás?

—No, quedamos ya. Si pasa algo te llamo para avisarte.

—¿De verdad?

—Claro.

—Una vez me dejaste colgada.

—¡Mujer, una vez! ¿Me lo vas a estar recordando siempre?

—¿Dónde quieres quedar?

—Me da igual. Yendo en moto y mientras no sea en el quinto coño...

—¿En el Café de la Academia?

—De acuerdo. A las dos. ¿Todo bien?

—Si llamas estar bien a que mi hijo está cada vez más insoportable y a que mi ex no me paga la pensión ni a la de tres...

—Tu hijo es la hostia y tu ex, un cerdo.

—Ya, pero...

—Mañana.

—Vale. Chao. Ya reservo yo, ¿de acuerdo?

Cortó la comunicación y por fin puso en marcha el ordenador. Abrió los archivos del reportaje de las prostitutas una vez más y leyó las notas sobre las otras dos mujeres: Amara y Nerea. Habían sido muy distintas a Sonia, menos abiertas, más cuidadosas, por eso el ochenta o el noventa por ciento del artículo lo había escrito basándose en las palabras de la primera. Cuando hubo leído los textos buscó en el registro del móvil las llamadas de los días en que hizo el trabajo. Los dos números de contacto seguían allí.

Primero telefoneó a Amara.

Después del cuarto tono le saltó el buzón de voz. No quiso dejar ningún mensaje y marcó el número de Nerea. Esta vez tuvo suerte.

—¿Sí, diga?

—Hola, Nerea. Soy Magda Ventura. Hablamos hace unas semanas para un reportaje en *Zona Interior*, ¿te acuerdas?

—Ah, sí. —El tono de voz fue desapasionado—. ¿Qué tal?

—¿Te pillo ocupada?

—No, para nada. Hoy libro. Tengo la regla.

Una franqueza absoluta. Aunque, por la voz, también podía estar un poco colgada.

—Lo siento —dijo por decir algo.

—No me hagas reír —se burló de ella su interlocutora.

—Oye, ¿has visto a Sonia últimamente?

—No, ¿por qué?

—He de hablar con ella y no la encuentro.

—No es raro. —Sí, la voz era pastosa—. Puede que esté fuera. Hace poco un pavo se la llevó de finde a Dubái y apagó el móvil los tres días. Para llamadas estaba ella. ¿Has hablado con Sandra?

—No, ¿quién es?

—Se han estado viendo últimamente. ¿Quieres su número?

—Por favor.

—Apunta.

Lo tecleó directamente en el ordenador.

—Gracias. —No la dejó marchar así sin más—. Me ha dicho la señora Ros que Sonia te llamó para «algo especial» —remarcó la palabra— y que le dijiste que no.

—Caray con la Ros —farfulló Nerea.

—¿Te dijo Sonia de qué iba la cosa?

—Una fiesta privada en una casa. Querían cinco chicas distintas. Ya sabes: rubia, morena, blanca, negra... Esas cosas. Pero ya tenía plan.

—¿Era para el sábado?

—Sábado por la noche, sí. Todo era bastante improvisado. Por eso no estaba disponible.

—¿Sabes qué chicas fueron a esa fiesta?

—No, probablemente me llamó a mí la primera. Tampoco le pregunté más. Oye, iba a arreglarme para salir a cenar. ¿Tienes para mucho?

—No, no, ya está. Perdona.

—Vale, de nada. Chao.

Mientras marcaba el número que acababa de darle Nerea, los chicos de la mesa vecina estallaron de nuevo en una gruesa risotada. Magda hizo una mueca de desagrado, pero continuó sentada. La pasarela de las comidas iba llenándose poco a poco con los primeros que iban a tomar una copa o dispuestos a cenar temprano para irse luego al cine a las 9.30 o las 10.

Volvió a tener suerte.

—¿Hola?

—¿Eres Sandra?

—Sí, ¿quién eres?

—Me llamo Magda —se presentó empleando un tono jovial—. Soy amiga de Sonia y la estoy buscando desesperadamente. Me han dicho que quizá esté contigo.

—¿Conmigo? No. ¿Por qué iba a estarlo?

—Bueno, no sé. Siendo amigas...

—Perdona, ¿quién te ha dado mi número?

—Nerea.

—¡Ah, ya! —Recuperó la naturalidad—. Pues no sé, estará fuera de Barcelona. ¿Es para algo urgente?

—Un trabajo, sí.

—Llama a Five Stars.

—Ya lo he hecho y la señora Ros tampoco sabe nada de ella. ¿Cuándo hablaste con Sonia por última vez?

—El sábado por la mañana.

—Algo de una fiesta, ¿no?

—Sí, con varias chicas, no sé dónde. Creo que tenían que ser cuatro o cinco. Yo ya tenía plan, así que le dije que no.

—¿Te contó algo más, te dio algún detalle?

—No, nada.

—¿Ni de quién iba a ir?

—Me comentó que llamaría a Selene y a Soraya. —Lo pensó un poco mejor y añadió—: Creo. Tampoco es que esté muy segura. Eso fue el sábado y hoy es lunes.

Lo dijo como si en lugar de dos días hubiera pasado una eternidad.

—¿Sabes cómo puedo localizarlas?

—No creo que tengan idea de dónde está Sonia —la previno.

—¿Pero sabrías ponerte en contacto con ellas?

—No, ni idea. A veces hemos coincidido, pero nada más. Lo siento. Ni que fuéramos un club, tía.

—Vale, perdona. Y gracias.

—No hay de qué. Oye, ¿tú también estás en esto? No me suena el nombre de Magda.

—No, no. Solo soy una amiga.

Debió quedar satisfecha con la respuesta. Y tampoco debió de parecerle importante.

—Bueno, pues eso. Hasta luego.

Dejó el móvil sobre la mesa, sacó el bloc y buscó la página de las anotaciones. Ahora apuntó los siguientes nombres, despacio: «Ágatha Ros, Nerea, Sandra, Selene, Soraya». Luego escribió y subrayó las palabras «fiesta sábado noche» y «cuatro o cinco chicas».

Muchos hombres con dinero.

Muchas mujeres guapas dispuestas a ganárselo con sus atributos.

Resistió la tentación de volver a mirar las fotografías de Sonia y marcó de nuevo el número de Amara. Sonia era la morena. Amara, la rubia espectacular. Tenía veintiún años y su cabello, oro natural, formaba un halo dorado en torno a su cabeza. La recordaba muy femenina, muy sensual, con una edad que no le hacía justicia, porque aparentaba tener de veinticinco a veintisiete años.

Volvió a oír la voz cantarina de la propia Amara en el contestador automático:

«Hola. Soy yo, Amara. No seas malo y dime quién eres, o no podré devolverte la llamada. Venga, te espero».

Toda una invitación.

Y dirigida a los hombres: «No seas malo».

Estuvo a punto de volver a cortar la comunicación, pero se lo pensó mejor.

—Amara, soy Magda Ventura, la periodista. Por favor, necesito hablar contigo un minuto. ¿Puedes llamarme? A la hora que sea, ¿vale? No te cortes. Gracias.

A una mujer que trabajaba eminentemente de noche, puntualizarle lo de «a la hora que sea» tenía plena justificación.

El móvil flotó en su mano. ¿La telefoneaba?

Decidió que sí y marcó el número de Five Stars. No tuvo que decirle que era ella. Debió de verlo en la pantalla, porque reconoció el número al momento.

—¿Otra vez usted? —dijo sin ninguna simpatía—. ¿Qué quiere ahora?

—Necesito contactar con dos mujeres.

—No soy una... —empezó a protestar.

—Selene y Soraya —la interrumpió.

La respuesta fue rápida.

—No son mías.

—¿Seguro?

—Oiga. —Se tensó al límite—. Le digo que no son mías. ¿Por qué iba a mentirle?

—Perdone, es que...

—La policía todavía no se ha puesto en contacto conmigo —la cortó en seco.

Ella misma le había dado el número de la agencia a Juan. Acabarían haciéndolo.

—Bien —se limitó a decir Magda—. Siento haberla molestado, de verdad.

—Mire, es que sigo... conmocionada por lo de Sonia. Todavía no me hago a la idea. Es algo... demasiado duro.

—Nunca es fácil asimilar algo así. Le repito que lo siento, de verdad.

El tono se pacificó de golpe.

—Si averigua algo, ¿me informará de ello? No creo que la policía lo haga, aunque me interroguen y se lo pida.

—Se lo prometo.

—Gracias. En cuanto a esas dos chicas... No sé quiénes son, de verdad. Tal vez amigas de Sonia.

Tal vez.

Muchos hombres con dinero. Muchas mujeres guapas dispuestas a ganárselo con sus atributos.

—Buenas noches, señora Ros.

—Buenas noches.

Ya no telefoneó a nadie más. Ni la llamaron a ella en los siguientes minutos. Tampoco le entró ningún *whatsapp*.

El Ándele ya estaba casi lleno. Se sintió rara, porque, casualidad o no, era la mayor de las personas sentadas en las mesas de la terraza.

Había hecho bien en llamar a Néstor, porque necesitaba un buen polvo.

10

Se levantó de la cama, desnuda, y, sabiendo que él la miraba, caminó con un exagerado contoneo hasta el cuarto de baño. Una vez en el umbral, se volvió y le sacó la lengua.

Luego cerró la puerta, se vio reflejada en el espejo y se dijo:

—Eres gilipollas.

Se resignó subiendo y bajando los hombros. Se sentó en el bidé para lavarse y se encontró con el otro espejo, el frontal.

Solo a Néstor se le ocurriría poner un espejo delante del retrete y del bidé además del que había encima del lavamanos, que ya de por sí era enorme.

Llevaba el cabello despeinado, parecía una salvaje, pero era una imagen que le gustaba. Nada de convencionalismos. Ni siquiera se lo atusó o lo desenredó con la mano. Se abrió de piernas para lavarse el sexo y, mientras lo hacía, se miró las manos y los pies. La mayoría de las mujeres se sentaban en el bidé de cara al chorro de agua. Ella no, prefería ponerse de espaldas. Claro que solo disfrutaba de un bidé allí, en casa de Néstor. Quizá lo hacía por el espejo.

Una vez limpia, se secó, se levantó y volvió a mirarse en el espejo del lavamanos. Los hombros rectos, el pecho duro y firme, los pezones en alto pese al uso que él había hecho de ellos, el vientre plano, la cicatriz...

La cicatriz.

Toda aquella mancha de carne rosada, casi transparente, que iba desde el ombligo hasta la parte derecha del talle.

A veces aún veía sus tripas asomando por el boquete.

Aquel día ni siquiera pensó en recuperar la figura. Y mucho menos en seguir viva. Pero allí estaba, con su buen tipo y respirando.

¿Suerte? Desde luego, porque la bomba sí había matado a Quique, su cámara.

Abrió el grifo del agua fría y hundió las manos en el chorro. Llenó las palmas y se lavó la cara una, dos, tres veces. Dejó que el agua le chorreara por las mejillas unos segundos antes de secárselas. Mientras lo hacía paseó la mirada por el cuarto de baño y sonrió. A un lado, la bañera y el plato de la ducha. En el centro, el lavamanos, el bidé y el inodoro. Al otro lado, la sauna.

El conjunto era más grande que su sala de estar.

—Hijo de puta... —Le sonrió a Néstor, que estaba al otro lado de la puerta, esperándola en la cama.

Cuando salió del cuarto de baño se encontró con él todavía tumbado de lado, dispuesto para observarla en su regreso. Sonreía exageradamente, de oreja a oreja. Incluso desnudo tenía un punto exótico. En Néstor nada era casual, ni típico, ni tópico.

Magda se cruzó de brazos sin aterrizar a su lado. Mirada maliciosa.

—¿Qué? —preguntó él al ver que no decía nada.

—Cada vez duras menos.

Su compañero abrió los ojos con desmesura.

—¡Coño, cielo, es que te has puesto encima y no has parado!

—Vale, ¿y qué?

—Me he sentido un puro objeto de deseo.

—Objeto, sí. De deseo... dejémoslo correr.

—Pues nadie lo diría.

Siguieron igual. Ella de pie y él medio tumbado en cama hasta que Magda se sentó en su lado y llenó los pulmones de aire.

Quiso tranquilizarle.

—Ha estado bien —afirmó sincera.

—A mí me has puesto a mil.

—Me apetecía.

—¿Estás bien? —quiso saber Néstor.

—Sí, ¿por qué?

—No sé. Tu llamada... Hoy no la esperaba. La última vez fue hace quince días.

—Cuando tengo ganas, te llamo, y cuando tú no estás con ninguna de tus modelos de bandera, me llamas. Ése es el plan, ¿no?

—No son modelos de bandera, lo que pasa es que...

—Néstor —le detuvo.

—¡Es que dicho así...!

—Sabes que no me meto ni tampoco te critico. Constato un hecho y ya está. Me alegra que seas feliz a tu rollo. Tenemos algo que poca gente posee.

—¿Y es?

—Libertad.

—Ven. —Palmeó el espacio vacío dejado por ella al levantarse.

—No.

—¿Por qué?

—He quedado satisfecha.

—Pues relajémonos. Nos quedaremos abrazados.

Le hizo caso, se tendió a su lado y se arrebujó en sus brazos. Estaban sobre las sábanas, de seda negra. El leve aire acondicionado había impedido que sudaran en el apogeo de su entrega lúdica.

—¿Te preocupa algo? —preguntó él.

—No —mintió ella.

—Pues parecías querer matarme, como si estuvieras poseída. Y no digamos tú misma. Te estaba pellizcando y retorciendo los pezones y querías más y más.

—Sabes que me gusta.

—Tendrías que preguntarle al médico si es sano. A ver si pillas un cáncer.

—Vete a la mierda. —Volvió un poco la cabeza para verle de reojo—. ¿Solo me gusta a mí? ¿Es que tus muñecas son de mírame y no me toques?

—Muchas ni se dejan tocar las tetas, para que no se les deformen.

—No te digo las ninfas...

—¿Y ahora por qué te metes con mis ligues? —protestó él.

—La última con la que te vi fotografiado en una revista era...

—¿Qué?

—Por Dios, si no tendría más de dieciocho años.

—¿Te refieres a Paula? Pues tenía veintiuno.

—¡Uy, qué mayor! —le aplaudió—. La mitad que yo, no te fastidia.

—¡Para no meterte conmigo ni criticarme y dejar que sea feliz a mi rollo... estás hoy que te sales!, ¿eh?

Dejó pasar unos segundos.

—Perdona —se disculpó sincera.

—¿Qué quieres que haga? La vida es aburridísima, cielo. Si cae un regalo del cielo, ¿voy a hacerle ascos? Sé a lo que van, y a lo que voy, y todos contentos. No pasa nada.

—¿No te aburres?

—Ya me gustaría verte en mi lugar.

—¿Cómo, forrado de pasta por ser un Oranich?

—Rezo para que un día te metas en un verdadero lío y tenga que defenderte yo en un tribunal. —Suspiró—. ¡Ibas a ver tú entonces!

—¿Me defenderías?

—Sabes que soy bueno en lo mío.

—Pero tampoco te matas trabajando.

—Porque soy selectivo, amor. —La besó en la frente y con la mano libre le acarició el pecho—. ¿Cuánto hace que nos conocemos?

—En mayo hizo diez años —dijo ella.

—Diez años —repitió él—. ¿Puedo preguntarte algo?

—Adelante.

—¿Algo íntimo y que nunca he querido saber?

—Va, dispara.

—Después de la muerte de Rafa, ¿con cuántos hombres te has acostado?

—Eso es jugar sucio.

—¿Seguro?

—Sí.

—Yo me atrevería a decir que con nadie, salvo conmigo.

—En Afganistán...

—Eso no cuenta —la detuvo—. Cuando se está en una guerra hay otras necesidades.

—Menuda teoría.

—Magda. —La abrazó con fuerza, de manera cariñosa—. No quieres enamorarte, tampoco quieres relaciones estables, no piensas ni loca en casarte, pero te gusta follar. Bien. Soy el tío perfecto. Yo no puedo enamorarme, me gustas y me encanta montármelo contigo, aunque sea de uvas a peras.

Eres divertida, eres toda una mujer, eres inteligente y estás buena. ¿Qué más se puede pedir? Todo genial. Sé que no soy el mejor de los tíos, pero te resulto perfecto. Soy un vivala-virgen, vividor, pasota, guapo... —No le dejó meter baza para rebatirle lo último—. Has de admitir que te lo montas conmigo porque no tienes más remedio, porque vale más malo conocido que bueno por conocer.

—Sabes que podría salir con quien quisiera. Eso de que no tengo más remedio...

—¡Lo sé, pero no quieres! ¡Casi estoy por decir que me siento orgulloso de ello! —Recuperó el hilo de su pregunta anterior—. En serio, va, dímelo: ¿te has acostado con alguien, salvo conmigo y sin contar Afganistán, en estos diez años?

—Pues sí —quiso dejárselo claro.

—¿Y últimamente?

—Define «últimamente».

—Tres, cuatro años.

—Dos o tres. —Hizo un gesto vago.

—No te creo.

—Pues es verdad.

—Sería una noche loca, en medio de una borrachera, un desliz tonto o algo así.

—Uno duró una semana.

—¡Todo un récord! —Resopló con desmesura.

—¿Por qué te crees que ya no bebo?

Néstor volvió a besarle la cabeza. Luego la cogió para obligarla a darse la vuelta y a quedarse de cara a él. Estaban tan cerca el uno del otro que solo tenían un ojo, en plan cíclope. En sus rostros había paz.

La pregunta, por inesperada, la sorprendió.

—¿Por qué has venido esta noche, Magda?

Ya no le contestó «para follar».

No era necesario.

No con Néstor.

—Para que me hagas un favor —reconoció.

—¿Además de...?

—También me apetecía, pero ya ves.

—Sueles matar dos pájaros de un tiro, así no pierdes el tiempo.

Movió una mano, le agarró los testículos y se los apretó.

—Vale, vale —la calmó él—. ¿Qué favor quieres? ¿Necesitas dinero?

La presión aumentó.

—¡Caray, que era broma!

—Pues no me seas vulgar —le recordó ella.

—Ya sé que ganas bastante y que gastas poco. Va, para, no seas mala.

Ella retiró la mano.

—¿Sabes lo que es el shibari?

—Sí, claro.

—¿Claro? Vaya, pues mucha gente no tiene ni idea, por no decir la mayoría.

—Soy un cosmopolita, cielo. Hay que estar en todas.

—¿Lo has practicado?

—No.

—¿Por qué?

—No es lo mío. Y mis refinamientos no llegan a tanto. —Consideró la respuesta—. Hay que tener paciencia, disponer de una compañera de juegos... Yo soy más práctico. Pero alguno de mis conocidos me comentó algo de pasada, eso sí. Hay cosas que se ponen de moda sin más, ya sabes cómo somos, y más en España. Lo oriental mola mazo.

—No hables así.

—¿Así cómo?

—En plan gilipollas adolescente.

—Vaya, cómo estás hoy. —No quiso seguir por ese camino—. Va, ¿por qué te interesa el shibari? ¿Quieres probarlo?

—Es para un reportaje.

—Genial. —Bufó—. Y has pensado: «Seguro que Néstor sabe de qué va esto».

—Es así, ¿no?

—Pues sé de qué va, pero nada más.

—¿Puedes informarte?

—¿A qué nivel?

—Algún experto en Barcelona, alguien que sepa más... No sé, lo que sea. Igual hay una escuela de iniciación. Hay lugares en los que se enseña caligrafía, otros de meditación, otros de taichí...

—¿Tú crees que habrá una escuela?

—No lo sé, solo disparo al azar. Todo es posible. En Internet hay muchas páginas con fotos, nociones prácticas, pero no me basta. Podría sacarlo de ahí, pero me gustan más los testimonios directos. Necesito hablar con alguien que de verdad entienda del tema. Sé que varían los tipos de cuerdas, la forma de los nudos... Esas cosas. Quiero saber si se puede descubrir al autor de un shibari viendo la trama de nudos y la disposición de las cuerdas.

—¿Algo así como tener un sello personal, un estilo propio?

—Sí.

Néstor exhibió una sonrisa de las suyas. Mitad burlona, mitad irónica, mitad sospechosa... Muchas mitades.

—¿De qué te ríes? —quiso saber Magda.

—Eres la mejor —la piropeó.

—Gracias.

—Si tuviera que casarme con alguien, lo haría contigo.

—¿En serio?

—Sería perfecto. Dos entes libres: tú, periodista; yo, abogado. Incluso podríamos quedar para cenar y todo eso.

—¿De qué te serviría casarte?

—Bueno, le daría una alegría a mi padre, que ya con ochenta y cinco... pocas le quedan. Todos mis hermanos y hermanas tienen pareja legal.

—Me casaría contigo para divorciarme y llevarme la mitad de tu dinero —apuntó ella.

—Tú no eres así.

—¡Uy, *my friend*!

—Y te mereces algo mejor que yo.

—También.

Néstor volvió a acariciarle el pecho. Bastaba con rozarle el pezón para que se le pusiera duro. También era una especie de disparadero para que ella se excitara.

—Eres la mujer más increíble que conozco —dijo—. Y conozco a muchas.

—Tú también eres un sol. —Le apartó la mano del pecho—. Habrá que dormir, ¿no?

—No tengo sueño.

—Yo sí —mintió.

—Diez años ya —repitió él, dispuesto a seguir hablando—. ¿Recuerdas aquella noche?

—No mucho. Estaba borracha perdida.

—Estabas ciega, amor.

—Me salvaste.

—Tengo mis cosas buenas.

—Llevaba ya tres años hundida. Toqué fondo. Creo que ahí tuve mi punto de inflexión. Aquel polvo me liberó, me hizo verlo todo de otra forma. O caía o me levantaba.

—Y te levantaste.

Magda le acarició la mejilla.

Le pasó la mano por el cabello.

—La semana que viene se cumplen trece años de la muerte de Rafa.

Esta vez, Néstor no dijo nada. Se lo calló. A veces no era necesario hablar.

—¿Para cuándo quieres lo del shibari? —dijo bastantes segundos después.

—Para ya.

—Mañana te llamo.

—Gracias —dijo Magda mientras se apartaba de su lado y se incorporaba.

—¿No te quedas a dormir?

—No.

—Vale —aceptó sin rechistar.

Ella le lanzó una mirada capciosa.

—Podrías suplicármelo, ¿no?

—Eso nunca. —Estiró la barbilla hacia delante—. He de cuidar mi reputación. Si quieres irte, vete.

—Si no fuera porque sé que debajo de tanto cinismo hay un corazón de oro...

—Si hubieras nacido rica y en mi familia, ya verías, ya.

Hora de irse.

Magda empezó a buscar sus bragas.

MARTES

11

La despertó la música del móvil. En pleno sueño profundo.

Abrió un ojo. El luminoso del reloj digital le indicó que eran las 7.37 de la mañana. Le gustaba despertarse a una hora capicúa, pero justo esa mañana lo odió. Si tardaba demasiado en coger el móvil, saltaría el buzón de voz. Pero se sentía sin fuerzas para moverse.

La guerra duró poco. Le vino a la cabeza la imagen de Sonia muerta y reaccionó.

Cazó el teléfono justo al límite y abrió la línea sin esperar a ver quién la llamaba o a si reconocía el número.

—¿Sí? —farfulló con voz de cazalla.

—¿Magda?

—Sí. ¿Quién...?

—Soy Amara.

Se despejó de golpe. De un salto quedó sentada en la cama e intentó ordenar las ideas haciendo un esfuerzo. Tragó saliva y cerró los ojos buscando un poco de concentración.

—Hola, Amara.

—Me dejaste un mensaje diciendo que te llamara a cualquier hora.

—Sí, sí, está bien.

—Es que llego a casa ahora y me voy a pasar el día durmiendo. —La voz sonaba jovial—. ¿Qué quieres, otro reportaje?

Claro que era jovial. Veintiún años y la imagen de la rubia tontita, aunque ni mucho menos lo era.

—No, no se trata de eso. —Empezó a controlar sus pensamientos.

—Quedó bien, ¿no? Casi lamento no haber dado mi nombre. ¡Publicidad extra! —Soltó una risa cantarina.

Nerea y Amara le hablaban de tú. Sonia de usted. No supo por qué recordó ese detalle de pronto.

Qué más daba.

Siguió con los ojos cerrados. Apretó el puño de la mano izquierda y volvió a mentir, o, al menos, a callar la verdad que su pregunta encerraba.

—Quería saber si habías visto a Sonia últimamente.

La chica no le ocultó su extrañeza.

—¿A Sonia? Sí, ¿por qué?

—¿Cuándo fue eso?

—¿La has llamado a ella?

—No contesta y es algo urgente. —Se mordió el labio inferior—. Por eso te llamo a ti, perdona.

—No, tranquila. No pasa nada. —Recuperó el tono anterior—. Estuvimos juntas el sábado por la noche.

—¿Por un trabajo?

—Sí, una fiesta en una casa de Sant Cugat.

El primer indicio. Un lugar.

No se precipitó.

—¿Vosotras dos solas?

—No, cinco chicas.

—Debió de ser una orgía o algo parecido, ¿no?

—Bueno, casi. Pero no, tampoco llegó a tanto —lo contaba con la mayor de las naturalidades—. Eran cinco tipos, tres de ellos extranjeros, más negros que el carbón, yo diría que africanos. Y dos, ni papa de español. Sonia fue la que lo organizó todo y nos llamó a las demás.

—¿Quiénes erais?

—Querían una morena, una rubia, una pelirroja, una oriental y una negra, ya ves tú. Más exóticos, imposible. ¡Este mundo nuestro cada vez está más loco! —Soltó una risa feliz.

—¿Sabes los nombres?

—¿De los tíos? Ni idea.

—¿Y de las chicas?

—Pues... Déjame que recuerde... Sonia y yo... Sí, las otras se llamaban Selene, Karla y Soraya. Yo solo conocía, y más de nombre que de vista, a Selene.

—¿Sabes la dirección de la casa de Sant Cugat?

—No. Sé que era allí porque fuimos por los túneles y en un momento dado vi el letrero, pero nada más. Un chofer nos recogió a todas en casa de Selene, que es donde habíamos quedado, con una de esas camionetas negras, de cristales oscuros, muy lujosa.

—¿Puedes darme la dirección de Selene?

—Claro, apunta.

—Espera.

Saltó de la cama y echó a correr hasta el comedor. Le costó sacar el bloc del bolso y, más aún, encontrar un bolígrafo. Cuando lo tuvo a punto se sentó en una silla.

—Ya.

Anotó las señas. Estaban en la parte alta, cerca de los mismos túneles. Por eso habían quedado todas en casa de ella.

—¿A qué hora acabó la fiesta?

—Ya ni me acuerdo, a las tres o las cuatro de la madrugada. Creo que los negros regresaban a no sé donde por la mañana, por eso no nos quedamos hasta el amanecer. De todas formas, nos fuimos primero tres y el chofer nos llevó de vuelta a Barcelona. Sonia y Selene se quedaron.

—¿Por qué?

—Capricho de uno de los negros, el más importante, el que parecía el jefe.

—¿La casa era suya?

—No, de uno de los dos blancos. Había fotos de él por todas partes.

—¿Había alguien más en la casa?

—No, nosotras y ellos.

—¿Y esa fue la última vez que viste a Sonia?

—Sí.

—¿Dijo algo el chofer de ir a por ellas y llevarlas de vuelta después?

—No creo. Cogerían un taxi, digo yo.

—¿Puedes especificarme quién era cada cual? Sonia era la morena y tú la rubia, pero las otras...

—Selene, la negra. Karla, la pelirroja. Soraya, la asiática, aunque ni idea de si era china, japonesa o de otra parte, porque a mí todas me parecen iguales. —Se dio cuenta de lo mucho que estaba hablando y finalmente reaccionó—: Oye, ¿a qué viene todo esto?

Magda esperaba la pregunta. Bastante había tirado ya de la cuerda. ¿Por qué no decía la verdad?

—Bueno, es que temo que a Sonia le haya pasado algo malo, eso es todo.

—¿Qué dices? —Había logrado impactarla.

—Me telefoneó el domingo. Quería contarme algo importante. Me dejó un mensaje pero no he conseguido ponerme en contacto con ella. Fuera lo que fuese lo que quisiera decirme, se la notaba nerviosa, ¿entiendes? Nerviosa, asustada, preocupada...

—Le caíste muy bien cuando lo del reportaje.

—Sí, lo sé. Por eso me da mala espina que no me haya vuelto a llamar ni la localice. Pensaba que a lo mejor sabías algo, eso es todo.

—A saber lo que quiere contarte.

—¿No tienes ni idea?

—¿Yo? No. Igual es que ha reaparecido Fernando. Me dijo algo de que estaría bien que hablaras un día de mujeres maltratadas o de los problemas de las chicas guapas para encontrar novios decentes, y ya no digamos maridos.

—¿Quién es Fernando?

—Su novio.

—¿Sonia tenía... tiene novio?

—No, ya no. Eso fue hace... Bueno, antes de todo esto. Ella lo llevó mal, pero lo que es él... Imagínate: una belleza como Sonia. Por guapo que fuera Fernando no le llegaba a la suela del zapato, y, encima, era tan violento. —Hizo una breve pausa—. Todas necesitamos a alguien, claro, y por lo general..., ¿qué quieres que te diga?, nos solemos fijar en el menos adecuado. Y tanto da que esté para mojar pan o no. Mira la de tíos feos enrollados con chicas diez. Fernando no se merecía a Sonia, eso fijo.

—Has dicho que Fernando es violento.

—Mucho. —Soltó un bufido a través de la línea—. Le gustan las artes marciales. Llegó a maltratarla, primero psicológicamente y luego ya físicamente. Por eso le dejó plantado. Y no sin miedo, ¿eh? Yo la conozco hace bastante y estaba muy asustada temiendo que se rebotara en plan bestia.

—¿Sabes dónde vive el tal Fernando?

—No, pero la madre de Sonia tal vez sí. Creo que eran del barrio o algo así. ¿Quieres la dirección? No sé el número exacto, pero sí la calle, hace esquina con otra. A lo mejor la madre de Sonia puede decirte algo. Es que yo ahora mismo, cuando acabe de hablar contigo, me tomo un Valium y me quedo frita.

—Gracias, dime.

Magda anotó la nueva dirección con los datos facilitados por Amara. Suficientes.

Cuando lo hubo hecho, rebuscó por su cabeza las posibles preguntas que se le hubiera olvidado formular.

—Amara, esa casa de Sant Cugat...

—Solo puedo decirte que era enorme, con un jardín precioso, dos plantas, piscina, pista de tenis... Un tío forrado, eso desde luego. Me extrañó que no hubiera nadie más, ni siquiera servicio, pero con la que nos montamos...

—¿Algún detalle de la casa?

—No. Bueno... Las ventanas eran rojas... Y, sí, en la entrada había dos enormes árboles, uno a cada lado. Árboles de esos muy altos, como los de los cementerios.

—Cipreses.

—Eso mismo. —La charla parecía tocar a su fin, porque, de pronto, Amara recuperó el motivo de la llamada y la preocupación por Sonia—. Oye, me has dejado un poco asustada, ¿sabes? No sé qué quiere contarte Sonia pero que no dé señales de vida... es raro. Ayer fue lunes y tuve suerte de que hubiera trabajo, pero no es normal. Los lunes nunca son un día de mucha actividad.

—Puede que a ella sí le haya surgido algún trabajo inesperado y urgente —intentó calmarla Magda.

—Eso sí, ¿ves? Cuando estamos metidas en harina, lo primero es apagar el móvil o los clientes se enfadan. Quieren exclusividad, aunque sea por unas horas. —Y soltó un explícito—: ¡Ay, los tíos!

—¿Le gustan a Sonia las prácticas sexuales de riesgo?

—¿Como cuáles?

—No sé. El shibari, por ejemplo.

—¡Eso es un juego! —explotó feliz—. De riesgo nada. Una fantasía masculina y poco más. Les encanta ponerse en plan machitos. De todas formas, yo no creo que lo haga, porque debes de sentirte indefensa, ¿comprendes?

Lo comprendía. Sonia desnuda, atada y muerta, era la viva imagen de la indefensión.

—Siento haberte inquietado, Amara.

—No, si seguro que será solo eso. Sonia es total, ¿sabes? Con ella, el éxito está asegurado. Si me gustaran las mujeres seguro que me enamoraría de ella. —Lanzó otra risa juvenil a través de la línea—. Bueno, te dejo, ¿vale?

—Gracias, Amara.

—Llámame si quieres algo más. Si estoy frita, me dejas un mensaje, ¿de acuerdo?

—Que descanses.

—¡Lo necesito! —Fue lo último que oyó de ella.

Luego, la comunicación se cortó.

12

No tenía mucho más, al menos de momento, así que detuvo la moto en la esquina en la que, presuntamente, vivía la madre de Sonia. Tampoco tuvo que preguntar. Dos mujeres enlutadas y con rostros llorosos salían de un portal en ese preciso momento. Una tercera cruzaba la calle en línea recta para meterse en él.

La noticia de la muerte ya había llegado a la familia. Lo más seguro es que la policía se lo hubiese comunicado ayer. Aún era muy temprano.

Eso la paralizó un poco.

Lo justo.

No podía fingir que buscaba a Sonia. Si entraba allí, tenía que decir que era amiga suya. Lo que fuera para conseguir algo y después marcharse corriendo.

Los funerales la agotaban.

Los entierros la deprimían.

La muerte la aterraba.

Y, sin embargo, lo peor siempre era el dolor invisible, el dolor del alma, el que no podía curar ninguna pastilla ni médico.

Se revistió de valor y entró en el portal. La escalera quedaba a la derecha, pero la vivienda estaba justo al lado, en la misma planta baja. Por la puerta, abierta, se veía un corto pasillo con personas hablando de pie. Todo mujeres. Se resignó y dio los primeros pasos en silencio, pasando por entre ellas para alcanzar el fondo del piso.

Lo primero de lo que tuvo noción fue de que la casa era muy sencilla. Sonia podía ganar dinero, pero no tanto como para darle una vida mejor a su madre. Quizá la relación no fuera buena. También contaba el hecho de que tuviera que gastar buena parte de sus ingresos adquiriendo ropa cara para estar atractiva, cuidándose para ser deseada, quizá yendo a un gimnasio... Vivía de su cuerpo y de su imagen. Invertir en sí misma lo era todo.

Las mujeres diez no lo tenían fácil.

Cazó los primeros comentarios al vuelo.

—¡Qué tragedia!

—Tan joven...

—Yo es que ni siquiera puedo creerlo.

—¿Pero han dicho algo más?

—No, no, solo que la han encontrado en circunstancias... bueno, ya me entendéis.

—¿Pero la han matado o...?

—No se sabe, aunque por lo que se desprende de todo, parece que sí. Vamos, que estando desnuda y..., bueno, ya me entendéis.

—¡Qué barbaridad!

—¿Y su padre?

—¿Ése? Como que vendrá por aquí.

—Sí, nunca le importó nada, y menos la niña.

—Ya, pero era su hija, ¿no?

—¿Sabes si se lo han dicho?

—No creo. Era un completo hijo de puta. ¡Si la dejó con una mano delante y otra detrás!

—Como se presente, lo echan.

—Yo lo mato.

Dejó atrás al grupo de comadres parlanchinas y se asomó a lo que debía de ser el comedor de la casa. Allí había un hombre anciano y cinco mujeres más. Una de ellas, la más que presunta madre de Sonia, hundida en una butaca y con el rostro extraviado. Por detrás de ella, en una estantería, había fotos diversas. Reconoció un par de Sonia, de niña y de adolescente. Ya era guapa. En un retrato de la pared vio enmarcada la portada de una revista de moda con ella luciendo un espectacular minivestido tubo. Reía con unos dientes perfectos asomando por los rojos labios y, con la melena hacia atrás, el rostro ladeado y el cuerpo formando una curva, su imagen era el vivo retrato de Rita Hayworth.

Se acercó a la madre.

Le calculó unos cincuenta y cinco años, ahora convertidos en setenta o más debido al peso del dolor. No se parecía en nada a su hija, así que, si Sonia había salido a alguien, tenía que ser al padre. El único rasgo de similitud eran el cabello, tan frondoso y negro como el de su hija, y los ojos grises, casi transparentes. Era una mujer delgada, muy delgada, con los pómulos muy marcados.

Para su suerte, la persona sentada a la derecha de ella se levantó en ese momento.

Magda no perdió el tiempo. Ocupó su lugar y se acercó a su objetivo.

—Señora...

Consiguió que mirara en su dirección.

—Hola —dijo de forma átona.

—La acompaño en el sentimiento.

—Gracias. ¿Eres amiga de mi hija?

Se dio cuenta, inesperadamente, de que no sabía si su interlocutora conocía lo que hacía su hija. Quizá le hubiera dicho que trabajaba de modelo. A una madre no se le cuenta que se es prostituta, aunque sea de lujo.

—Sí, éramos muy amigas —mintió—. Me hablaba mucho de usted.

—¿Sí?

—Mucho —se lo repitió.

—Era muy cariñosa, ¿verdad? —Se le dulcificaron los ojos.

—Un cielo. —Asintió Magda—. ¿Puedo hacerle unas preguntas?

—¿Sobre qué?

—¿Qué le ha dicho la policía?

Lo meditó. Encontró la concentración necesaria para responder, aunque sin ocultar su preocupación o extrañeza.

—No mucho. —Movió la cabeza de lado a lado—. ¿Qué más van a decirme? Está muerta.

—Pero alguien lo hizo.

Temió haber metido la pata. Hasta que la autopsia no determinara la razón del fallecimiento, la policía igual escondía el dato y se hacía pasar por una muerte accidental producida por una práctica sexual de riesgo. Que ella tuviera la intuición, o la certeza, de que a Sonia la habían asesinado, no significara que fuera verdad, o que su madre lo supiera, aunque las comadres ya lo comentaran en voz alta.

—Me dijeron que... estaban investigando las causas —murmuró la mujer.

No podía jugar con el dolor de una madre.

Las fotos de su móvil le quemaron la razón. Intentó ser más directa.

—¿Sabe si sospechan de alguien?

—No.

—Pero estaba acompañada. —Se mostró cauta. La mujer

del otro lado empezaba a interesarse por la conversación—. Quizá alguien...

—Era joven y guapa. —Pareció defenderla—. Salía con hombres, por supuesto. Pero no sé...

—A mí me habló de su novio, Fernando —soltó—. Me dijo que era violento.

—Sí, lo era, pero lo dejaron, ¿no es cierto, María? —intervino la otra mujer, ya metida entre ellas.

—Lo dejaron, sí. —Asintió la madre de Sonia—. Bueno, en realidad fue mi hija. Finalmente se dio cuenta de que... Cómo nos engañó, ¿verdad, Lourdes?

—Fernando era malo, muy malo —corroboró la tal Lourdes.

—Suerte que lo hizo a tiempo —dijo María.

—Y aun así... mira que la acosó, ¿eh? Llamadas, la venía a buscar, aparecía por sorpresa... Daba un poco de miedo. Tú misma dijiste que el día menos pensado salíamos en el telediario.

Se solidarizaron la una con la otra y eso fue todo.

Dejaron de hablar y la miraron.

—Gracias por venir, hija. —María le cogió una mano y se la apretó.

La mujer las tenía muy frías, a pesar de la buena temperatura que hacía.

—Fernando todavía vive cerca de aquí, ¿no? —aventuró la última pregunta.

—Sí, sí, en la calle Puigmartí, al lado de la ferretería, antes de llegar a la plaza de John Lennon. —Lo pronunció «Chon Lenón»—. Al paso que va, su madre desde luego no se lo va a quitar de encima.

Justo a tiempo.

Apareció otra mujer por la puerta, con los brazos abiertos

y los ojos arrasados en lágrimas. El grito de dolor agitó a la madre de Sonia, que trató de incorporarse de un salto. Lourdes se lo impidió, así que la aparecida casi se le echó encima. Las lágrimas de la recién llegada arrancaron de nuevo las de María. Como si se tratara de un efecto multiplicador, el resto de los acompañantes del duelo también volvió a llorar.

La espiral de dolor se hizo más y más densa.

Magda se levantó. Nadie reparó en ella. Recorrió el pasillo, donde seguían las comadres hablando de todo, y salió del piso. Antes de llegar a la calle, miró en los buzones de la portería. El de la planta baja tenía dos nombres: María Cortés Almirall y Sonia Creixell Cortés.

Sonia era su verdadero nombre.

13

Si la madre de Sonia no sabía a qué se dedicaba su hija, pronto lo descubriría, cuando los periódicos o las televisiones se cebaran con la muerta tras averiguarlo. No quiso ni imaginárselo. Una imagen destruida sin más. La muerte de una prostituta de lujo sería un suculento manjar para la prensa amarilla o las telerrealidades obscenas y carroñeras. Tanto daba a quién hundían o a qué hacían daño. Las almas puras se sentirían a salvo. La muerte de una pecadora siempre representaba su propia salvación, la justicia divina hecha carne de certeza.

Eso le hizo recordar algo.

Llegó a la moto y, antes de arrancarla, sacó su portátil. Entró en los portales digitales de *La Vanguardia*, *El Periódico*, *Ara* y el *elnacional.cat* para ver si ya se hablaba del hallazgo del cadáver de Sonia. La única referencia, y breve, mencionaba la aparición del cadáver de una mujer, con posibles signos de violencia, en su casa de Sant Just Desvern.

No era mucho. ¿Secreto de sumario?

Pensó en llamar ya a Juan, pero desistió de ello. Seguía siendo demasiado temprano. Decidió ir paso a paso y se dirigió a la cercana calle de Puigmartí. Circular por Gràcia no era sencillo. Calles peatonales, otras estrechas, tráfico condensado, coches o camionetas de reparto deteniéndose por todas partes... Prefirió aparcar la moto en la pequeña plaza de John Lennon y retrocedió en busca de la ferretería mencionada por la madre de Sonia. Cuando la encontró, descubrió que había un portal abierto a cada lado. Preguntó en la portería del primero y la portera le dijo que no era allí. La del segundo le indicó que subiera a la primera planta.

Lo hizo a pie, sin tomar el ascensor, construido este seguramente por necesidad ya que la casa era muy vieja y el aparato parecía una caja de cerillas metida con calzador en el diminuto hueco de la escalera.

Cuando llamó a la puerta oyó el roce de unas pisadas al otro lado. Sonrió antes de que se abriera. Lo hizo una mujer de más o menos la misma edad que la madre de Sonia, con la diferencia de estaba arreglada como si fuera a salir de casa.

—¿Sí? —vaciló al ver a una desconocida en su puerta.

—¿Está Fernando?

El recelo no menguó, al contrario. La examinó sin tapujos, de arriba abajo.

Quizá se preguntara si valía lo suficiente para su hijo, o incluso por qué salía con una mujer mayor, si ese era el caso.

—¿Fernando? —lo repitió como si le sonara raro—. No, ya se ha ido a trabajar.

—¿Puede decirme dónde trabaja? —Sonrió un poco más.

Pero no la convenció. Apareció entonces la madre protectora y celosa de la intimidad de su retoño.

—¿Quién es usted?

—Una vieja amiga.

—¿Cómo se llama?

—Magda.

—Pues no recuerdo...

—De la época cuando él salía con Sonia.

—¡Ah, ya! —Lejos de apaciguarse, se le endureció el gesto todavía más—. Ésa...

—Sí, sé que se portó mal con él —contemporizó ella.

—¿Mal? —se alteró sin remisión—. Casi fue la perdición de mi hijo. —Cruzó los brazos dispuesta para una imaginaria pelea—. Con lo que la quería él. ¡No era más que una puta, y me da igual que usted sea su amiga!

—No, no, ya no lo es —intentó tranquilizarla—. He estado fuera de Barcelona y lo único que quiero es saber de Fernando. Quería recuperar a los amigos, ponerme al día. Sonia también se portó mal conmigo. Imagino que él no la habrá vuelto a ver.

—No, claro que no, pero ya sabe cómo son los hombres cuando se encaprichan de una.

—¡Uy, sí! —Sonrió de manera distendida—. Fernando es así, ya lo sé. ¡Tan cariñoso y apasionado!

—¡Demasiado bueno es mi hijo! —gritó la mujer—. ¡Mucha fachada, mucha planta, muchas artes marciales, pero en el fondo... un trozo de pan! ¡Y tiene su genio!, ¿eh? Pero en el fondo... ¡Si es que ella le sorbía el seso! ¡Ella! ¡Luego va y resulta que el malo es él! Hay cosas que...

—No se enfade, ya pasó.

—No, si no me enfado. Es que hay cosas que todavía me sublevan.

La tenía dónde quería, o al menos eso pensaba. Así que lo probó de nuevo.

—¿Podría decirme dónde trabaja?

La mujer la escrutó por última vez. Decidió que sí, o que si no ella lo averiguaría igualmente.

—¿Magda?

—Sí, Magda.

—Es por si no le localiza, para decírselo a mediodía, cuando venga a comer.

—Oh, seguro que lo pillo un rato ahora.

—Trabaja de instructor en el Centro Budokan, no está lejos. ¿Conoce la plaza Rovira i Trias?

—Sí.

—Pues ahí.

—Gracias, señora. Ha sido muy amable.

—Yo también salía. Si llega a llamar un minuto más tarde, ya no me habría pillado, aunque hoy en día, como las porteras lo saben todo... —Elevó la voz de forma clara y en dirección a la escalera.

La madre de Fernando, el exnovio de Sonia, era una mujer de armas tomar.

Bajó la escalera nada más cerrarse la puerta, para no coincidir con la mujer, y llegó a la moto en un minuto. El trayecto, Gràcia arriba, no fue largo, pero sí parecido a una gymkana. Por dos veces tuvo que subirse a la acera para evitar quedar atrapada en una calle. Le fue de un pelo en la segunda porque escapó a la mirada de un agente de la Guardia Urbana por cuestión de dos o tres segundos.

El Centro Budokan era un gimnasio, pero adornado con rótulos japoneses y con referencias explícitas a las clases de artes marciales, taekwondo, kárate, aikido o yudo. También se mencionaba la práctica del *kickboxing*, que era aún más bestia que el boxeo. Todas las modas y tendencias tenían cabida en la España de la novedad, la que rizaba el rizo de lo absurdo. Lo único que le parecía saludable era el aikido, porque era una técnica de defensa. No servía para atacar. Y se derrotaba al enemigo utilizando la propia energía del rival, no el deseo propio de ganar.

Entró en el Centro Budokan y se acercó a un mostrador.

Tuvo que esperar un par de minutos a que la recepcionista, por supuesto oriental, acabase de informar sobre las distintas opciones y dar precios de todo a una madre cuyo hijo, al parecer, sufría *bullying* en la escuela. Magda se imaginó a un niño humillado por los clásicos matones de la clase, intentando defenderse mediante golpes de kárate o jiu jitsu. No era mal tema para un reportaje en *Zona Interior*.

Cuando la atribulada madre se fue, se acodó en el mostrador. La recepcionista tenía una edad indefinible, entre los veinte y los treinta años. Le sonrió con dulzura mostrándole dos hileras de torcidos dientes en su cara de luna llena y nariz aplastada.

—Hola, ¿sí?

—Estoy buscando a Fernando. —Se dio cuenta de que no había preguntado por el apellido.

—Fernando da clase ahora. —Dejó de sonreír al ver que no se trataba de un cliente—. Acaba veinte minutos. Tú espera, ¿sí?

—Bien. —Asintió.

Allí mismo había media docena de sillas de plástico adosadas en dos grupos de tres. Dejó el bolso, pero no se sentó. Enfrente se veía un cristal y, al otro lado, un espacio donde una docena de personas, hombres y mujeres, pero sobre todo mujeres, ensayaban los pasos casi coreográficos que un instructor les enseñaba. Supo que se trataba de Fernando porque era un tipo alto, guapo, bien plantado, con manos y pies fuertes, y la piel tostada. Llevaba un uniforme blanco y un cinturón negro al cinto. Quizá lo fuera, o tal vez se tratara únicamente de su equipo de trabajo. Las mujeres, jóvenes treintañeras y mayores de cuarenta o cincuenta, lo miraban con atención. Miradas en las que se adivinaba algo más que el interés por la clase. Fernando tenía buena materia prima.

Lo estudió un par de minutos, hasta que regresó a la zona de las sillas y se sentó. Iba a sacar el ordenador para aprovechar el tiempo, cuando le entró una llamada.

Juan Molins.

Superó la sorpresa. Quizá fuera para echarle la bronca por haber hablado ya con Ágatha Ros o incluso con la madre de Sonia.

—Hola, Juan —dijo esperando lo peor.

No hubo bronca.

—Buenos días. ¿Estás en casa?

Se relajó un poco.

—No, trabajando ya.

—¿En la redacción?

—En la calle. ¿Por qué?

No tenía que haberse relajado tan rápido.

—Hablaste con la mujer de la agencia de citas.

Arrugó la cara.

—Sí.

—¿Estás investigando?

—No.

—Magda...

Conocía de sobras sus «Magdas...» con muchos puntos suspensivos. Esta vez, de pronto, se enfadó. Lo suficiente.

—Juan, me llamó —dijo—. Tengo que saber qué quería decirme y si la mataron por eso. Lo siento.

—Eso es investigar.

—Pues sí, investigo. ¿Vas a detenerme?

—¿Y si te metes en un lío?

—¿Cuándo no me he metido en líos yo, por Dios?

—Aquí ha habido un muerto.

—Si hubiera oído su mensaje y hablado con ella el domingo por la noche... Pero no lo hice.

—Igual tú también estarías muerta ahora.

Eso no lo había pensado.

—Juan, únicamente he hablado con la señora Ros. Nada más. Como puedes imaginarte, no hay mucho por donde pueda tirar. Y tranquilo —no le dejó replicar—: si averiguo algo te llamo, ¿vale?

—¿He de creerte?

—Sabes que sí.

—De acuerdo, pues ¿qué has averiguado?

—¡Nada!

El silencio fue peor que uno de sus «Magdas...».

Quizá Juan supiera ya lo de la fiesta del sábado por la noche en Sant Cugat del Vallès.

—Sonia tenía un exnovio llamado Fernando, amante de las artes marciales. Solo eso. Ah, y ese era su verdadero nombre: Sonia Creixell.

—Eso ya lo sabía yo.

—¿Qué has encontrado tú?

—¿Qué quieres, que encima te cuente lo que hacemos?

—Dime una cosa, nada más: ¿tenéis ya la autopsia?

Otro silencio, este más largo.

—¿Murió ahogada por las cuerdas? —insistió Magda.

—Sabes que no puedo...

—O sea que no —completó categórica.

—¿Por qué crees que no?

—Porque me habrías dicho que sí y santas pascuas, o que no y listos. Pero lo del «Sabes que no puedo» te delata, querido. Además —siguió hablando ella, tirando del hilo de sus razonamientos—. ¿La ata, se ahoga, y ella no se rompe ni una uña tratando de soltarse o defenderse?

—Eres la leche —rezongó Juan.

—Estaba muerta cuando la ató, ¿verdad?

—¿Qué probaría eso?

—De entrada, que fue un asesinato, no un crimen accidental jugando con el ritual del shibari. Y de salida, probaría que me llamó por algo incluso más que gordo, como dijo ella. Le daría sentido a todo.

Juan Molins tardó casi cinco segundos en responder. Pareció rendirse, aunque no se trataba de eso. Era su forma de protegerla, de decirle siempre que lo sentía. Porque el asesino de Rafa seguía libre.

—La mataron antes de atarla —confesó el inspector de los mossos—. Lo del shibari fue un añadido, la nota exótica.

—Puede que le tomara fotos —supuso ella.

—Pienso que lo hizo para despistar, por si colaba. De no ser por lo que me contaste, igual hubiéramos dado por buena la teoría del accidente. El forense tuvo que buscar a fondo hasta dar con la causa.

—¿Un golpe?

—Una inyección.

—Hijo de puta... —masculló Magda.

—Sea como sea, el asesino es un manitas del shibari o un amante del *bondage* —consideró él—. En caso extremo ya ni siquiera eso, y lo hizo todo para confundirnos.

—Sabes que eso no es así.

—Hemos de pensar en todas las opciones.

—Yo creo que quiso dejar su huella. Una firma. ¿Habéis podido desbloquear el móvil?

—Sí, claro.

—¿Y hay algo en él?

—No te lo voy a decir.

—Serán números de clientes, imagino, pero habrá alguno que se repita más, ¿no? ¿Habéis empezado a llamarles?

Tercer silencio.

Magda comprendió que ya no iba a sacarle mucho más.

—Está bien, señor inspector —se rindió—. Pero la próxima vez que me encuentre un muerto, no pienso llamarte. Trasladaré el mérito a cualquiera de los otros cuerpos policiales del Estado.

Eso le hizo reír. Solían bromear con eso, con las jurisdicciones, con la variedad, con las atribuciones de cada cuerpo.

Mientras tanto, la clase había terminado. Magda vio como los alumnos y las alumnas hablaban con Fernando. Si se metía en otra sesión, tendría que esperarle una hora más. Así que se levantó de la silla.

—Oye, he de dejarte —se despidió de su amigo.

—Llámame si...

—¡Te llamaré, eres mi pies planos favorito!

Cortó la comunicación, metió el móvil en el bolso, se cargó este en el hombro y se dirigió a la puerta de la sala.

Fernando salía por ella seguido por el coro de fans.

14

Lo detuvo en la misma puerta, colándose por entre los practicantes. Tampoco ella era de las que pasaba desapercibida.

—¿Fernando? —preguntó con su mejor sonrisa.

—Sí.

Le tendió la mano.

—Me llamo Magda Ventura. Soy periodista. ¿Conoces *Zona Interior*? —le tuteó directamente.

—¿Quieres hacer un reportaje? —Se le animó la expresión.

Las alumnas y los alumnos se retiraron, probablemente en dirección a la ducha o los vestuarios. La última fue una mujer de unos cuarenta años, que miró a Magda con cara de pocos amigos, molesta por la irrupción. Fernando ya no les prestaba atención. Se pasó la manga de su uniforme por la frente, para secarse el sudor.

—Es posible que me interese —dejó ir ella—, aunque hoy no vengo por eso.

—¿Ah, no?

—He venido para hablar contigo, si me permites.

—No entiendo. —Frunció el ceño.

—Sonia Creixell colaboró conmigo en un reportaje hace poco.

Le cambió la expresión, se le endurecieron los rasgos y los

ojos dejaron de brillar. Todo en él sufrió un retroceso cargado de energía negativa y animadversión. Incluso dejó de parecer un animal salvaje para convertirse en un hombre rabioso.

—Yo ya no tengo nada que ver con esa —escupió cada una
de las palabras.

—Lo sé —dijo Magda. Y soltó el primer anzuelo—: Pero
es que ha desaparecido y temo por su vida.

Logró impactarle.

—¿Cómo que ha desaparecido?

—Lo que oyes.

—Ya es mayorcita, ¿sabes? Una persona no desaparece
cuando es mayor de edad, digo yo.

—Pues ella lo ha hecho —insistió—. Me llamó el domingo
para contarme algo importante, me dejó un mensaje y eso
fue todo. No se la ha vuelto a ver.

—Vale, se ha esfumado, ¿y qué? —Se cruzó de brazos—.
Hace la tira que no la veo. Por lo que a mí respecta... —Su
enfado fue creciendo—. Mira, oye: ¿a mí qué me cuentas?
Pregúntale a su madre, o a quien sea, pero a mí...

—Te acabo de decir que temo por su vida.

—¿Y?

—¿No te preocupa eso?

—¿A mí? —Su rostro reflejó toda la incredulidad que trataba de dejar claro que sentía—. ¿Por qué iba a preocuparme?

—Si la querías...

—Tú lo has dicho: la quería. Lo dejamos y ya está.

—¿Hace mucho que no la ves?

Empezó a ponerse furioso.

—¿A ti que te importa eso?

—No sé, pensaba...

—¿Pensabas qué? —Dio un paso y se le echó casi encima,

de forma amenazadora—. ¿Seguro que eres periodista? ¿No serás abogada o algo así? Porque te aseguro que yo a esa puta no le he tocado el pelo, ¿vale? ¡Ni uno! —Apretó las mandíbulas y los puños—. ¡Hace la tira que no sé nada de ella y, si se ha metido en líos, es su problema! ¿Llevas alguna credencial encima?

Magda rebuscó en su bolso. Sacó la cartera y, de ella, su tarjeta del Colegio de Periodistas junto a otra que la acreditaba como reportera de *Zona Interior*. Fernando apenas si les echó un vistazo.

—Lárgate —le pidió.

—¿No te afecta que le haya podido pasar algo? —insistió ella por última vez.

—¡Que te largues! —le gritó.

La chica del mostrador los miraba asustada. También otras dos personas: una mujer que iba a entrar y un hombre que iba a salir. Magda no dijo nada más. Sostuvo la mirada de Fernando mientras asentaba el bolso en su hombro y no dejó de hacerlo hasta que dio media vuelta y enfiló el camino de la calle.

Soltó el aire retenido en sus pulmones cuando salió al exterior y la recibió un potente rayo de sol que la deslumbró.

—Mierda —lanzó un gruñido al aire.

Terreno y tiempo perdidos.

Aunque nunca se sabía. Los asesinos a veces fingían muy bien.

Regresó a la Honda y, antes de subirse a ella y arrancar, examinó sus notas. Selene vivía en un ático de la calle Dalmases, cerca de la Vía Augusta. Por eso el chofer las había recogido a todas en ese lugar, para poder enlazar ya directamente con los túneles de Vallvidrera en dirección a Sant Cugat sin tener que callejear por Barcelona. Aún tenía tiempo de acercarse hasta allí y hablar con la chica antes de pasar a recoger a Alba para llevarla al ginecólogo y hacer de tía.

Se puso el casco y arrancó tras asegurarse de que llevaba el bolso por delante y bien sujeto al cuello. Cargar siempre con el ordenador portátil era pesado, pero se sentía desnuda sin él.

Encima lo guardaba todo por triplicado: en el ordenador de la revista, en el de casa y en el que llevaba encima. ¿Maniática o previsora?

La calle en la que vivía Selene era, en cierto modo, tranquila. Las casas eran regias, de nivel alto, abiertas a los cuatro vientos. En los barrios que podrían considerarse normales, había porteras. En las zonas altas, conserjes. Cuando entró en la lujosa portería el del edificio se le plantó delante como si fuera un baluarte defensivo.

—Voy al ático —le informó ella—. Selene.

El hombre asintió con la cabeza sin decir nada y se apartó.

Subió en el ascensor. O Selene cobraba un pico por sus servicios, o un amante rico le había comprado el piso, o era ya veterana y disfrutaba de una posición más que cómoda. Cuando llegó al ático se encontró casi con una extensión de la propia vivienda. Había una alfombra, media docena de grandes macetas con plantas y arbolitos, dos apliques de luz dorados, un espejo y un ventanal que daba a uno de los laterales del edificio. El vecino quedaba a unos siete metros de distancia.

Llamó al timbre.

Una vez, dos.

A la tercera comprendió que no había nadie.

O que, a lo peor, Selene hacía como Amara: llegaba a casa después de un servicio y se tomaba un Valium para quedarse frita el resto del día.

Magda sintió el peso de la derrota. Le pareció que había perdido toda la mañana siguiendo una pista incierta, por más que se dijera y se supiera que cuando alguien muere, el responsable casi siempre suele ser una persona cercana, el cónyuge, el novio...

Pasó de nuevo por el vestíbulo, esta vez sin ver al conserje. Lo aprovechó para acercarse a los buzones y comprobar algo. Sí, Selene se llamaba realmente Selene, como Sonia se llamaba Sonia. No era un nombre de guerra. Selene Marwati Oukaneptuwe. Era la negra de las cinco.

Una mujer de color con nombre de luna. O, mejor dicho: de diosa de la Luna, hija de los titanes Hiperión y Tea.

El nuevo trayecto en moto hasta el instituto de Alba fue tranquilo, porque ahora ya sabía que no iba apurada de tiempo. Ventajas de levantarse temprano. Cuando detuvo la Honda vio que aún le quedaban quince minutos. Vaciló entre esperarla en la calle o dentro de la escuela, y decidió esto último. Llegó hasta las ventanillas de la entrada, dijo que esperaba a su sobrina y se sentó. Había algunas adolescentes yendo y viniendo por los pasillos. Allí no llevaban uniformes. Chicas de trece, catorce o quince años, luminosas, dispuestas a comerse el mundo sin saber que, probablemente, el mundo se las comería a ellas.

Se sintió mal por su pensamiento. La frustración solía empujarla a la negatividad. ¿Por qué no dejaba de pensar en el maldito aniversario de la muerte de Rafa?

Sacó el móvil y comprobó si tenía llamadas perdidas o mensajes. Nada. Mejor así. Estuvo a punto de telefonear a Néstor, pero cambió de idea. En cambio, lo que sí hizo fue marcar el número de la agencia Five Stars.

Esta vez no pilló por sorpresa a la señora Ros.

—¿Otra vez usted?

—Lo siento.

—La policía ya ha hablado conmigo. El inspector Juan Molins, como me dijo. Me ha mareado a preguntas.

—Yo solo le haré una más.

—¿Aún no tiene bastante?

—Por favor.

Temió que le colgara.

—¿Qué quiere saber? —se rindió Ágatha Ros.

—Me dijo que Selene y Soraya no eran de Five Stars.

—Exacto.

—¿Y una tal Karla?

—¿Pero qué le ha dado a usted con ellas? —protestó.

—Dígame: ¿es suya?

—Ella sí —aceptó con sequedad.

—¿Podría darme su teléfono y decirme dónde vive?

Otra pausa. De nuevo el miedo a que no quisiera colaborar.

Por suerte, después de hablar con los mossos, la señora Ros parecía haber perdido todo su carisma y entereza. La muerte de una de sus chicas no era lo mejor para la agencia.

Ni tampoco para sí misma.

Eran «mercancía», pero también seres humanos. Tal vez amigas, pese a todo.

—Tome nota —dijo.

Magda ya estaba preparada. Anotó las nueve cifras del móvil y las señas de la pelirroja del grupo. Después de hacerlo trató de ser amable.

—Los mossos encontrarán a quien lo hizo, estoy segura.

—Ya. —El tono de Ágatha Ros indicaba que no lo tenía tan claro—. ¿Quiere algo más?

—No, gracias.

Pensó que iba a colgar pero no fue así.

—Me dijo que no le hablara de usted a ese hombre, el inspector Molins, pero fue él quien me preguntó si se había puesto en contacto conmigo. Y, por supuesto, no le mentí.

—No pasa nada.

—No pareció muy contento, sobre todo al saber que yo ya conocía la noticia precisamente por usted.

—Normal. —Trató de parecer distendida.

—Ayer tampoco me dijo que fue usted la que encontró muerta a Sonia.

—No es algo agradable de contar —se excusó.

Temió que Ágatha Ros le preguntara detalles. Ni siquiera sabía qué le había dicho a ella Juan Molins.

Sin embargo, fue así.

—Buenos días —se despidió la mujer inesperadamente.

—Buenos días.

Estuvo segura de que la segunda palabra ya no pudo oírla porque la comunicación se cortó abruptamente.

15

Alba apareció puntual. Por si no estaba claro que era primavera y hacía casi un calor propio del verano, lucía una pequeña falda de cuero negro y una blusita muy liviana, casi transparente, de color frambuesa. Magda no pensó en Blanca, su hermana mayor. Pensó en Saúl, su cuñado.

Por lo visto no la veía salir de casa para ir al instituto.

O, quizá, ya se hubiera rendido.

—Hola. —Su sobrina le dio un beso.

—Hola, preciosa.

—De guardaespaldas, ¿eh? —Le guiñó un ojo mientras echaba a andar en dirección a la puerta del centro escolar.

—Más bien de tía soltera sin nada que hacer —bromeó ella.

—¿Tú sin nada que hacer? —El rostro de Alba lo reveló todo—. Ya. Lo que pasa es que no quieres decirle que no a mamá.

—Así te veo, mujer.

—Venga, dime en qué andas —se animó la chica.

Magda la miró de soslayo. Alba era alta, espigada, con el cabello largo hasta casi la cintura, rostro afilado, ojos grandes y expresión dulce. Cuando sonreía, iluminaba el mundo. Era cien por cien una adolescente en formación, con un pecho muy bonito, cintura breve, piernas largas y manos delicadas. No sería un bellezón de campeonato, ni falta que hacía. El encanto casi nunca dependía del aspecto físico, sino de los gestos, la mirada, la sonrisa, el tono de voz...

Sin querer, pensó en Sonia.

¿Dónde había leído que la belleza podía ser la gloria o la ruina de una persona, y que dependía de quién la luciese, de cómo la llevase, de cómo la utilizase y de a quién se le regalase?

En una novela, seguro. Algo así solo podía decirlo un escritor.

Había algo claro: cuando estaba con Alba se olvidaba de que era periodista.

Lo malo era que Alba lo tenía muy presente.

—Nada importante. —Se encogió de hombros.

—No te creo.

—Mírala. —Bufó—. Como si todo lo que escribo fuese qué se yo.

—Papá dice que eres la mejor investigadora periodística de este país.

—¡Tu padre es un sol! —Estalló en una carcajada—. ¿Y tu madre qué dice?

—Que estás loca.

Las dos se echaron a reír. Estaban ya en la moto. Magda abrió el maletero y sacó su casco. El otro fue para su sobrina. Ella se lo encasquetó la primera y luego subió a la máquina. Alba tardó un poco más, coqueta, sintiendo el agobio de llevar aquella cárcel que iba a aplastarle el pelo.

—¿Dónde está el ginecólogo? —le preguntó antes de arrancar.

Fue un trayecto que hizo en el doble de tiempo de lo normal. Cuando iba sola, no tenía miedo del tráfico. Yendo con alguien, sí. Y si ese alguien era Alba, aún más. Una caída, por leve que fuese, con la ropa que llevaba...

Cuando eran niñas, Blanca y ella se habían acostumbrado a ir solas siempre a todas partes, desde los doce o trece años. Los tiempos habían cambiado radicalmente. Ahora había miedo. Miedo a todo. Miedo a las desapariciones de niñas, miedo a las manadas que violaban y filmaban sus agresiones con móviles, miedo a los robos, miedo, miedo, miedo.

Una chica de catorce años era casi una mujer. Si crecía con miedo...

No guardaron los cascos en la moto, sino que cargaron con ellos. La enfermera que las recibió en la consulta lo hizo con una sonrisa y les pidió que esperaran. Magda le recordó que Alba había salido de la escuela para la visita y que debía regresar a ella. La enfermera se limitó a decir:

—Cinco minutos.

Se sentaron en dos sillas en medio de una sala en la que solo había dos mujeres al otro lado. Las revistas de la mesita eran una mezcla heterogénea de publicaciones del corazón y *National Geographic*. Nada de *Zona Interior*.

—Siento hacerte perder el tiempo, en serio —se excusó Alba.

—Que no pasa nada, de verdad.

—Mamá dejó muy claro que tenía que recibirme rápido.

—No hay ningún médico que te atienda a la hora de la cita. Oye, ¿te duele mucho?

—Un poco, y es una cerdada. —Suspiró la chica.

—¿No será cosa de nervios?

—Es lo que creo, porque cuando me ha de venir ya me pongo... Pero no sé. ¿A ti también te daba a mi edad?

—No. Ni ahora.

—Ni a mamá.

—La regla afecta de diferente forma a cada mujer. Unas ni se enteran y, en cambio, otras...

—Es que, encima, yo me pongo de mal humor y estoy insoportable. Ayer se me acercó un chico que me gusta, era la primera vez que me decía algo, y le solté un moco...

—¿Te gusta un chico?

—Jo, sí, ¿qué pasa?

—Nada, nada.

—Yo tengo a dos con los ojos haciéndoles chiribitas y paso de ellos.

—Mírala... —Le dio un codazo.

—Un día hemos de hablar de sexo, tía, porque lo que es con mamá...

—¿Quieres que me mate? ¡Pero si ya dice que soy la tía progre y que a ver qué te digo y qué te cuento!

—Parece mentira que seáis hermanas.

—Bueno, ella es la mayor y eso se nota.

—No le gusta mucho cómo visto.

—Natural.

Guardaron unos segundos de silencio. Entraron otras dos mujeres en la sala de espera y se sentaron justo entre las otras y ellas. Una era joven, de unos treinta años; la segunda se apoyaba en un bastón.

—Tía —susurró Alba.

—¿Sí?

—¿Es verdad que no llevas bikini en verano por la cicatriz?

—Pues sí. No es agradable de ver. Mejor ahorrarle la imagen a los demás y, de paso, me ahorro preguntas yo. —Frunció el ceño—. ¿Quién te ha dicho eso, tu madre?

—Sí.

—¡Vaya por Dios!

—No te enfades con ella, fue cosa mía. Tienes un tipazo y

recordé que el verano pasado siempre ibas con bañadores completos. Sé lo de tu accidente en Afganistán.

—No fue un accidente —advirtió—. Fue una bomba y casi me reventó.

Alba bajó la cabeza.

—¿Tan grande es?

—Sí. —Asintió—. Tenía un agujero del tamaño de un puño y se me salían las tripas.

—¡Ay, calla!

—Has sido tú quien ha preguntado.

—Por lo menos te salvaste. En cambio, tu cámara...

—Quique —dijo su nombre—. Era un tipo estupendo, grandote y risueño. Aún creo que la metralla se la llevó él porque estaba delante de mí.

Alba le cogió la mano y Magda sintió una infinita ternura. Nunca tendría hijos, así que su sobrina era lo más cerca que estaría de ser madre o de ayudar al crecimiento de una persona desde su nacimiento.

—¿Alba Fonoll? —cantó la voz de la enfermera desde la entrada de la sala de espera.

Entraron en la consulta del ginecólogo. Una ginecóloga, en este caso. Tendría unos treinta años y parecía simpática, agradable. Escuchó lo que le decía Alba, le hizo unas preguntas, tomó notas en el ordenador y luego le pidió que se quitara las bragas y se tendiera en una camilla.

Magda le cogió ahora la mano a ella. Mujer o no, la sensación de una exploración vaginal siempre era desagradable.

Duró poco.

—Bueno —fue lo primero que dijo—, todo está bien, es normal y lo que te sucede también es del todo normal, Alba. No has de preocuparte por nada.

—¿Y el dolor?

—Tienes las primeras reglas y tu cuerpo se está habituando al cambio, eso es todo. Únicamente en caso de que persistieran los dolores o el malestar, tendríamos que hacer un estudio especial. Ahora, desde luego, no. ¿Eres aprensiva?

—Un poco.

—Mira, cuando te duela te tomas esto. —Escribió una receta y se la dio—. Se llama Amtalgin. Dos o tres al día, si las molestias persisten; de momento esto es todo. No te preocupes, que no pasa nada, aunque desde luego vamos a controlarlo, ¿de acuerdo?

—Sí, doctora. —Alba asintió.

—¿Usted es...? —La mujer se dirigió a Magda.

—Su tía.

—Pues ya está. —Se levantó y les tendió la mano a las dos.

Salieron de la consulta en silencio y no hablaron hasta llegar a la moto, que estaba aparcada frente a la puerta del edificio. Magda intentó ser positiva.

—No pasa nada, ¿ves?

—Eso espero —dijo muy seria la chica.

—No me seas hipocondríaca, que ya bastante lo es la abuela —se quejó Magda.

—Sí, siempre se está quejando como si se muriese —reconoció Alba—. Cada vez que llama, mamá tiembla.

—A la que llama es a mí, te lo aseguro. Tu madre como trabaja en algo serio... Venga, que he de dejarte otra vez en el instituto.

Recogieron los cascos, subieron a la moto y en otros diez minutos llegaron a su destino. Bajaron las dos para que Magda pudiera guardar el casco de su sobrina en el maletero mientras ella agitaba la cabeza liberándose tanto del calor como del efecto de aquella opresión. Después se abrazaron.

Un abrazo muy fuerte, muy cálido.

—Gracias, tía.

—No hay de qué, cariño.

—¡Chao! —La chica echó a correr.

Magda la vio perderse en las entrañas del centro escolar.

Casi de inmediato cogió el móvil para ponerle un whatsapp a su hermana Blanca. Antes de hacerlo vio que tenía una llamada perdida reciente de Néstor.

Primero, escribió el mensaje: «Todo bien. Normal. Primeras reglas. Le ha recetado una cosa para el dolor. Misión cumplida».

Si la llamaba por teléfono la tendría quince minutos al aparato y quería saber para qué la había telefoneado Néstor.

Aunque lo imaginaba.

16

Pensó que no iba a cogerle la llamada porque el móvil sonó hasta cinco veces, pero antes de que saltara el buzón de voz, Néstor se puso al aparato.

Jadeaba.

—¿Magda?

—Sí, ¿qué hay?

—Ya he hecho los deberes —la informó.

—No esperaba menos de ti.

—Menos coñas, va.

—Venga, suéltalo —le dijo en tono condescendiente—. ¿Qué has averiguado?

—Lo del shibari no pasa de ser algo minoritario aquí, de moda por las pelis de *soft bondage* y esas cosas, pero tenías razón: hay un par de lugares y al menos un experto de esos que podríamos llamar... reconocidos. Un japo de nombre Hiro Takamata. Es una especie de gurú, guía tántrico o como quieras llamarlo. Incluso da clases de orientación y otras cosas. Todas las locas hijas de Grey fueron a verle al comienzo, hasta que se calmó el furor. Sigue siendo una práctica minoritaria, elitista, que para nosotros no pasa de ser sexual con ribetes sadomasoquistas y para ellos, los orientales, es puro arte. Quédate con lo que más te guste.

—¿Y ese Hiro Takamata es algo así como el *number one*?

—Sí.

—¿Nadie más?

—He hablado con dos personas y los dos me han dado su nombre. Supongo que habrá practicantes y adeptos, no sé. Takamata lo sabe todo y, lo más importante, conoce a todo el mundo interesado mínimamente en el tema.

—¿Dónde puedo encontrarle?

—Tiene un centro de meditación y aprendizaje en la calle Milanesado, en Tres Torres. Lo encontrarás en Internet. Según me han dicho, Takamata es muy riguroso, muy japo, no sé si me explico. No sonríe ni *pa* Dios, es serio, parece un santón con su halo místico... Bueno, ya sabes, toda esa parafernalia.

—Pero no es un vendehúmos ni un fanático ni un iluminado...

—No, no te va a echar el tarot, si es eso a lo que te refieres. De farsante, nada. Para él, lo suyo es el Santo Grial, lo más de lo más. Un tipo serio que cree en lo que hace y lo predica. Puede que ahí tengas otro reportaje.

—Gracias, Néstor.

—No hay de qué. Oye...

—¿Sí?

—Si te enseña algo, luego lo ponemos en práctica, ¿vale?

—Me encantará atarte —dijo Magda.

—A mí no hace falta que me ates. Sabes que me quedo quieto como un gatito y que lo aguanto todo. Por lo que acabo de enterarme, el shibari es desde luego para mujeres.

—Dirás para el placer masculino, con las mujeres como simples objetos.

—Bueno, cuando tantas quieren que las aten por algo será.

—La culpa es de la mala fama de las orientales. Eso de la sumisión y tal.

—¿Me contarás al menos cómo te ha ido?

—Sí, hombre.

—*Quid pro quo*.

—Pareces Hannibal Lecter.

Por el móvil oyó unos extraños sonidos.

Recordó lo que hacía Anthony Hopkins en la película mientras hablaba/seducía a Jodie Foster.

—Vale, te compraré un bozal como el de él —se despidió—. ¡Gracias!

Seguía parada delante de la escuela de Alba y le quedaba tiempo de sobra antes de ir a comer con Isabel al Café de la Academia. Se sentó en la moto, sacó el portátil y esperó a que todo se pusiera en marcha y la pantalla se llenase de carpetas y archivos. En Google Maps encontró las señas del Centro Zen de Meditación y Espiritualidad de Hiro Takamata. Y también una foto suya. Impresionaba. De entrada porque no tenía ojos, solo dos rayitas oblicuas. De salida porque parecía un anciano de noventa años, calvo y con una perilla curiosa. En la foto al menos vestía al estilo tradicional de su país.

Hablar por el móvil en mitad de una calle no era lo mejor, por el ruido, la falta de intimidad y la sensación de vulgaridad. Pero no tenía otro remedio si quería cerrar cuanto antes una cita con el oriental. Así que marcó el número y esperó.

Creía que oiría la voz de una chica, una recepcionista, alguien del tinglado, un «Centro de Tal y Tal, ¿dígame?» rígido y profesional, pero lo que flotó igual que una brisa suave en su oído fue el amable tono vocal de un hombre que más que hablar parecía susurrar.

Un susurro lleno de música.

—¿En qué puedo ayudarte?

—¿Es el Centro Zen de Meditación y Espiritualidad?

—Sí —volvió a flotar la voz.

—Querría hablar con el señor Hiro Takamata, por favor.

—Yo soy Hiro Takamata.

O estaba solo o no había nadie más. Tampoco era relevante.

—Señor Takamata, perdone que le moleste. —Trató de parecer lo que era—. Me llamo Magda Ventura y soy periodista. Escribo para *Zona Interior*. Me gustaría hablar con usted, a ser posible hoy mismo, a la hora que sea.

—¿Entrevista?

—No exactamente. Estoy haciendo una investigación.

Creyó que le preguntaría de qué. Pero se equivocó.

—¿Tú quiere probar, aprender...?

—No, no, únicamente preguntar algo relativo al shibari. Si me dice cuándo podría ser...

—Ahora no.

—Claro, lo imagino. ¿Cuándo? —Cruzó los dedos.

—Tarde, ¿sí?

—¿Se refiere a esta tarde o a tarde en la noche?

—Tarde, tarde, no noche.

—¿Alguna hora?

Debió consultar algo, una agenda o lo que fuera.

—¿Cinco tarde?

—A las cinco, de acuerdo. —Se sintió aliviada—. Es muy amable, se lo agradezco.

Creyó que esto era todo.

De nuevo se equivocó.

—Tú ven preparada —le dijo el hombre con su voz suave y dulce, casi hipnótica.

—¿Preparada para qué?

—Mente en blanco, limpia corazón, libre espíritu —dijo

despacio—. Shibari es ciencia, es armonía, es entrega. No prejuicio tú. Si no sientes shibari, no comprendes shibari.

Néstor le había dicho que era un tipo legal, no un embaucador ni un farsante. Encima, con aquel tono de voz...

—Está bien, sí —aceptó.

—Entonces estaré feliz de verte, Magda Ventura —se despidió el japonés.

Ella se quedó con el móvil en la mano.

¿Mente en blanco, corazón limpio, espíritu libre? «Si no sientes shibari, no comprendes shibari.»

Todo el mundo creía que era un simple juego sexual. Pero no para Hiro Takamata.

Iba a guardarse el móvil cuando le entró una llamada.

—¡Oh, no! —gimió al ver de quién se trataba.

Podía ignorarla, pero entonces la llamaría diez veces más, a cada momento, y no estaba para tantas historias. Encima, a lo peor, por una vez era cierto que estaba mal.

Abrió la línea y cerró los ojos.

—Dime, mamá.

—Ayer, ni agua —fue lo primero que le endilgó.

—Es que trabajo, ¿sabes?

—¿Tanto como para no poder perder un minuto y llamarme?

—Si solo fuera un minuto...

—¡Magdalena Ventura Salmerón, haz el favor!

Mejor no molestarla ni enfadarla. Cada día estaba peor, más resentida, más picajosa. Lo curioso es que siempre la llamaba a ella la primera y en cualquier momento, no a Blanca. La razón era que su hermana trabajaba y era madre y una mujer casada, mientras que ella se pasaba el día en la calle haciendo cualquier cosa.

Cualquier cosa.

—Mamá, ¿estás bien?

—¡Ya sabes que no! Me duele todo.

No quería ir a una residencia. Se empeñaba en estar sola «en su casa de toda la vida».

Alguna vez había insinuado que «podría irse a vivir con ella». Para morirse.

—Iré a comer el sábado, ¿vale?

—¡El sábado! —se escandalizó—. ¡Estamos a martes!

—O el domingo, depende. —Le dio la puntilla casi malévolamente.

—Desde luego...

—Mamá, en serio, tengo trabajo y me pillas con la moto, en plena calle. Te llamaré esta noche o mañana.

—Tú no tienes horarios.

—Por eso trabajo más, mamá.

—Señor. —Lanzó un largo suspiro—. A tus años y haciendo esto...

Magda se mordió el labio inferior.

Sí, Blanca tenía un trabajo serio. Ella no.

Su madre lo había pasado mal antes, durante y cuando regresó de Afganistán, todavía convaleciente. Creyó que iba a perderla, y eso hacía que Magda mostrara aún más paciencia de lo que la había tenido en toda su vida. Desde entonces, la anciana sufría realmente de los nervios. Los medios informativos españoles, en un primer momento, les dieron por muertos a los dos, a Quique y a ella. Unas horas que acabaron pesando como el plomo en toda la familia.

—Mamá, mira que te gusta discutir —musitó agotada.

Siempre acababa exhausta cuando hablaban, ya fuera en vivo o por teléfono.

—He de contarte lo del señor Socías.

—¿Quién?

—El del quinto. Te vas a quedar...

No recordaba quién era el señor Socías, ni quién vivía en el quinto, pero eso daba igual. Ella le pasaría el parte con pelos y señales.

—Me lo cuentas cuando vaya, ¿vale?

—Claro, ¿y mientras tanto, qué?

Otra mordida de labio. Paciencia. Era inútil enfadarse con ella. Se hacía la digna, protestaba, pero luego iba a la suya, erre que erre.

A veces no sabía si su padre había muerto joven o se había ido temprano.

Parecía lo mismo, pero no lo era.

—Te quiero, mamá —intentó despedirse.

—¿A qué hora vendrás el sábado? Porque eso de que me llamarás esta noche o mañana...

17

Karla le abrió la puerta con pedazos de sueño todavía cayéndole de los ojos y el aspecto de haberse levantado hacía menos de diez minutos. Aun así, seguía pareciendo toda una belleza. Llevaba una taza de café en la mano y vestía una simple bata blanca de seda larga hasta los pies y anudada en la cintura, abierta con un escote de vértigo. Iba descalza.

Desde luego, era pelirroja pelirroja. Su inmensa y alborotada mata de pelo, ensortijado y que formaba un millón de bucles, le aureolaba la cabeza como si fuera un halo celestial. Tenía la piel muy blanca, menos pecas de las esperadas, los ojos transparentes y los labios rosados. Si era cierto que los y las pelirrojas perdían la coloración capilar con la madurez, o incluso antes, el destino de la chica era acabar con el pelo blanco y posibles problemas oculares. Una lástima. Pero mientras... resultaba tan espectacular como las otras que había conocido al hacer el reportaje de la prostitución de alto *standing*. Espectacular por diferente, única y especial.

Por un momento, Magda la miró con cierta envidia. ¿Por qué una mujer nacía con una genética así y otras lo hacían de mil formas diferentes?

Karla se la quedó mirando con la puerta abierta y sin decir nada, así que tuvo que hacerlo ella.

—Me llamo Magda Ventura —dijo—. Soy periodista y vengo de parte de Amara y Sonia.

Se quedó tal cual, como si lo procesara todo lentamente.

—¿Y qué necesitas? —preguntó.

—¿Podría hablar contigo unos minutos?

—¿De qué? —Lo preguntó extrañada, no molesta.

—Le hice un reportaje a Sonia hace unas semanas. A ella y a dos chicas más, Amara y Nerea, aunque no mencioné sus nombres. Salió en la revista *Zona Interior*.

—Lo leí. ¿Era tuyo?

—Sí.

Eso acabó de convencerla. No preguntó nada más. Se apartó de la puerta y le permitió la entrada. Magda se detuvo en el recibidor, esperó a que ella cerrara y luego la siguió apenas tres pasos, porque este comunicaba directamente con una gran sala. Menos la pared que daba a la calle con un gran ventanal, las otras estaban ribeteadas por fotografías de la propia Karla en diferentes poses, la mayoría de ellas desnudas. Si recibía a sus clientes en casa, aquello ya venía a ser como un preparatorio, una avenida del placer previa al dormitorio. La sala contenía un gigantesco televisor de plasma, cuatro butacas enormes, una mesa, sillas y escasos muebles. La dueña de la casa le señaló una de las butacas.

—¿Quieres un café?

—No, gracias.

Cumplido el ritual de la cortesía, se sentó en otra de las butacas, de cara a su visitante. La bata blanca se abrió desde la cintura hasta los pies permitiendo ver unas piernas largas y perfectamente depiladas. Se le notaba que actuaba siempre igual, que nada era impostado. La naturalidad del propio morbo que no trataba de ocultar.

—Me gustó el reportaje —dijo.

—Gracias.

—No juzgabas nada, solo exponías, y lo hacías bien. Pusiste el dedo en la llaga de muchos aspectos de nuestro trabajo.

—Nunca he escrito artículos sensacionalistas —le aclaró.

—Debe de ser interesante. —Bebió un sorbo de su taza de café y la dejó en la mesita de cristal que las separaba, sobre una revista, para no manchar la superficie. Tenía el móvil al lado—. ¿Quieres más material y por eso estás aquí?

—No, estoy aquí por Sonia.

—No te entiendo.

—¿La última vez que la viste fue la noche del sábado, en la fiesta de la casa de Sant Cugat?

Levantó las cejas, aunque no de forma exagerada.

—Sí, ¿cómo sabes eso?

—¿Has hablado ya con Amara?

—No entiendo nada. —Empezó a inquietarse—. ¿Amara?

—Después de esa fiesta, Sonia me llamó. Eso fue el domingo. Me dejó un mensaje diciendo que quería contarme algo importante. Ayer fui a su casa y...

—¿Y? —Quedó expectante.

¿Le contaba que había desaparecido? Decidió pisar el acelerador a fondo. A fin de cuentas, la noticia ya estaba en los medios.

—Sonia murió probablemente el mismo domingo por la noche.

Su piel, ya de por sí blanca, se volvió casi transparente. Las pecas, en cambio, parecieron aumentar su intensidad. Magda vio cómo el pecho le subía y le bajaba a consecuencia de un espasmo respiratorio.

—¿Qué?

—La han asesinado.

Se la quedó mirando tan absorta como aterrorizada, las pupilas navegando en sendos lagos vacíos, los labios entreabiertos y tensos, las manos paralizadas. Magda incluso creyó ver cómo se le erizaba el vello.

—Puede que lo de la fiesta sea una coincidencia, aunque no lo creo —continuó Magda—. Su asesino le inyectó algo y, una vez muerta, la ató y la colgó del techo, simulando una práctica de shibari.

—Dios... —gimió.

—Si me dices dónde está la cocina, te traigo más café.

—No, no... Es que...

—Lo entiendo. —Asintió Magda—. Es algo realmente duro. Y te lo digo yo, que fui la quien la encontró.

Se llevó una mano a la boca. Temblaba.

Pero Magda no quiso que se refugiara en su dolor.

—¿Era aficionada al shibari?

—No que yo sepa, aunque tampoco la conocía tanto como para saber sus gustos. —Se agitó en la butaca. La idea de la nueva realidad iba agigantándose en su cabeza poco a poco. Miró a su visitante sin ocultar el desconcierto que sentía—. Todo esto es...

—Karla, soy periodista. Me guío por intuiciones. Estoy aquí porque si Sonia quería contarme algo significa que la mataron para silenciarla. Eso también quiere decir que, fuera lo que fuese lo que supiera, se trataba de algo importante.

—Pero esa noche... no pasó nada. —Exhaló con dificultad.

—Sé que erais cinco chicas: Selene, Soraya, Amara, Sonia y tú. Y que os visteis con cinco hombres, tres de ellos negros, posiblemente africanos. Os recogió un chofer en casa de Selene y os llevó a Sant Cugat. También sé que tú, Amara y Soraya os fuisteis antes, pero que Selene y Sonia se quedaron más tiempo.

—Sí, eso es todo lo que sé.

Parecía aturdida, así que Magda decidió dar un rodeo, calmarla.

—Dices que no conocías tanto a Sonia como para saber sus gustos.

Asintió con la cabeza y unió las manos sobre su regazo.

—Por lo visto, fue ella la que os llamó.

—¿Te lo ha contado Amara?

—Sí, pero necesito corroborarlo.

—Nos llamó Sonia, sí. Querían cinco chicas muy diferentes y yo encajaba en ese perfil. Nada más. Creo que Selene y Sonia eran amigas, y también Amara, no lo sé seguro. Yo soy más amiga de Soraya, aunque he estado un par de veces en casa de Selene. Ella es la mayor, ¿sabes? Es muy amigable y a más de una la ha acogido en su piso. Siempre tiene la puerta abierta, parece una hermana mayor, algo raro en nuestro negocio. Lástima que ahora dicen que tiene un novio que es un mal bicho, pero bueno...

—¿Recuerdas el lugar de la fiesta?

—Una mansión espectacular, nada más. No vi la dirección. El chofer nos llevó a las cinco y nos trajo de vuelta a Soraya, Amara y a mí. Cuando una va a trabajar, y encima es una fiesta, no hace preguntas. Pagaban bien, eso es todo lo que importa. Incluso diría que más que bien. Todos parecían hombres de dinero. De dinero y poder. El más importante, el enjoyado, creo que es quien pidió que se quedaran Selene y Sonia.

—¿El enjoyado?

—Sí, llevaba collares, anillos, mucho oro encima.

—¿Como un rapero?

—A los músicos se les ve el pelo. Éstos eran hombres de negocios, políticos... No hubo drogas, ¿sabes? Alcohol sí, drogas no. El negro enjoyado era el más importante. Yo lo llamaba «Príncipe de Zamunda». ¿Has visto la peli? La vi no hace mucho en Netflix y me recordó a él. Luego estaba otro con una pinta... Muy regio, muy marcial. Hablaban francés, pero en un momento dado oí como uno le llamaba «general». Selene también habla francés, igual oyó algo más. De los dos españoles uno era el dueño de la casa, seguro. El otro, ni idea.

—¿Jóvenes, mayores?

—Los españoles tenían unos sesenta años. Los negros, no sé, pero por ahí andarían. El más joven era uno de los negros, que tendría unos cuarenta y pocos. Ése era alto, muy alto, y hablaba español. Llevaba un gorrito de piel de tigre, leopardo o lo que fuese. Los dos españoles les hacían la rosca a los otros tres, eso se notaba. También diría que uno era de Madrid.

—¿Cómo lo sabes?

—Fue el que me tocó a mí, y me dijo varias veces que yo era preciosa y que, si estaba dispuesta, con el AVE me plantaba allí en menos de tres horas. O sea que si estaba libre y me apetecía alguna vez...

—¿Algún detalle más de ellos?

—No, lo siento.

—Amara me dijo que en la casa no había nadie más.

—Cierto. Estábamos solos, ellos y nosotras. Todo muy estudiado.

—¿Y el hombre que vino a buscaros a casa de Selene, el chofer?

—Bueno, era el chofer del dueño de la casa, pero también daba la impresión de ser..., no sé, una especie de secretario, o guardaespaldas. Se quedó fuera, creo que vigilando. Era un hombre de unos cuarenta y siete o cuarenta y ocho años, cuadrado de complexión, manos grandes, cabeza grande, nariz grande. ¿Sabes cómo esos sargentos de las películas? Pues algo así. Apenas si habló y, lo que es más raro, tampoco nos miró demasiado. Las cinco llevábamos muy poca ropa, éramos un lujo para cualquiera y él... Como si pasara. Soraya incluso comentó que a lo peor era gay a pesar de ser tan grandote.

—¿Hubo algo raro en la fiesta?

—No. Bebimos, jugamos... —Bajó la cabeza como si, de pronto, le diera vergüenza contarlo—. Correteábamos por la casa desnudas, arriba y abajo.

—¿Qué clase de juegos?

Karla tragó saliva. Magda la notó extrañamente incómoda.

—No importa —Cambió de tema—. Sigue.

—No hay más. —Ella subió y bajó los hombros—. Al final cada una acabó en una habitación con uno de ellos, para rematar, y luego al irnos fue cuando nos enteramos de que Sonia y Selene se quedaban. Lo único que pensé fue que debían de pagarles otro pastón por hacerlo.

—¿Crees que Sonia lo organizó todo porque conocía al dueño de la casa?

—Creo que sí. Seguro que había estado ya con él. Por eso la llamó pidiéndole cuatro chicas más para esa noche. Mira, si un cliente queda satisfecho, repite. Y te aseguro que las cinco somos buenas, muy buenas. Sonia incluso debía de conocer la casa, porque cuando tuvo que ir al servicio ni siquiera preguntó dónde estaba. Soraya fue la que peor lo pasó, porque el negro gordo, el que habían llamado general, tenía una... Bueno, ya me entiendes. Ayer me telefoneó para decirme que no podía moverse. Le hizo daño.

Magda buscó más preguntas. Las tenía, pero le parecían redundantes. Ningún nombre. Ninguna dirección.

Karla se apoyó en el respaldo de la butaca. La blancura del rostro, aureolada por la rizada cabellera roja, le confería una imagen irreal, como si llevara la cara tintada de blanco y el pelo fuera una peluca. Tenía las piernas cruzadas. Magda admiró sus pies, con las uñas pintadas también de rojo. Llevaba una pulserita brillante en el tobillo izquierdo.

Cuando entrevistó a Sonia, a Amara y a Nerea para el reportaje, le parecieron, ante todo, mujeres deseables. Mujeres que despertaban todo tipo de pasiones vinculadas al morbo que las acompañaba como una segunda piel. Karla era como ellas. Quizá el morbo las acompañara toda su vida, desde la adolescencia, o tal vez se formara y creciera con su trabajo. Eso no lo tenía claro.

—Creo que voy a vomitar —dijo Karla, pero no se movió de la butaca.

Por un momento, Magda pensó que tal vez fuera anoréxica, o bulímica, porque era la que estaba más delgada de todas ellas.

—Sé que esto ha sido duro para ti —dijo—. Y también desconcertante.

—¿Seguro que quería contarte algo?

—Dijo que era urgente y que se trataba de algo «gordo».

—¿Y si no tenía nada que ver con la fiesta de Sant Cugat?

—Todo es posible —convino—. Pero no lo creo.

—¿Y un cliente loco o uno al que se le fue la olla?

Magda ya no respondió.

Las envolvió un largo y pesado silencio, hasta que Karla se frotó los párpados con una mano. Algo debió pasarle por la cabeza de pronto, porque miró el móvil, que seguía en la mesa de cristal, empequeñeció ligeramente los ojos y reaccionó.

—¿Crees que estamos en peligro? —dijo.

La pregunta la sorprendió.

—¿Por qué ibais a estarlo? —vaciló Magda.

No hubo respuesta. Karla siguió mirando el móvil.

Entonces se levantó sin más. Una estatua rota tratando de recomponerse.

—Si has acabado... —balbuceó—. No me encuentro muy bien, ¿sabes?

—Lo entiendo. —Magda también se levantó—. Y ya he terminado, sí, perdona. Lamento muy de veras haberte dado esta noticia.

—Necesito estar sola —insistió ella.

Seguía mirando el móvil.

—Gracias por tu ayuda —se despidió Magda.

—No ha sido nada.

Estaban ya en el recibidor. Karla abrió la puerta. Una vez en el rellano, Magda se dio la vuelta para despedirse.

La mano de la chica estaba muy fría.

18

Por si Karla la observaba a través de la mirilla de la puerta, Magda llamó al ascensor y esperó frente a la reja a que el aparato llegara hasta el rellano.

Después se arriesgó y regresó a la puerta del piso. Una vez en ella, pegó el oído a la madera.

Primero no oyó nada. Incluso pensó que se había equivocado, que la mirada de Karla hacia su móvil había sido engañosa y tan precipitada como su deseo de que se marchara y diera por terminada la visita. Pero casi de inmediato, su instinto le demostró que había acertado.

Desde la sala tan próxima al recibidor, la voz de Karla le llegó un tanto ahogada pero clara, porque no hablaba: gritaba.

—¡Soraya, soy yo! —Pausa—. ¡Sonia está muerta! —Pausa—. ¡Que sí, que me lo acaba de decir una periodista! —Pausa—. ¡No lo sé, pero dice que pasó algo en lo del sábado por la noche! —Pausa—. ¡Que la han asesinado! —Pausa—. ¡Es lo que me ha dicho ella! —Pausa—. ¡No, solo quería hablar conmigo! —Pausa—. ¡Lo que sea, joder! —Pausa—. ¡Mira, no te muevas, voy a por ti y vamos juntas! —Pausa—. ¡Que no tardo, me visto y salgo! —Pausa final—. ¡Sí, hasta ahora!

Magda se apartó de la puerta.

No utilizó al ascensor. Bajó a pie por la escalera y alcanzó la moto sin dejar de darle vueltas en la cabeza a lo que acababa de oír. Se puso el casco y se preparó para una persecución, probablemente en taxi.

No se equivocó.

Karla salió a los diez minutos, a la carrera. No había tenido tiempo de arreglarse demasiado, pero eso daba lo mismo. Los primeros hombres con los que se cruzó la miraron igualmente. La llamarada roja de su cabello contrastaba con la blusa beis y los pantalones marrones con los que se vestía. Los zapatos eran de tacón. Llevaba unas aparatosas gafas oscuras. Más que detenerlo, se precipitó de cabeza sobre el primer taxi que apareció por la calle.

Fue un trayecto corto, de apenas otros diez minutos.

Según dónde fuera con Soraya, o lo que tardara, empezó a pensar que tal vez debía anular o cambiar la hora de su comida con Isabel.

La mataría. Ni la mejor de las amigas aguantaba un plantón así.

El taxi que llevaba a Karla se detuvo en una esquina. La pelirroja bajó de él con gestos nerviosos, pero no caminó demasiado. Debía de haber vuelto a hablar con Soraya por el móvil, porque de un portal surgió la oriental del quinteto de la fiesta, no menos espectacular que Sonia, Amara o la propia Karla. De lejos no supo si era china o japonesa. Quizá coreana. Aunque tampoco era importante. Las dos mujeres gesticularon unos segundos y regresaron al taxi.

La persecución se reanudó. Hasta que, al enfilar la Vía Augusta, supo a dónde se dirigían. A casa de Selene.

Mantuvo la distancia, aunque estaba segura de que ni por asomo imaginaban que las seguían. Veía sus cabezas recortadas en la luneta trasera del taxi: unas veces quietas; otras como si se movieran, agitadas. Imaginó al taxista, llevando a dos mujeres de bandera que, tal vez, estaban hablando de un asesinato.

Los taxistas lo oían todo.

Libros abiertos.

Mundos cerrados.

El taxi las dejó en la puerta de la casa de Selene, en la calle Dalmases. Entraron a la carrera, así que ella se movió lo más rápido que pudo. Se quitó el casco y echó a correr. Cuando entró en el vestíbulo del edificio, sin embargo, lo hizo caminando como si tal cosa. El conserje la reconoció de un rato antes, así que no le preguntó a qué piso iba. Magda se detuvo frente a la puerta del ascensor.

Estaba en las alturas, con Karla y Soraya.

Esperó.

Cuando llegó al vestíbulo se coló en el camarín rápidamente, pero no lo hizo sola. Dos mujeres aparecieron tras ella: una anciana y su cuidadora, ecuatoriana, peruana... Sus rasgos eran muy indígenas. Tuvo que revestirse de paciencia. Le preguntaron a qué piso iba. No quiso decir que al ático y dijo que al quinto. Por suerte la anciana iba al cuarto y se ahorró alguna que otra pregunta capciosa.

El ascensor inició su primer viaje.

Las dos mujeres bajaron en la cuarta planta.

Ya sin ellas, el ascensor cubrió la segunda parte del trayecto.

Magda se bajó en silencio, sin hacer ruido, y subió los primeros tres escalones del siguiente tramo de escalera. No se oía nada. Eso significaba que Karla y Soraya estaban con Selene. Por un momento no supo si acabar de subir, llamar y pillarlas a las tres juntas, o si esperar para ver a Selene a solas.

Decidió esto último. Selene se había quedado con Sonia en la casa de Sant Cugat. Quizá Selene supiera lo mismo que Sonia.

Pensó algo más: llegar hasta la puerta del piso y tratar de oír algo a escondidas, como acababa de hacer con Karla en su casa.

Todo quedó en nada cuando, de pronto, oyó el alboroto en el rellano del ático, la puerta abriéndose, la carrera, los gemidos, el llanto, el aporreo del botón de llamada del ascensor.

—¡Oh, Dios!

—¡Mierda!

—¿Pero qué...?

El ascensor estaba en la quinta planta, donde Magda acababa de dejarlo, así que solo tuvo que subir un piso.

Las dos mujeres entraron en él como elefantes en una cacharrería. Una de ellas debió de darse un golpe, se oyó un grito ahogado. La otra machacó el cuadro de mandos para bajar a la calle.

El eco de su alboroto desapareció por el hueco de la escalera.

Magda se dio cuenta de que estaba paralizada. Reaccionó y acabó de subir el tramo de escalera. Volvía a encontrarse como un rato antes, en aquel descansillo que más parecía una sala de estar previa al piso de Selene, con la alfombra, los apliques de luz, la media docena de grandes macetas con plantas y arbolitos, el espejo y el ventanal.

La puerta del piso seguía cerrada. Se acercó a ella.

Primero, intentó oír algo. Nada.

Después llamó al timbre. A la tercera comprendió que Selene no iba a abrirla.

¿Por qué?

Golpeó con los nudillos. Incluso la llamó:

—¡Selene, abre!

Silencio.

Lo probó de nuevo:

—¡Selene, no pasa nada! ¡Soy la periodista, Magda Ventura! ¡Supongo que Karla te acaba de hablar de mí! ¡Solo quiero hacerte unas preguntas!

Ninguna respuesta.

O Selene se había encerrado en su habitación, o no quería ver a nadie ni hablar con ninguna persona después de lo que hubiera sucedido con Karla y Soraya, aunque la visita no hubiese sido muy larga.

De hecho, ¿cuánto habían estado en el piso, uno, dos minutos?

—¡Selene, la policía te interrogará y será peor! ¡Necesitas confiar en alguien! ¡Sonia quería hablar conmigo y la mataron porque sabía algo! —Esperó unos segundos más—. ¡Vamos, Selene, abre, no seas estúpida, sé que estás ahí porque he seguido a Karla y a Soraya!

No tenía el teléfono de Selene, únicamente la dirección. Y, de todas formas, dudaba de que le devolviera la llamada.

¿Estaba aterrorizada?

Ya no lo intentó más. Tenía el tiempo justo para llegar a su cita con Isabel y comer tranquila en su compañía sin tener que anular el encuentro o llamarla para decirle que se retrasaría. Estaba cansada. Amara la había despertado muy a primera hora y no había parado desde entonces.

—¡Me voy! —le dijo a la puerta del piso.

Llamó al ascensor. Cuando bajó en él, percibió el fuerte perfume que impregnaba el cubículo. O Karla o Soraya se había bañado en colonia antes de salir de casa. Caminó por delante del conserje, con su expresión impertérrita pese al reciente paso de las dos espectaculares chicas, y salió a la calle dispuesta a darle gas a la Honda para llegar puntual al Café de la Academia, que estaba camino del mar, cerca de la plaza del Rey, al otro lado de Barcelona.

19

Isabel Castro ya estaba sentada en una de las mesas exteriores cuando ella llegó a las dos y cinco minutos. La pequeña placita de Sant Just rebosaba, como siempre, de su mezcla de turistas y personal autóctono desparramado frente a la iglesia. Una chica vendía baratijas y un chico con rastas, cuadros de la Barcelona antigua. Los turistas miraban hacia lo alto, igual que si estuvieran en Nueva York y se dedicaran a la contemplación de rascacielos.

El aire era limpio y el cielo, con el anticiclón encima, era de un azul radiante.

Magda le plantó dos besos en las mejillas a su amiga antes de sentarse o más bien derrumbarse en la silla. No había guardado el casco en el maletero, por si las moscas, así que lo dejó encima de la que tenía al lado.

—¡Hola! —resopló.

—Dichosos los ojos —la saludó Isabel.

—Calla, calla.

—Por Dios, cariño, ¿es que no hay nadie más en la revista?

—Como yo, no.

—Ya, ya. ¿Ves? Tengo el móvil aquí encima por si llamabas a última hora.

—¿Pensabas que iba a fallarte?

—¡Uh-uh!

—Yo nunca te haría eso. Y será mejor que guardes el móvil. ¿Quieres que pase uno, te lo coja y eche a correr?

Isabel la obedeció. Ya no había ninguna ciudad segura.

Luego se quedaron mirando la una a la otra.

—Como digas que tengo mala cara —la advirtió Magda.

—Iba a decirte justo lo contrario, que estás estupenda.

—Pues gracias.

—Es la verdad. ¿Cuánto hacía que no comíamos juntas?

—Dos o tres semanas.

—Y un mes también.

—Fuimos al cine hace diez días.

—Quedamos en la puerta, entramos y luego te fuiste corriendo. Casi ni te vi. —Evitó que Magda pudiera quejarse o replicar algo—. Venga, dime, ¿cómo estás?

—¿Yo? Bien, ¿por qué?

—Porque no soy tonta y la semana que viene van a cumplirse trece años.

—Ni me acordaba.

Isabel se cruzó de brazos, en plan madre.

—Mira que mientes mal.

—Vale, sí que me acordaba. ¿Y qué? ¿Tú también vas a darme la vara con eso? Si es que todo el mundo me lo recuerda, joder.

—Porque nos preocupamos por ti —quiso dejarle claro su amiga.

—Ya pasó, ¿de acuerdo?

—Sabes que no, y que tal y como eres, nunca lo hará.

—Pues bueno. —Dejó de mirarla para atender al movimiento de unos turistas en torno a una guía que sostenía un palo con una banderita roja en lo alto.

—No te enfades ni te pongas a la defensiva, ¿quieres?

—No estoy enfadada ni mucho menos a la defensiva, y menos contigo.

—Sabes que Juan no va a dejarlo y que, pasen los años que pasen, al final encontrará al que lo hizo.

—Trece años son muchos años, Isabel —fue terminante—. Es demasiado tiempo.

—Yo tengo fe en él. Ese hombre... Es una pena que esté casado, ¿sabes? Porque mira que te aprecia, ¿eh? Lo tuyo con él es...

—¿Lo mío con él?

—¡Pero si es de película! El inspector de los mossos que investiga el asesinato de tu novio y que acaba convirtiéndose en tu amigo, pero amigo de verdad. ¡Anda que no te ha sacado de líos!

—Cuando sucedió, estuvimos mucho tiempo juntos —dijo Magda—. Tuve que pasarle mis notas, la investigación que llevaba a cabo... Supongo que eso creó un vínculo, pero, bueno, eso es todo. Yo le aprecio, claro. En aquellos días me dio mucha fuerza, muchas esperanzas. En el fondo aún me las da.

—¿Nunca...?

—¿Nunca qué?

—Bueno, ya sabes.

—¿Lo preguntas en serio?

—Pues sí, mira.

—Es la primera vez.

—Se me ha ocurrido, ya está.

—No, de ocurrírsete ahora ni hablar.

—Es un hombre interesante, atractivo. Bien que habrías podido...

—Pues no —la detuvo Magda—. Está casado, quiere a su mujer, a la que conozco. Es un tipo feliz. Siempre pienso que me aprecia, y hasta me protege, porque se siente en deuda conmigo. Y que conste que de eso me he aprovechado en más de una ocasión —Fue sincera—. Él…, bueno, me vio tocar fondo.

—Cariño, ibas a casarte. Fue algo más que un golpe.

¿Cuánto hacía que no lloraba? Pero tampoco era el momento.

La salvó la aparición del camarero. Las dos ya sabían qué pedir. El hombre tomó nota y se retiró tan rápidamente como había aparecido. Volvieron a quedarse solas.

Solas en mitad de aquel gran parque temático.

—Quería verte para contarte algo —le dijo Isabel.

—¿De tu ingobernable hijo o de tu terrible ex?

—De ninguno de los dos. —Sonrió—. Estoy saliendo con alguien.

Magda abrió los ojos con desmesura y agitó la cabeza, como si las palabras acabasen de sacudirla.

—Jo, cariño, pareces la prota de una peli. Menuda frase.

—Es que es la verdad.

—¿Por qué la gente no dice directamente «me estoy tirando a alguien»?

—Porque todavía no me he acostado con él.

—¿Ah, no?

—Es pronto. No quiero precipitarme.

—Pero te apetece.

—¡Uy, claro, si hace la tira que no…! Y él no veas. Pero no, paso a paso. Tampoco veo yo que vayamos a llegar a nada, y menos aún algo serio.

—Pues si solo es para pasar el rato, no sé a qué vienen tantas prevenciones. Dale un buen repaso y ya está. Así ves cómo funciona en la cama. Igual es un flojeras.

—Caray, que no es como lo tuyo con Néstor.

—Dicho así…

—No, si lo tuyo me parece bien, ya lo sabes. Todos necesitamos a alguien y el sexo es sexo. Pero yo, con un hijo de dieciséis años que además está pasando por lo más insoportable de la adolescencia... Qué quieres que te diga.

—Lo tienes crudo.

—Primero no dejaba que nadie se me acercara y ahora le importa una mierda mientras no le imponga un padrastro. ¿Recuerdas aquel día en que salí con uno y me gritó que se lo iba a contar a su padre?

—Sí. Fue la primera vez que le cruzaste la cara.

—Es que me sentó...

—Se parece demasiado a él.

Isabel se llenó de pesar.

—Si, ¿verdad? —reconoció—. Cada vez más, y en todo.

—No pasa nada. —Magda alargó una mano y le apretó el brazo a la altura del codo—. Los hijos son así. Hoy he llevado a mi sobrina al médico, porque su madre no podía, y está igual: catorce años de maravillosa adolescencia. O sea, para matarla.

—Una chica es diferente. Además, tú la adoras y ella a ti. Suerte que te tiene a ti porque tu hermana... Pero él es mi hijo y está... rabioso, para darle de hostias a cada momento, sabelotodo, pasota...

El camarero reapareció con las bebidas. Levantaron los vasos y brindaron: Isabel con cerveza, Magda con Vichy.

—Por nosotras —dijo la primera.

—Por nosotras.

—Indestructibles.

—Ya me gustaría.

—Venga, dime en qué andas —propuso Isabel—. Ayer apenas si quedamos, no me contaste nada. Por lo menos una de las dos tiene una vida divertida.

Magda apuró la mitad de su vaso. A veces era bueno compartir las cosas. Otras no.

¿Divertida?

—¿Recuerdas aquel reportaje sobre la prostitución de lujo?

—Sí, muy bueno. No tenía ni idea de todo ese mundo.

—Han asesinado a una de las chicas que entrevisté.

—¿Qué me dices? —replicó asustada.

—¿Tienes estómago?

—¿Por qué?

—Tengo fotos de ella.

—¡Ay, no! —Hizo un gesto de asco—. ¿Estás loca? ¡Vamos a comer! Solo de pensarlo ya me da vueltas el estómago.

—No hay sangre ni tampoco es espeluznante. Al contrario. Solo quería enseñarte la imagen. De hecho, es estética y hasta tiene un punto de morbosa belleza.

—¿Hablas en serio? —La miraba como si fuera extraterrestre.

Magda sacó el móvil. Isabel no hizo ya nada para impedírselo. Buscó una imagen de lejos de Sonia, colgada de las cuerdas, y se la enseñó.

Isabel la miró atentamente, con prevención y miedo, pero aun así lo hizo.

—¿Cómo tienes tú esto? —quiso saber.

—Porque encontré el cadáver.

—¡Hala, hala! —Levantó las manos al cielo—. Si es que...

—Tú has preguntado en qué andaba.

—¡Creía que era algo normal, no sé!

—¿Desde cuándo escribo yo de cosas normales?

—Eso sí que es verdad, ¿ves? —Le apartó el móvil—. ¿Por qué la ha atado?

—Se llama shibari.

—¿El qué? ¿Eso?

—Es una práctica sexual oriental. Rollo *bondage* y tal. No es tan malo como parece.

—¡Mira la experta! ¿Y tú qué sabes?

—Esta tarde tengo una cita con un japonés para que me instruya sobre el tema.

—No, si tú cuando te metes... te metes.

—Ya me conoces.

—Un día te harán daño y será peor que lo de Afganistán.

Magda se encogió de hombros. No era suficiencia. Ni tampoco pasotismo. Era simple realidad.

Quizá Afganistán hubiera sido un aviso.

—¡A mí no me hagas ir a verte al hospital!, ¿vale?

—Mejor al hospital que al cementerio.

—¿Pero quieres callarte? ¡Allí casi te reventó esa bomba, por Dios!

La bomba.

Quique.

De no ser por la cicatriz, pensaría que lo había soñado o visto en una película de guerra.

—¿Desde cuándo somos amigas? —le preguntó a Isabel.

—Desde el cole.

—¿Y cómo nos hicimos íntimas?

—Nos enamoramos del mismo capullito.

—Hasta que nos dimos cuenta de eso, de que era un capullito, y entonces unimos fuerzas contra el mundo.

—Para siempre —lo certificó su amiga.

Levantaron los vasos.

El camarero y la comida aterrizaron en la mesa en ese momento.

20

Llegó a casa con la sensación de haber comido demasiado y con la mente ligeramente embotada pese a no haber bebido cerveza ni vino. Mantenía su juramento de años atrás. No era agradable despertar en un lugar desconocido y con un cerdo al lado. Había muchas formas de tocar fondo y aquella era sin duda la peor.

El médico le confirmó que estaba bien: ninguna enfermedad, ni de tipo venéreo ni peor, como el sida. Tampoco embarazada. El susto fue suficiente para cambiar de vida.

La memoria de Rafa merecía algo mejor. También la de Quique, su cámara en Afganistán.

Aquel maldito día, en la base española de Herat.

Faltaba una hora para su cita con el japonés. Había preferido pasarla en casa, haciendo algo, antes que en un bar tomando un café y perdiendo el tiempo. También necesitaba reordenar sus ideas, añadir nuevos datos a la página del bloc. Ahora tenía cinco chicas, cinco hombres, una casa en Sant Cugat, una orgía... Y de los cinco hombres, tres negros, uno muy rico, otro tal vez militar, que hablaban francés.

Media África hablaba francés.

Cuando acabó de hacer las anotaciones, recordó que eso se lo había enseñado Rafa.

«Aunque lo tengas en la cabeza, ponlo sobre un papel. Ayuda a verlo en perspectiva.»

Cuando trabajaban juntos, Rafa era el ordenado, el disciplinado, el pragmático, el que no se dejaba llevar por impulsos y lo reflexionaba todo debida y detenidamente. Nunca un cabo suelto. Nunca un disparo al azar. Pruebas y argumentos. Ella, en cambio, era la impetuosa, la que siempre tenía prisa, la que todo lo basaba en el instinto y hacía gala de su sexto sentido femenino, no siempre acertado. Rafa le enseñó a ser paciente, a no precipitarse, a no dar un salto, sino un paso seguido de otro, a no dar nada por sentado, a olvidarse del corazón para atender a la razón. Le recordaba un día sí y otro también que ser periodista no era un trabajo, sino una vocación. Y más aún: que ser periodista de investigación rozaba lo más alto de la pirámide social. Rafa decía que había tres trabajos sagrados en el mundo: médico, maestro y periodista. Un médico salvaba vidas, no podía cometer errores. Un maestro recibía cada año en sus clases barro humano y tenía el deber de modelarlo para que se convirtiera en futuros seres humanos de provecho. Por último, el periodista podía ser de derechas o de izquierdas, decir que un vaso estaba medio lleno o medio vacío, pero nunca mentir afirmando que estaba lleno o vacío del todo. Si lo hacía, engañaba a miles de personas.

Ése era Rafa.

Su Rafa.

Magda no pudo evitar perderse en su recuerdo.

Era como un agujero negro succionándola.

Todavía podía olerle. Todavía sentía el tacto de su piel en las manos. Todavía oía su voz colgando como una estalactita de su alma. Trece años o trece horas. El tiempo casi siempre jugaba malas pasadas.

Todo estaba allí, en su mesa de trabajo, los recortes de los periódicos, las informaciones, los detalles de la investigación policial, la suya propia...

¿Por qué seguía guardándolo todo? ¿Por qué?

«Periodista asesinado.»

«Un disparo en la nuca acaba con la vida de Rafa Govern.»

«El conocido reportero investigaba un turbio caso de...»

«¿El crimen organizado detrás de la muerte del reportero de la revista *Zona Interior*?»

«Rafa Govern iba a casarse en dos semanas con la también periodista Magda Ventura.»

Magda cerró los ojos.

Ya era tarde.

Notó la subida de la adrenalina, la presión, el vértigo. Empezó a sudar. Empezó a notar cómo el corazón se le disparaba. Empezó a ver luces de colores en el fondo de sus pupilas. Empezó a faltarle el aire.

Tarde, tarde, tarde.

Se levantó y caminó hasta la ventana. La abrió de par en par. No corría ni una pizca de aire. Al otro lado de la calle vio a una mujer tendiendo la ropa. Por la calle caminaban personas. En una terraza había un hombre en camiseta espatarrado haciendo una siesta.

Cada cual con su mundo a cuestas. Nadie estaba libre del mal.

No tenía que haberse acostado con Néstor la última noche. Hacerse la loca no curaba nada, y menos aún las heridas del alma. Sexo y libertad no tapaban sus carencias.

Nunca ocultarían el hecho de que Rafa ya no estaba allí, con ella.

Pensar en Néstor la hizo volver a lo más oscuro.

La culpa.

Su culpa.

Había metido a Rafa en la investigación. Había ido a Afganistán a morir y casi lo había conseguido. Follaba con Néstor para olvidar y no hacía sino recordar más.

—No, no... —gimió.

Conocía los síntomas, el ataque, la espiral que la arrastraba hacia el fondo, como un *maelstrom* implacable. Imposible de detener.

Se apartó de la ventana. Se apartó de la irresistible tentación del abismo, de querer saltar. Ya no se trataba de Sonia y del caso. Se trataba de ella y el aniversario.

Aquellos trece años.

Caminó casi a tientas hasta el lugar en el que había dejado el bolso. Buscó el móvil tan nerviosa, sin encontrarlo, que acabó volcando el contenido sobre la mesa. Cogió el teléfono y, mientras localizaba el número de Beatriz Puigdomènech, se dejó caer sobre una silla. Temblaba. Lo marcó y esperó.

El sudor le caía ya por la frente.

El corazón le machacaba el pecho.

La turbulencia de su vértigo la poseía.

—Consultorio de la doctora Puigdomènech, ¿dígame? —la saludó una voz.

—Por... favor..., la doctora.

—Está con una visita. Si me dice...

—Dígale que soy... Magda Ventura. Por favor, dígaselo... ahora.

La mujer captó el mensaje. La urgencia.

—Un momento.

Magda cerró los ojos. Odiaba las crisis. La hacían sentir débil. Necesitaba ser fuerte para...

—¿Magda?

—¡Doctora!

—¿Qué le ocurre? ¿Necesita ayuda?

Fue extraño. Una simple pregunta y de pronto... Todo empezó a menguar, como si acabase de abrir un grifo y la angustia saliera del depósito de su cabeza.

—Quería... oír su voz —dijo—. Solo...

—¿Es grave?

—Un ataque de ansiedad —reconoció.

Ansiedad, pánico, había muchas formas de llamarlo.

Los efectos eran los mismos.

—Respire.

—Lo hago.

—Hábleme.

—Parece que... está remitiendo.

—¿Donde está?

—En casa.

—¿Ha sucedido algo?

—No, no. —Pensó en Sonia—. Trabajo y nada más.

—Entonces, ¿es por la fecha?

—Sí, supongo.

—Ayer estaba bien.

—Pero fui a verla. Me temía algo así un día de estos y ahora, de pronto...

—¿Quiere que nos veamos luego, a última hora?

—No, ya está. Necesitaba oírla, nada más. Saber que está ahí, ¿entiende?

Una mano en la oscuridad.

—Pero ha debido pasar algo —insistió la psiquiatra sin forzarla.

¿Lo de Sonia era suficiente, o se trataba de ella y nada más?

—Ayer mataron a una conocida mía.

—Lo siento.

—¿Recuerda que tenía una cita?

—Sí.

—La encontré muerta.

—Lo siento.

—Era prostituta.

No supo por qué se lo había dicho, pero ya estaba hecho.

—¿Cómo la mataron?

—Bueno... con una inyección, parece. Luego la ataron como si hubiera hecho una práctica sexual de riesgo.

Beatriz Puigdomènech asimiló las palabras de Magda.

A fondo.

—¿Eso es lo que la ha impresionado, el fondo erótico del asesinato?

—No —dijo—. Bueno, no sé, no creo.

—Hemos hablado de eso en ocasiones. —El tono de la doctora se volvió más profesional—. Que le guste el sexo, sentir dolor, a veces incluso el placer de experimentar con el sexo duro, no significa nada. Le gusta a mucha gente.

—Nunca lo tuve con él.

—¿Y cree que ahora es un sustitutivo, un castigo...?

Se pasó la mano libre por la frente. El sudor que la empapaba se estaba enfriando. Ya respiraba mejor. Sentía el corazón acompasándose.

No se hundía.

—No lo sé —dijo—. Puede que, simplemente, todo sea distinto.

—Lo es —afirmó la psiquiatra.

—Siento haberla molestado —replicó con la intención de colgar.

—Espere.

—Me encuentro mejor, en serio. Ha sido... un brote. Llamarla lo ha frenado a tiempo.

—Magda, ¿está investigando la muerte de esa mujer?

No tenía por qué responder.

Pero tampoco por qué callar.

No se le mentía al médico, y menos aún al loquero.

—Sí —admitió.

—¿Es peligroso?

—No. —Hizo un gesto que ella no podía ver.

—¿Tendrá cuidado?

—Claro. No estoy loca.

—Dice que ella era prostituta y que la han asesinado. Usted es periodista y está viva. Pero siempre hay transferencias, ¿entiende? Es difícil no mimetizarse con nuestro entorno. Y sé que es obsesiva con su trabajo.

«Obsesiva» no era la palabra.

—Gracias, doctora —se despidió.

Beatriz Puigdomènech le dijo algo más, pero ya no lo oyó.

21

El Centro Zen de Meditación y Espiritualidad no era precisamente grande ni se parecía a un gimnasio de artes marciales como el que había visitado por la mañana para ver a Fernando, el exnovio de Sonia. Para empezar, estaba situado en una planta baja ligeramente lóbrega por la mala iluminación. La casa era antigua. No vieja, pero sí antigua. No por estar en la zona de Tres Torres, un barrio selecto de la Barcelona pija, tenía que ser lujosa. También quedaban edificios construidos antes de la mayoría de las especulaciones urbanísticas desatadas por el alcalde Porcioles en los años sesenta.

La puerta, con una simple placa metálica, estaba abierta y, curiosamente, no vio ningún timbre. Cruzó el umbral y se encontró con una especie de recepción vacía salvo por un espacio dedicado a un jardín japonés, con arena, unas piedras y la huella de un rastrillo, y cuadros, dibujos y pósteres colgados de las paredes. En ellos había de todo, desde paisajes bucólicos con templos japoneses ancestrales hasta personas meditando o telas con las características caligrafías orientales. También fotografías de lo que andaba buscando: el shibari. Por lo visto era una parte importante del negocio de Hiro Takamata. Lo era desde el inicio o a causa de las recientes modas a las que se habían aficionado últimamente tanto en Occidente. Se acercó a dos de las fotos. En una, una mujer estaba atada boca abajo, horizontal, con las piernas y los brazos extendidos, y colgada del techo. En otra, la misma mujer aparecía sentada, con una tupida malla de cuerdas y nudos cubriéndola de arriba abajo.

Magda sintió un cosquilleo en el estómago.

Dejó la entrada y caminó por un breve pasillo con dos puertas cerradas, una a cada lado. También estaba lleno de fotografías y desembocaba en una sala espaciosa, probablemente el centro de trabajo. Allí, sobre un tapiz o tatami en el suelo, le vio a él.

Hiro Takamata.

Posición de loto; *padmasana*, como la llamaban ellos. Piernas dobladas, pies sobre los muslos, brazos extendidos con las muñecas sobre las rodillas, las manos hacia arriba y el dedo pulgar unido al dedo corazón. Ojos cerrados.

No supo qué hacer. Todo irradiaba calma.

Hasta que él habló.

—Bienvenida tú, Magda Ventura.

Era la hora de la cita, había llegado puntual, pero le sorprendió que recordara su nombre.

—Buenas tardes.

Seguía igual, sin moverse. Los ojos eran dos líneas tan finas que Magda no supo si los tenía cerrados o si, por el contrario, la estaba mirando. La imagen del maestro era idéntica a la de Internet. Hasta llevaba el mismo kimono. La luz, tenue, invitaba al recogimiento.

—Tú sienta —le pidió, ofreciéndole un espacio frente a él.

Le obedeció. Lo hizo a un metro escaso y se quedó en cuclillas, con el bolso al lado. Había apagado el móvil por si acaso. Hiro Takamata abrió un poco los ojos y pareció estudiarla. Magda no supo si allí el tiempo dejaba de transcurrir o si básicamente todo se hacía tan despacio que los segundos se ralentizaban. Nada que ver con la rapidez de las conversaciones habituales, las prisas y los nervios del exterior.

El japonés se tomó su tiempo.

Magda recordó sus palabras al teléfono: «Mente en blanco, corazón limpio, espíritu libre. Si no sientes shibari, no comprendes shibari».

Los orientales eran raros.

Ella solo quería preguntarle... Aunque tuviera que seguir su juego.

—Tú dice que investigas. —Dio por terminado su silencio.

—Sí.

—¿Shibari?

—Sí.

—Haces preguntas.

—Sí.

—No bueno.

—¿Por qué no es bueno?

—Yo dicho antes: primero, tú comprendes shibari.

—Claro. —Intentó no parecer frívola ni mostrarse apresurada—. Lo que pasa es que...

Hiro Takamata levantó una mano.

Magda dejó de hablar en seco.

—¿Por qué interesa shibari?

—Sé que es más que una moda. —Trató de mostrarse respetuosa y, sobre todo, convincente—. Y quiero escribir sobre ello. No me fío de Internet.

Otro silencio.

Ahora sí, el japonés la miraba fijamente.

Magda sintió como si escarbara en su mente.

—Tú llena de dolor —habló de nuevo el hombre.

—¿Yo?

—Ven. Dame mano.

Se le acercó un poco. Extendió la mano derecha con la palma hacia abajo. Hiro Takamata se la volvió hacia arriba y la examinó. Pensó que hacía lo más vulgar: leerle las líneas.

Pero se equivocó.

—Dame otra.

Quedó con los dos brazos tendidos hacia él y con el maestro sujetándola por las muñecas. Poco a poco este deslizó los pulgares por ellas, como si le buscara el pulso.

Cada vez que hablaba era una máscara. Lo hacía sin apenas mover los labios. Si en Internet le había parecido un anciano de noventa años, en directo como mucho le habría quitado diez, porque era viejo, muy viejo.

—¿Tú hacer cortes?

Se preguntó cómo lo sabía. Hacía muchos años de eso. De cuando se había llenado el brazo de cortes hechos con una cuchilla de afeitar, desde el codo a la muñeca. Ya no quedaban marcas. ¿O sí? ¿Las del alma?

—Hace tiempo —admitió insegura.

—¿Por qué?

—Murió alguien.

—¿Ya no cortes?

—No.

—¿Gritas?

—¿Gritar? ¿Cómo?

—Fuerte, con rabia.

—No, no.

—Tú ahora tienes dolor dentro. Guardas —dijo en un tono grave y profundo.

—Tal vez, no lo sé.

—Shibari ayuda.

—No lo creo —se sinceró.

—Pensamiento occidental.

—¿Y la verdad es oriental?

—Magda Ventura, dolor-placer, placer-dolor. Es límite sentidos. Deberías probar.

—No. —Movió la cabeza de lado a lado.

Hiro Takamata le soltó las manos y las dejó caer a plomo.

—Vete.

—Por favor...

—Tú prueba. Luego decide.

—¿Quiere atarme, de verdad?

—Sí.

—¿Por qué?

—Necesitas.

—Yo no necesito...

Se detuvo un instante. A veces el precio de una investigación era alto, en sangre, sudor, lágrimas. Pensó en Sonia, atada y colgada de la viga de su casa de Sant Just. ¿Por qué estaba allí, con un maestro oriental, si no era para aprender?

—Decide —insistió él.

—¿Cuánto me costará?

—Nada. Primera vez. Dinero no es importante. Importante es paz. Yo te he dicho antes: shibari es ciencia, no prejuicio. Si no sientes shibari, no comprendes shibari. —Y de pronto le hizo la pregunta—: ¿Gusta sexo?

—Sí. —Asintió.

—¿Tienes hombre?

—No.

—¿Mujer?

—Soy hetero. Pero ahora mismo estoy sola.

—Escucha, Magda Ventura. —Se revistió de solemnidad—. Yo hago arte. Arte con placer. Arte con sexo. Arte con dolor. Arte con sumisión. No a hombre, no a mujer. Sumisión a sentidos. Tú sentirás cosas, conectarás con yo interior, descubrirás bueno y malo en ti.

—¿Todos los que vienen aquí son conscientes de eso?

—Vienen por moda, interés, curiosidad, sexo, pero entienden luego. ¿Tú conoces yin y yang? Bueno y malo, blanco y negro, dos caras. Hay buen shibari y mal shibari. En Occidente es solo sexo, sado, películas baratas. Después de estar aquí y aprender, todo distinto. —Se levantó con más agilidad de la que hacía presumir su edad y le ordenó—: Ven.

Magda le obedeció. Recogió el bolso y le siguió hasta otro espacio, más pequeño pero igualmente con poca luz. Era una habitación distinta, con un sinfín de correas, cuerdas y argollas colgadas del techo, bridas, atrezo negro, cadenas. También había una mesa con una enorme variedad de instrumental, piezas que nunca había visto junto a collares con púas, barras, bozales, látigos, esposas, caretas de cuero, mordazas, pinzas. No era una cámara de los horrores. Solo un universo en el que el morbo parecía ser la nota imperante.

El morbo de lo desconocido. El morbo del placer unido al dolor.

—Desnuda, Marga Ventura —le pidió Hiro Takamata.

—¿Entera?

—Puedes dejar bragas si así más cómoda.

—¿Va a... tocarme?

—Ato. No toco. Miro. No veo.

—Entonces..., ¿solo será arte, no placer? ¿No hay nada erótico?

—Placer es con persona que quieres. Yo solo maestro. Ato y dejo que tú sientas.

—Oiga... ¿Por qué no me cuenta antes un poco lo que va a hacerme?

—¿Qué quieres tú saber?

—¿Las cuerdas hacen daño?

—Malas cuerdas, sí. Rozan piel. Cuerda de yute o algodón, no. Buena cuerda de yute, grosor seis a ocho milímetros. Mira. —Le enseñó varios tipos de cordajes, algunos incluso de colores—. Importante en shibari es nudo, dónde colocarlo. Mal shibari, en cualquier parte. Buen shibari, en puntos determinados, como en acupuntura, para estimular y aumentar energía sexual. *Karada* es como se llama a nudo característico. Buen artista, nudo mejor. No es bueno sujetar articulaciones, ni garganta. No es bueno apretar. Persona atada se entrega a estímulos y sensaciones únicas. No puede hacer nada, solo pensar en placer. Persona sumisa, relaja y confía. Se rinde a sí misma más que al otro. No hay que dejar atar si no hay confianza. Persona que ata, dueño. Cuerdas son extensión de sus manos y voluntad.

—Entiendo que hay distintas formas de atar, ¿no?

—Sí. Puede sujetarse cuerpo entero, nalgas y vientre o solo tronco. Técnicas principales son *gote sasshou*, manos en espalda, posición rezo; *hishi*, forma de diamante; *tazurki*, cruzado en forma aspa; *ushiro*, atar tronco por espalda formando aspa o «U»; *matanawa*, con cuerda en zonas erógenas; y *tsuri*, suspensión corporal en alto.

—No quiero que me cuelgue, por favor —le pidió.

—Bien. No necesario. No profesionales cometen errores graves así. Mala posición hace daño, puede producir trombo, insensibilidad. Si atadura es tensa, es *kinbaku*. Shibari no es juego para aficionados. Como todo arte, necesita aprendizaje, enseñar de maestro a discípulo. Belleza de sufrimiento es única.

Magda lamentó no estar tomando nota de todo aquello.

«La belleza del sufrimiento.»

Bueno, había que ser muy japonés para decir algo así.

—Señor Takamata, ¿cuánto hace que practica esto?

—Toda vida mía. —Pareció brotar un asomo de orgullo en su voz por primera vez—. Yo nivel uno de Yagami Ren Ryü.

—¿Y eso es...?

—Maestro japonés. —Inclinó la cabeza como si la saludara.

Todo parecía ya dicho.

Hiro Takamata esperaba. Tenía que desnudarse y dejarse atar. Dejarse atar por un desconocido con pinta de santón oriental y aspecto inofensivo que acababa de soltarle una enorme palabrería acerca de lo que, para muchos, no era más que sadomasoquismo con tintes exóticos.

—¿Hay alguna palabra clave para que pare?

—Di una.

—Fuego.

—Bien. ¿Preparada?

—Sí.

—Yo voy. Tú desnuda. Medita. Relaja y vacía mente.

—Eso es imposible. —Suspiró ella.

—Intenta —dijo Hiro Takamata poniéndole un dedo en la frente—. Todo aquí.

22

Se arrepintió al momento de haber accedido.

—Tú estás loca, tía.

Estaba sola. Hiro Takamata había salido por la puerta. Sola en medio de aquella habitación extraña, rodeada de aparatos y utensilios curiosos. Sin venir a cuento, recordó la primera vez que le habían ofrecido una droga dura, esnifar una raya de cocaína. En un segundo vio pasar toda su vida por delante de los ojos. ¿Era tan fuerte como para probarla sin repetir? ¿Tan fuerte como para no caer? No lo sabía, así que dijo que no, que pasaba. Se ganó las risas y las burlas de los demás, pero ahora lo agradecía. Estaba sana. Las únicas heridas eran las del alma. Bastante había tenido con beber hasta dejarlo.

Empezó a quitarse la ropa. Llevaba unas bragas bonitas. Rojas, con encajes. Pensó en quitárselas también. Hacerlo todo completamente desnuda. ¿No se quedaba sin nada cuando iba al médico o la examinaba el ginecólogo? Hiro Takamata no era más que un viejo. Ella siempre decía que, si se hacía algo, lo que fuera, había que hacerlo bien.

Pero no se las quitó. Sin bragas sabía que se sentiría completamente vulnerable. Quería, al menos, un escudo.

Se sentó en una silla, con las rodillas unidas y las manos en los muslos. Intentó hacer lo que le había pedido el japonés: relajarse y vaciar la mente. Cerró los ojos. Relajarse y vaciar la mente.

Una hora antes había tenido un ataque de ansiedad. Estaba controlado, pero aun así...

Transcurrieron un puñado de segundos. No supo cuántos. La respiración acabó por acompasársele y se sintió mejor. ¿No tenía la mente abierta siempre ante lo nuevo? Y aquello era nuevo.

Saber dónde estaban los límites era excitante. ¿O no?

Oyó un roce. Supo que el maestro de shibari había regresado. No quiso abrir los ojos. Notó como él se colocaba frente a ella. No pasó nada. Pensó que la miraba. Los entreabrió y se dio cuenta de que estaba rezando o haciendo algo parecido. Una especie de limpieza mental. Volvió a cerrarlos.

Lo primero que hizo Hiro Takamata fue separarle las piernas, abrírselas por completo. Si hubiera ido sin bragas, el sexo habría quedado completamente expuesto. Una vez abierta de piernas comenzó a atarle los tobillos, sin tensar las cuerdas. Cuando se levantó, le colocó los brazos a la espalda, por detrás del respaldo de la silla. Le ató las muñecas y subió por los brazos hasta llegar a los hombros. Bajó por delante y Magda notó cómo las manos del hombre le hacían un sinfín de nudos, por encima del pecho, los pezones, hasta la cintura. Regresó a la espalda y le ató las manos a los tobillos por detrás. Ahora no solo no podía moverse, sino que tampoco podía cerrar las piernas, abiertas en un ángulo posiblemente superior a los ciento veinte grados.

Abrió los ojos por primera vez. No podía verse a sí misma. Únicamente sentir su absoluta vulnerabilidad.

Pensó en Sonia. La apartó de su mente.

Allí estaba ella, no Sonia. Era su iniciación. Quería saber. Quería...

Fue extraño, porque, de pronto, la vulnerabilidad se convirtió en algo totalmente opuesto. Poder.

Estaba atada, y por un desconocido, pero era como si, en el fondo, fuera ella quien controlara.

Tenía un cuerpo potente. Era una mujer atractiva. Fuerte.

Le habría gustado hacer aquello con Rafa.

¿Y con Néstor? No, con Néstor no. Con Rafa. Néstor era su consolador animado.

Sonrió.

Hiro Takamata debió verlo.

—¿Bien?

—Sí.

—Vuela libre.

Volar.

Libre.

Así de fácil.

Lo intentó. Primero voló al pasado, a la niñez, a la adolescencia, al primer amor y el primer beso. No eran recuerdos agradables. La adolescencia dolía demasiado. Un novio, dos. Luego Rafa. Tenía veinticinco años y él veintinueve. Cuatro años juntos, hasta la boda truncada. Tras eso, el hundimiento, la huida, la solicitud de que la enviaran a una guerra, el reportaje en la base española de Herat en Afganistán, el ataque de los talibanes, la bomba...

¿Cómo definiría su vida?

Era una periodista de éxito.

¿Suficiente?

Estaba atada, se suponía que tenía que sentir placer. No dudas, sino placer. Nadie la tocaba, nadie la acariciaba, nadie la penetraba. Era ella y solo ella. Hiro Takamata se lo había dicho: todo estaba en su cabeza.

De pronto empezó a notar algo. Un cúmulo de sensaciones

surgiendo en tropel de alguna parte. Miedo, frustración, dolor, amor...

Amor. ¿Qué clase de amor?

¿Sexo? ¿De verdad se estaba excitando?

Su cuerpo se convirtió en una balanza. Su mente en los brazos. Empezó a ir de lado a lado. En uno, el éxtasis. En otro, la angustia. En el centro, la ansiedad. Volvió a casa, una hora antes.

Con Rafa.

Abrió los ojos otra vez y no vio al maestro. Intentó decir «fuego» y no pudo. Tenía la garganta seca y estaba paralizada.

«No, ¡no!», gimió su subconsciente.

Gritaba y lloraba a la vez. Notó que estaba mojada. La coctelera de su ánimo se agitó.

Finalmente logró susurrarlo, muy quedamente:

—Fuego...

Hiro Takamata estaba detrás de ella. No lo había visto. Parecía que ni siquiera respiraba. Sin decirle nada procedió a desatarla. Y el proceso fue mucho más fácil que el de atarla. Bastaba con deshacer el nudo principal. Los restantes desaparecían casi por sí solos. El japonés tenía las manos hábiles. Reparó en ellas por primera vez. Manos de viejo, huesudas, deformes, pero ágiles al fin y al cabo.

Le liberó primero las manos y los brazos, después las piernas.

No se sintió bien hasta que las cerró.

23

Volvían a estar en el tatami.

Vestida.

La expresión de Hiro Takamata era dulce. Un padre bene-volente observando a su hija. O un abuelo frente a su nieta tras una lección de vida. La había visto desnuda, pero no sentía vergüenza. No se trataba de eso.

Él tardó en hablar.

—¿Bien? —preguntó al fin.

—Sí.

—Tú grita «fuego». Al final.

—Sí, lo siento.

—Tú no sentir culpa. Todo bien. Primera vez. Importa efecto.

—No sé cómo me siento.

—Usa palabra.

—Descontrolada.

El japonés asintió con la cabeza e inclinó un poco la espal-da. Hasta pareció sonreír.

—Buena palabra —concedió.

—¿Qué más iba a hacerme?

—Nada.

—¿Nada?

—No. Tú atada y sentir cosas. Remover cuerpo y mente, ¿sí?

—Bien removidos.

—Sí, yo notar.

—¿En serio?

—Libro abierto. Todo tu dolor estaba contenido. De haber seguido, habría estallado. —Abrió las manos y agregó—: ¡Bum! —Luego continuó—. Tienes mucho en corazón y cabeza, Magda Ventura.

—Ya lo sé.

—¿Dolor tiene que ver con herida en vientre?

—No. Hubo algo más. Antes.

—Pérdida.

—Sí.

La siguiente pregunta tardó un poco en llegar.

—¿Todavía crees shibari es únicamente sexo?

—No, pero...

—No fácil.

—No, no fácil. —Sonrió—. ¿Sabe algo? Es usted extraño.

—Yo no extraño —se defendió muy serio.

—¿Qué hace en Barcelona?

—Primera ciudad en España interesada en shibari, además de en espiritualidad y enseñanzas orientales.

—¿Hace proselitismo?

—No entiendo.

—¿Si hace propaganda de lo suyo, en plan profeta o algo así?

—No. Yo aquí porque vivo bien. Mejor que allí.

Le sorprendió su franqueza. Vivir bien.

Fue el momento en que se dio cuenta de que llevaba allí ya demasiado tiempo y sin haber hecho nada de lo que la había empujado a verle. La sensación de que el tiempo no

transcurría de la misma manera se acrecentó. Pero un vistazo al reloj le gritó que sí, que volaba, y que seguía llena de
preguntas.

Sacó el móvil del bolso, buscó una de las fotos de Sonia y
se la enseñó a Hiro Takamata sin decirle nada.

El japonés no solo la estudió. También la amplió con los
dedos.

—Hay más —le dijo ella.

Las miró todas, una por una, tan inexpresivo como siempre.

—¿La conoce? —No pudo esperar más.

—No. —Le devolvió el móvil.

—¿Puede decirme algo?

—¿De qué?

—No sé... Los nudos, la técnica, la forma de atarla... Lo
que sea.

—Di motivo.

—Está muerta.

Hiro Takamata sostuvo su mirada. Lo único que cambió
en él fueron sus ojos, que se empequeñecieron todavía más
hasta quedar convertidos en dos sesgos oblicuos.

—Por favor... —le suplicó Marga.

—¿Muerta shibari?

—No. La ataron después, probablemente para simular una
muerte por accidente mientras lo practicaba.

—No buen trabajo —dijo el maestro.

—¿No?

—No experto. No alumno mío. Nudos gruesos. Quizá manos grandes. Cuerda rígida. Nudos no están en puntos importantes, son aleatorios. No crean corrientes.

—¿Tiene alumnos fijos?

—Sí.

—¿Tendría una lista?

—No lista. Privacidad.

—Hablamos de un asesino.

—Cualquiera puede atar mujer. Repito: no alumno mío. Aprendiz.

—Además de tratar de confundir a la policía, ¿cree que pudo querer transmitir un mensaje?

—No sé.

—¿Y fotografiarla?

—Todo posible.

—¿Quién hizo las fotos que hay aquí?

—Fotógrafo —dijo con la más elemental de las lógicas.

—Ya, ¿pero quién? ¿También es secreto?

—No. Fotógrafo llama Sergio Canals. Experto en lo que llama *performances*. —Pronunció esto último en un pésimo inglés—. Hace fotos, vídeos. Todo explícito. Gusta mucho shibari. Hizo retratos gratis a cambio de asistir a sesiones.

—¿Tiene sus señas?

—Sí. Yo doy cuando levantemos ahora.

—¿Hay más expertos como usted en Barcelona?

—Aficionados —dejó ir con toda naturalidad—. Quien ató a mujer, improvisó. Conocer no es saber.

—Pero llevaba la cuerda encima —reflexionó Marga sin apenas darse cuenta.

Hiro Takamata debía de calcular el tiempo mentalmente. No lucía precisamente un reloj en sus muñecas desnudas. Se incorporó de un salto, con la misma agilidad que la primera vez, y señaló la puerta de la sala.

—Clase particular ahora —dijo—. Meditación. Tú puedes quedar si quieres.

—No, tengo trabajo, gracias.

—Ven. Daré dirección fotógrafo.

Salieron de la sala y entraron en una de las dos puertas del pasillo. El japonés la escribió en una tarjeta del Centro Zen de Meditación y Espiritualidad. Después la precedió hasta el vestíbulo, con sus pasos cortos y medidos.

Ya le esperaban cinco personas, dos hombres y tres mujeres.

—¿Interesante, Marga Ventura? —la despidió en la entrada.

—Mucho.

—¿Yo ayuda?

—Sí.

—Mucho cuidado —la previno.

—Lo tendré.

—¿Encuentra asesino?

—Eso es cosa de la policía, pero... Bueno, soy periodista.

—Periodista raza especial —dijo.

Y sonrió por primera vez.

De oreja a oreja.

24

El estudio fotográfico de Sergio Canals estaba en un primer piso al que se accedía por una puerta discreta situada a un lado de la entrada principal del edificio. Tampoco era extraño. El Raval siempre le había parecido un mundo dentro de otro mundo. Pulsó el timbre y la respuesta tardó en llegar. Se oyó un chasquido, ninguna pregunta por el interfono, abrió la puerta y subió la escalera, más bien angosta. A lo largo de la ascensión pudo ver instantáneas hechas por el hombre al que había ido a ver. Ninguna era explícita, aunque si se notaba el erotismo en algunas de las poses de las modelos. Tal vez también fotografiaba niños y bodas, no era cosa de asustar a la clientela.

La siguiente puerta, también abierta ya, la condujo a un *loft* reconvertido en estudio. Había rollos de fondos de colores, paraguas forrados de papel de plata brillante para concentrar la luz, focos, trípodes y cámaras. A un lado, un equipo de música. Al otro, una pantalla por la que se veía un desfile de moda con chicas-palo, escuálidas, con las caras serias, como si la cosa no fuera con ellas, y trajes de lo más imposibles.

¿Por qué las modelos desfilaban serias?

Primero creyó que no había nadie. Luego oyó una voz que venía de alguna parte a su derecha.

—Llegas temprano.

Miró hacia él. Era un hombre bastante impresionante, alto, barba frondosa ya más blanca que negra, cabello largo recogido en un moño, ojos oscuros y penetrantes. Vestía muy a la antigua, ropa de cuero con algunas tiras colgando por los lados, una camiseta vieja de AC/DC y aparatosos collares. Magda se fijó en sus manos, grandes y desproporcionadas con el resto del cuerpo.

—Yo... —intentó decirle que se equivocaba.

—Tranquila, desnúdate aquí. —Dejó de hablar al acercarse un poco más y verla de cerca. Entonces frunció el ceño y dijo—: No es exactamente lo que pedí, pero...

—Creo que se equivoca —le tranquilizó ella.

—¿Ah, sí?

—Me llamo Magda Ventura. Soy periodista. Escribo para *Zona Interior*.

Era un profesional, así que eso le impresionó.

—¿*Zona Interior*? Vaya.

—¿Podría hablar con usted cinco minutos?

—¿Quiere fotos para su revista?

—No exactamente, lo siento.

Tras el aparente desencanto, Sergio Canals le echó un vistazo al reloj. Su expresión lo dijo todo.

—Tengo una sesión ahora mismo.

—Cinco minutos —repitió Magda.

—Si no es por mis fotos...

—Estoy haciendo una investigación.

—¿Quién le ha hablado de mí?

—Hiro Takamata. Vengo de verle a él.

—El bueno de Hiro. —Soltó un pequeño bufido mientras la miraba con más atención—. Oiga, ¿le han dicho que tiene mucha fuerza?

—¿Yo?

—Sí. Los rasgos, la mirada... ¿Puedo tomarle una foto?

—Otro día. —No supo qué más decir.

—¿Qué clase de investigación está haciendo? —preguntó resignado el fotógrafo.

—Según Hiro, usted es experto en shibari.

—Experto, lo que se dice experto... Me gusta hacer fotos, sí. Una mujer atada es una imagen muy intensa. Como una escultura. Y le diré algo: mejor el blanco y negro que el color. Es más poderoso. He hecho fotografías, vídeos artísticos, *performances*...

Magda ya tenía el móvil a punto. Le enseñó la primera fotografía de Sonia, el plano general en la que se la veía a ella colgada.

Sergio Canals la estudió unos segundos.

—Interesante —dijo.

—¿Qué es interesante?

—Es estética —reconoció.

—¿Se refiere a la pose?

—Las ataduras, la forma en que está colgada...

—Hiro me dijo que lo había hecho un *amateur*, que la cuerda no es la apropiada y los nudos son gruesos.

—Hiro es un purista. Para un aficionado yo diría que está bien. ¿Por qué me enseña esto? Desde luego, ella es guapa y, por lo que se ve en la foto, tiene un pedazo de cuerpo.

—Era guapa.

—¿Cómo que era?

—Está muerta.

La miró más detenidamente.

—¡Coño! —exclamó.

—Se llamaba Sonia. Se dedicaba a la prostitución de lujo.

—¿Tiene más imágenes?

No supo si enseñárselas. Se sintió como si traicionara la memoria de la muerta.

—Sí —se rindió—. Páselas.

Sergio Canals lo hizo. Magda notó cómo se detenía en algunas de las imágenes. Supo cuáles.

—¿Está escribiendo sobre esto? —preguntó él.

—Busco al que pudo hacerlo.

—¿En serio? —La miró con respeto—. ¿Y qué quiere de mí?

—Información.

—Pues ya me dirá. —Le devolvió al móvil—. ¿Qué quiere que le cuente? Yo hago fotos de modelos, de todo tipo. Me encanta el shibari. Yo mismo he atado a chicas para tomarles fotos después de que Takamata me diera un par de clases. Pero no sé qué puedo decirle que le sirva de algo.

—Hiro me ha dicho que tenía muchos clientes, pero que no podía darme sus nombres. Usted ha hecho fotos.

—Así es, he hecho fotos de shibari y las vendo para colecciones privadas o... Bueno, las vendo. Eso es todo. Si busca a un asesino que emplea este método...

—¿Cuánto hace que está interesado en el shibari?

—Unos cinco años. Se puso muy de moda en Barcelona en poco tiempo, aunque en círculos restringidos, claro, y me atrajo de inmediato. La plástica, el morbo... Para la gente será sexo, pero para un fotógrafo es una fuente de imágenes. Se puede atar de muchas formas, hay cantidad de planos que mostrar. Y si se graba un vídeo, todo el proceso es realmente excitante. Si le interesa el tema y se pasa mañana, puedo enseñarle algunos de esos vídeos. Le repito que es fascinante.

—¿Conoce a gente interesada? ¿La que le compra fotos?

—Sí, a alguno.

—¿Y no se le ocurre quien podría haber atado así a esa chica?

—Caray, no es como firmar una obra de arte. Lo que sí puedo decirle es que ese tipo, el que lo hizo, debe de tener sus fantasías, y ahí las puso en práctica. Se tomó su tiempo para atarla. Hiro le habrá dicho que la cuerda es gorda y los nudos grandes, sí, vale, de acuerdo. Pero yo miro otras cosas. La manera de atarla y colgarla me cuenta algo más, me habla de deseos ocultos. La imagen de esa mujer es muy potente, pero la ha dejado abierta de piernas, un plano muy explícito. Quizá sea un reprimido, no sé. De todas formas...

—Hizo un gesto de impotencia—. Debería buscar en otras partes, en el submundo de la Barcelona más oscura, no sé si me entiende. Hay grupos de hombres que se reúnen para hacer de todo y también desviados que pueden pagar por una sesión sado sin problemas. El que haya hecho esto seguro que es cliente habitual de *sex-shops* y, como tenga que visitarlos todos y a ciegas, no le arriendo la ganancia. ¿Por qué lo investiga usted?

—Era amiga mía.

—¿Y la policía?

—Ya están buscando al asesino por su lado.

—También lo tendrán crudo, pero con la foto... Bueno, puede que alguien reconozca el tipo de cuerda o los nudos. Si ese tipo ha frecuentado locales, ha pagado a putas, o se lo ha hecho a novias o amigas... Es todo lo que se me ocurre. Supongo que ya imaginará la de gente enferma, reprimida o simplemente fantasiosa que campa por ahí.

—Sí, lo imagino.

Habían pasado de largo los cinco minutos y seguía dándose de bruces contra la pared de su impotencia.

Lo único que le quedaba era volver a ver a Karla, saber por

qué había salido corriendo de casa de Selene y, por supuesto, hablar también con ella.

Después...

—Ha sido muy amable —se despidió de Sergio Canals.

—Cuanto más la miro, más posibilidades le veo —aseguró el fotógrafo.

Magda pensó en Hiro Takamata. Ya tenía suficiente.

—Suerte con la sesión. —Le tendió la mano.

El hombre se limitó a sonreír. Ella dio media vuelta y salió del *loft*. Bajó la escalera y justo al salir a la calle se dio de bruces con una mujer joven, treintañera, no especialmente guapa pero sí llamativa.

Se quedaron mirando.

—¿Vienes de arriba? —le preguntó la aparecida.

—Sí.

—¿Y qué tal?

—¿Qué quieres decir?

—Me han dicho que es un poco..., bueno, ya sabes.

—No, no sé.

—Coño, tía, pues que se pasa, que una cosa es lo artístico y otra que pida poses demasiado explícitas, por decirlo fino. Una me contó que quería que se metiera un montón de objetos a cuál más cutre, que si plátanos, que si berenjenas, que si huevos... Paga bien, pero...

—Lo siento, yo soy modelo y poso vestida —se excusó.

La mujer la miró de arriba abajo.

Magda no la dejó pensar mucho más.

—¡Ánimo! —se despidió de ella.

25

Tardó en poner en marcha la moto.

Se sentía... rara.

Extraña.

Después de comer con Isabel la tarde había sido un vértigo, una espiral infinita hacia lo más profundo de sí misma. Primero, la crisis en casa. Después, desnudarse ante un japonés impertérrito para practicar shibari. Y no podía mentirse a sí misma diciendo que lo había hecho solo por la investigación. No. También lo había hecho por curiosidad, por morbo, por lo que fuera. El puro interés de explorarse a sí misma, saber sus límites, ponerse a prueba.

¿Había descubierto algo? Del caso, poco. O nada. De sí misma... Lo que ya sabía: que era vulnerable. Que quería desafiar al mundo, casi autodestructivamente, pero que en el fondo tenía miedo y lo que más deseaba era la paz.

Mientras había estado atada, ¿qué era lo que había sentido realmente? Su única armadura, su única coraza, habían sido las bragas. Así de simple. La desnudez era un arma, contra los demás y contra sí misma. Una mujer desnuda era poderosa. Por eso había vencido primero al miedo. Pero luego...

Nunca escaparía de los recuerdos. Rafa siempre estaría ahí.

Llevaba trece años viviendo con ello y así lo haría hasta el resto de sus días.

Pero había algo más.

Ella, que siempre había hecho gala de tener el control de su vida, por primera vez se había sentido impotente. Atada, el control lo tenía otra persona. Un extraño al que podía creer o no.

La maldita mística oriental.

Se puso el casco sin dejar de pensar en ello y en mil cosas más. ¿Qué habría sucedido si a Hiro Takamata le hubiera dado un infarto dejándola atada? ¿Habría muerto allí? No, porque afuera esperaban los de la clase. ¿Qué habría sucedido si...?

Arrancó la moto.

Llegó a casa de Karla conduciendo con la cabeza en todas partes menos en la más importante. Entre las siete y las nueve de la noche el tráfico se ponía infernal, más aún que en la parte alta con la salida de los colegios. Por suerte los días eran largos y seguía habiendo luz. El invierno solía deprimirla cuando a las cinco y media de la tarde ya oscurecía. Encima, a eso se añadía el maldito cambio horario. Después de San Juan, sin embargo, era una gozada. La luz era vida.

Detuvo la moto, guardó el casco en el maletero observando que nadie la viera hacerlo y cruzó la calle por entre el atasco de turno. Con cada paso, trató de concentrarse en lo que iba a decir. Karla y Soraya habían salido corriendo de casa de Selene. ¿Por qué?

Necesitaba hablar primero con la pelirroja antes de hacerlo con la chica negra.

Eso si conseguía dar con ella.

Entró en el portal, se dirigió al ascensor y entonces la detuvo una mujer saliendo de la portería.

—¿A dónde va?

—He estado aquí antes, esta mañana, ¿no me recuerda? Vengo a ver a Karla.

—No está.

¿Es que las prostitutas de lujo no paraban nunca quietas?

—¿Ha salido?

—Sí, hace ya rato, con una maleta.

La noticia le golpeó la parte racional y disparó una alarma.

—¿Cómo dice?

—Pues que se ha ido de viaje.

—¿Así, sin más?

—No sé. —Puso cara de circunstancias—. No me ha dado ninguna razón. Debía de llegar tarde a algún sitio porque parecía tener mucha prisa. Es cuanto puedo decirle.

—¿Le ha dicho cuándo volvería?

—No.

Se quedó paralizada. Recordó las prisas de Soraya y de ella después de ver a Selene. Algo no encajaba.

—Gracias —se despidió de la portera de la casa.

Salió a la calle.

No hacía falta ser muy lista para saber que Soraya tampoco iba a estar esperándola en su casa.

Las dos chicas habían huido.

¿Por qué?

¿Y de qué?

Las que se habían quedado en la fiesta eran Sonia y Selene. Amara, Karla y Soraya no lo habían hecho.

¿Entonces...?

Tuvo un estremecimiento al pensar en la primera de las tres: Amara.

Cogió el móvil y marcó su número. Se mordió tan fuerte el labio inferior que se hizo daño. Masculló un exabrupto cuando saltó el buzón de voz. Oyó la cantinela de Amara hasta que sonó la señal para que pudiera dejar su mensaje.

—Amara, soy yo, Magda. —Intentó no parecer acelerada—. Por favor, solo quiero saber si estás bien. No hace falta ni que me llames. Mándame un *whatsapp* cuando oigas esto, ¿de acuerdo? Por favor...

Quizá sonase un poco ansiosa, o demasiado tensa, pero ya estaba hecho.

El trayecto hasta la casa de Selene sí lo hizo concentrada y a toda velocidad, pasando por entre los coches que esperaban pacientes los cambios de semáforo. Uno se enfadó con ella, pero ni se molestó en devolverle el insulto con una peineta.

Selene.

Recordaba a Karla y a Soraya saliendo del piso, el alboroto, los gemidos, el llanto, la forma en que aporrearon el botón de llamada del ascensor.

«¡Oh, Dios!» «¡Mierda!» «¿Pero qué...?»

¿Y si no era por lo que Selene hubiera podido decirles?

¿Y si era... por lo que no había podido decirles a causa de...?

Pero si Selene no les había abierto la puerta, ¿cómo habían podido entrar en su casa?

Cuando llegó a la calle Dalmases estaba hecha un manojo de nervios. Se hizo un lío con las llaves, el maletero, el casco. Logró cerrarlo todo, asegurar la moto con la cadena y el candado, y echó a correr hacia el portal. Se frenó un poco al ver al conserje sentado detrás de su mesa. No quería entrar como una loca. Así que lo hizo despacio, paso a paso. Era la tercera vez que el hombre la veía aquel día, así que no le dijo nada. Magda lo saludó y se metió en el camarín del ascensor.

Cuando bajó en el ático el corazón le iba a mil.

Primero, llamó a la puerta.

Nada. Silencio.

Aun así, lo probó con la voz.

—Selene, si estás ahí, al otro lado, escuchándome, abre. Soy una amiga. Puedo explicártelo todo.

Esperó diez segundos. Se separó de la puerta llena de impotencia. Karla y Soraya habían estado allí horas antes, en el piso. ¿Cómo, cómo, cómo han entrado si Selene no les había abierto la puerta?

Cerró los ojos. Navegó por los mares de su mente. Y apareció el grito de su instinto.

Encontró aquellas palabras de Karla: «Creo que Selene y Sonia eran amigas, y también Amara, no lo sé seguro. Yo soy más amiga de Soraya, aunque he estado un par de veces en casa de Selene. Ella es la mayor, ¿sabes? Es muy amigable y a más de una la ha acogido en su piso. Siempre tiene la puerta abierta, parece una hermana mayor, algo raro en nuestro negocio. Lástima que ahora dicen que tiene un novio que es un mal bicho, pero bueno...».

Selene era una amiga.

Selene «siempre tiene la puerta abierta de su piso».

¿Qué hacía una persona con una vida agitada y sin horarios para dejar «la puerta abierta» de su piso a una amiga en caso necesario?

Magda miró su entorno. La alfombra, los apliques, las macetas...

Levantó las cuatro puntas de la alfombra. Nada. Revisó si en los apliques había algún hueco. Nada. Finalmente se concentró en las macetas con las plantas y los árboles. Macetas grandes, llenas de tierra unas y de pedazos de corcho otras.

No le costó mucho dar con la llave. Se la quedó mirando como si fuera la lámpara de Aladino.

Pudo imaginarse la escena de horas antes: Karla y Soraya

llamando, preocupadas. Karla sabía dónde estaba la llave. La cogió, abrió la puerta y, antes de entrar, volvió a dejarla en su lugar. Era la única explicación posible, porque a la salida estaban demasiado histéricas para hacerlo.

De pronto, tuvo miedo de cruzar aquella puerta. Ya no se trataba de su instinto, ni su sexto sentido, era casi una certeza.

¿Debía llamar a Juan?

¿Y si Selene solo había huido, como lo acababan de hacer Karla y Soraya?

Bloqueó sus pensamientos, introdujo la llave en la cerradura, abrió la puerta y, antes de entrar, volvió a dejarla donde la había encontrado.

—¿Selene?

El ático de la prostituta era ciertamente lujoso. En el vestíbulo lo primero que vio fue una enorme fotografía de ella en bikini. Tenía un cuerpo espectacular, una copia de Naomi Campbell en sus mejores tiempos, con la piel de ébano brillante y todo lo exótico que podía ser un rostro negro de rasgos blancos. La cara le recordó a una actriz, Halle Berry. Después del vestíbulo se encontró en una sala muy grande, no menos lujosa, con pocos muebles y adornos, pero con la sensación de que todo lo que contenía era bueno y caro.

Había orden, todo estaba limpio.

—¿Selene? —dijo por segunda vez.

De pronto se dio cuenta de algo. Las luces estaban encendidas.

Una parte de sí misma gritó que se fuera. Otra la impulsó a seguir. Una puerta comunicaba la sala con el resto del piso, las habitaciones...

No tuvo que buscar ya demasiado.

Selene estaba en su dormitorio, tendida en el suelo, boca

arriba en medio de un océano de sangre seca, con el cuerpo y el rostro literalmente machacados a martillazos.

Era fácil deducir el arma del crimen porque el martillo estaba al lado de ella.

No supo qué hacer. Se quedó paralizada. Después cerró los ojos y contuvo una arcada.

Cuando aquella bomba le voló el vientre, ni siquiera pensó en hacer algo tan estúpido como vomitar. Bueno, aunque esto era distinto.

Tuvo que reaccionar. Lo primero que hizo fue contener la arcada. De nuevo la alternativa: marcharse o quedarse. Y luego había otra más: llamar a Juan o no hacerlo.

¿Cómo podía justificar haberse metido en el piso de una persona? Era allanamiento de morada. Y tratándose de la escena de un crimen...

La puerta del baño de la habitación estaba entreabierta. En ese momento vio el codo que asomaba por un lado de la bañera.

Caminó despacio, vigilando dónde ponía los pies, aunque el cuerpo de Selene estaba al otro lado de la cama. Cuanto más se acercaba a la puerta del cuarto de baño, más nítida se hizo la imagen. El brazo del hombre primero, el rostro a ras del agua después, vencido hacia un lado y apoyado en el borde de la bañera. Finalmente, el color rojo del agua que la llenaba.

No se acercó demasiado.

Uno de los brazos, el derecho, estaba sumergido en el líquido. El otro, el izquierdo, el que estaba a la vista, mostraba un profundo corte en la muñeca.

El novio de Selene también era guapo. Bastaba con lo poco que veía de él. Mulato, labios carnosos, musculoso...

Volvió a recordar las palabras de Karla: «Lástima que ahora dicen que tiene un novio que es un mal bicho, pero, bueno...».

Salió del cuarto de baño y, pese a lo mucho que le contrariaba hacerlo, se acercó a Selene. Era difícil llegar a ella sin pisar una gota de sangre. Lo logró alargando la mano. Lo único que necesitaba era comprobar una cosa.

Estaba fría.

Eso, unido a la sangre seca, le demostraba que también llevaba muerta mucho tiempo.

Probablemente desde el mismo domingo, como Sonia. Incluso quizá antes.

Antes. Lo cual significaría...

Era incapaz de razonar. Los pensamientos iban y venían como flechas, surcando su mente y dejando a su paso rastros de vientos que se extinguían a sí mismos formando espirales. Lo único que podía hacer era irse de allí cuanto antes.

Le dio la orden a sus piernas, pero éstas no la obedecieron.

La casa estaba perfecta, ordenada. Si la pareja se había peleado lo había hecho en la habitación. ¿Pero de verdad se trataba de un crimen machista?

¿Sonia muerta en apariencia en un ritual erótico y Karla presuntamente a manos de un novio violento?

¿Casualidad?

Cerró los ojos, contó hasta diez y respiró a fondo.

Un par de moscas zumbaban ya alrededor del cuerpo de Selene. ¿Por dónde habían entrado? ¿Por qué siempre estaban allí donde había muertos?

Abrió los ojos y se centró en los detalles. La ropa del novio estaba sobre una silla, no tirada de cualquier forma pero tampoco doblada. Se acercó a ella y hurgó en los bolsillos. Los papeles de la cartera decían que se trataba de Iván Sotomayor Postigo, nacido en Matanzas, Cuba, de veintinueve años. Sus señas eran de Barcelona. También encontró una tarjeta de una agencia de modelos. En otro bolsillo había un móvil. Intentó desbloquearlo, pero se había quedado sin batería, lo cual debería probar que llevaban muertos al menos los tres días que suponía.

¿Y el móvil de Selene?

No estaba dispuesta a quedarse más de lo necesario, pero en este caso tuvo suerte. El bolso de la dueña del piso estaba justo sobre el tocador de la habitación, con el móvil en su interior. Se alegró tanto de que le quedara un nueve por ciento de batería como de que no tuviera ninguna contraseña de desbloqueo que evitara poder echarle un vistazo.

Lo primero era comprobar los *whatsapps*. Tenía algunos y le bastó con ver unos pocos para darse cuenta de que todos le preguntaban por qué no respondía.

Luego fue al archivo telefónico para examinar las llamadas recibidas y las hechas.

Primera sorpresa: no había ninguna del viernes o del sábado. O no tenía o alguien había borrado el registro. En los dos sentidos. Las dos únicas llamadas de Selene el domingo habían sido a una compañía de taxis y a Iván. La primera a las siete y nueve minutos de la mañana del domingo. La segunda a las ocho y dos minutos. En el primer caso sabía que se trataba de una compañía de taxis porque ella también la utilizaba y conocía el número de memoria. En segundo porque ponía el nombre: Iván.

Siete y nueve minutos de la mañana. ¿Al irse de la fiesta de Sant Cugat con Sonia?

El domingo no había más llamadas de entrada o salida, pero sí el lunes y el martes, hasta un rato antes. ¿Las del domingo... también habían sido borradas después de ser asesinada?

Ya tenía suficiente. Las moscas no eran dos, sino más. Y grandes. También empezó a notar el olor. Ni siquiera se había dado cuenta de ello al entrar, como si la impresión le hubiera anulado los sentidos, pero ahora era evidente. Los cuerpos se pudrían.

Dejó el móvil en el bolso y se dirigió a la puerta del piso sin tocar nada más. Una vez en el recibidor, se apercibió de un último detalle: sobre una mesita situada detrás de la puerta, y que por esa razón no había visto al entrar, había una bandeja con unas llaves desparramadas. Probablemente las de la propia Selene. Lo curioso era que allí también había una cadenita con un aro metálico abierto. Más que abierto: forzado. Como si alguien se hubiese llevado una llave con prisas... o el propio llavero.

Magda respiró como pudo, abrió la puerta y salió al rellano. Le costaba caminar, temblaba. Llamó al ascensor y, mientras bajaba, buscó un atisbo de serenidad para pasar por delante del conserje sin traicionarse y poder llegar a la calle.

Lo consiguió.

26

No quería ir a casa.

No quería llamar a Néstor.

Quería emborracharse.

Por esa razón miraba las cervezas que llenaban la mesa de al lado y a los cuatro hombres que las bebían como si fueran esponjas.

Se moría por una cerveza.

Pero no era el momento de caer en una tentación.

No era el momento de nada.

Habían matado a Sonia y lo habían disimulado como si hubiera sido un accidente sexual. Y habían matado a Selene ocultando el asesinato como si fuera una muerte por violencia machista, con suicidio del agresor incluido.

Pero ella era periodista y, si algo sabía, era que, en los casos de violencia de género, el asesino se pegaba un tiro o saltaba por la ventana, no se cortaba las venas y se dejaba morir tranquilamente en el cuarto de baño de la asesinada. O acababa por la vía rápida o escapaba para terminar entregándose a la policía.

—Eres un chapucero —le dijo al culpable en voz alta.

Bueno, el plan no era malo. De no haber sido por el mensaje de Sonia anunciándole que tenía «algo gordo», quizá los mossos no habrían examinado tan a fondo el cuerpo. Y lo de Selene y el novio... estaba bien orquestado.

Fuera como fuese, por la lógica de los hechos, ni Karla ni Soraya sabían nada peligroso. Aunque hubieran huido por miedo.

¿Y Amara?

Tenía el móvil en la mano. Como una extensión de sí misma. Aprovechó para llamarla, aunque el ruido del bar era demasiado alto como para poder mantener una conversación normal.

Una vez más, oyó su voz en el contestador.

—Amara... —dijo—. Solo quiero saber si estás bien. Por favor...

Cortó la comunicación y miró la pantalla llena de *apps*. ¿Debía telefonear a Juan?

Estaba interfiriendo en una investigación policial y eso era grave. Juan no iba a protegerla siempre. Pero si llamaba y le contaba la verdad...

—Joder...

Uno de los cuatro hombres de la mesa de al lado la miró, como si acabase de escucharla, y entonces apareció una sonrisa en su rostro.

Magda pasó de él.

No quiso sacar el ordenador. No era el lugar ni la hora apropiados. Una cosa era hacerlo en un bar de día, incluso en un restaurante. Pero en un local de copas... Así que se decantó por el móvil, aunque odiaba investigar algo en una pantallita tan pequeña.

Primero, examinó la web de la agencia de modelos de la tarjeta encontrada en la billetera de Iván. No tuvo que buscar demasiado para encontrarlo: Iván Sotomayor. Seguían sus datos: estatura, color de pelo, ojos, peso... Había cinco fotografías. Selene podía ser una belleza, pero el tal Iván estaba como un queso. Buscó luego en Instagram, Facebook y Twitter. No parecía ser muy activo, pero sí lo suficiente como para ver un poco cómo era y saber de él. En Instagram había no pocas fotos, pero siempre de él solo. Nunca estaba con nadie. Los comentarios eran triviales, poco relevantes. Yendo hacia atrás en su historial encontró algunas tomadas en La Habana. Reconoció el Malecón. Luego había otras ya en Barcelona: «¡Por fin en España!», «¡Primer trabajo!»... Si trabajaba era porque tenía un visado, permiso o lo que fuera.

De nuevo la voz de Karla: «Lástima que ahora dicen que tiene un novio que es un mal bicho».

Selene había llamado a un taxi. Pero, al rato, la siguiente llamada había sido para Iván.

¿Para decirle qué? ¿«He de verte con urgencia»?

Todavía había algo más raro: que Sonia la hubiera llamado a ella para venderle lo que sabía, tenía o creía saber.

¿Y si Selene e Iván habían desencadenado algo que, de rebote, había arrastrado a Sonia? ¿Y si la dirección de los hechos era de Selene a Sonia en lugar de al revés? Era la primera teoría que parecía tener un sentido.

Recordó algo más, de repente. Karla le había dicho que los tres hombres negros hablaban francés... y que Selene también sabía el idioma. ¿Cómo había podido olvidarlo?

—Selene... —musitó.

La maldita fiesta del sábado por la noche.

Dejó de pensar al acercarse la camarera con una cerveza. Iba a ponérsela en la mesa cuando Magda la detuvo.

—No la he pedido —dijo.

—Es del señor de la mesa de al lado.

Magda miró hacia él: era el de antes. Y sonreía.

—Llévesela —le pidió a la camarera.

Hizo algo más. Le entregó un billete de diez euros para pagar su consumición y se levantó para irse.

—El cambio.

Atravesó la masa humana del local, dando algunos empujones en el camino, y salió a la calle. Al momento se sintió mejor, lejos del ruido. La noche era cálida, pero al menos no caía a plomo el sol del día. La Honda la esperaba a veinte pasos.

Volvió a pensar en Néstor. No, si iba a su casa parecería desesperada, necesitada de un hombro en el que llorar, y lo que menos quería era sexo. No esa noche. Mejor dejar a Néstor en paz. Además, seguro que ya tenía compañía.

Además, ¿y su fama de mujer dura?

Nadie conocía lo frágil que podía ser una persona, hombre o mujer, sobre todo cuando por fuera parecía de hierro.

Iba a sacar ya las llaves de la moto cuando una mano la sujetó por detrás cogiéndola del brazo.

—Espera, espera.

Se volvió.

El hombre de la mesa de al lado. Cuarenta años, seguro de sí mismo, no mal parecido, sin anillo de casado pero con huella de haber llevado uno, cuidado y con cuerpo de gimnasio.

Casi se rio de sí misma. Pensaba en fragilidades y aparecía aquel idiota.

—¿Quieres soltarme?

La obedeció.

—Te he visto en la mesa de al lado, tan sola...

—¡Oh, claro, y has pensado que podrías hacerme un favor!

—No, mujer, pero una cervecita, charlar... Yo estaba ya harto de esos capullos. ¡Seguro que podemos contarnos cosas!

—¿Has visto lo que estaba tomando?

—No.

—Agua.

—Bueno, pues te invito a agua.

—Anda, aprovecha mejor la noche. —Le dio la espalda dispuesta a seguir caminando.

El hombre la sujetó por segunda vez.

—¡Oye, oye, no te pongas así, que yo te he invitado amablemente!

Magda fue rápida. Primero, se volvió. Segundo, miró al hombre a los ojos. Tercero, le cogió los testículos con la mano libre. Y lo hizo acertando de lleno.

—¡¿Pero qué...?!

Apretó. Mucho. Tanto que el tipo ni se movió y empezó a ponerse rojo.

—¿Notas mi mano? —Le enseñó los dientes en una falsa sonrisa—. Pues como la cierre más vas a acabar cantando en un coro infantil. ¿Y ves este bolso? —Levantó la otra mano sujetándolo—. Pues dentro llevo gas pimienta para dejarte ciego y una pistola por si, a pesar de todo, te sientes con ganas de gresca. ¿Qué me dices?

—Dé... ja... me...

—Por favor.

—Por... favor...

Tardó tres segundos.

Cuando le soltó, dio un paso atrás y metió la mano en el bolso.

El hombre se dobló sobre sí mismo.

Con muy pocas ganas de insistir.

—Gracias por la invitación —dijo Magda antes de seguir caminando.

Llegó a la moto sin mostrar ninguna prisa pero acelerada

y la puso en marcha sin colocarse el casco, por si las moscas. El hombre seguía donde lo había dejado, inclinado hacia delante y con las manos en su sexo.

Esperó a que ella arrancara, entonces se medio incorporó y le gritó:

—¡Puta!

MIÉRCOLES

27

El despertar fue brusco.

Había sangre, y la escena era una mezcla de los dos asesinatos, el de Sonia y el de Selene. Las dos estaban machacadas a golpes y colgadas de cuerdas. La sangre goteaba formando un manto rojo debajo de ellas.

—Mierda... —rezongó.

Dos mañanas seguidas con una muerta en la cabeza. Y ya iban dos de las chicas, sin contar al cubano.

Volvía a ser temprano, demasiado temprano, y después de pasar una mala noche. Lo primero que hizo fue extender la mano y palpar el otro lado de la cama. Vacío.

Bien.

Poco a poco recompuso las últimas horas del día anterior, hasta la escena del bar, su llegada a casa y cómo se había derrumbado sobre la cama, agotada.

Dejó pasar cinco minutos. Luego, con la cabeza ya llena de ideas y en perfecta ebullición, se levantó y se metió bajo la ducha. Había que economizar agua, los expertos decían que bastaban dos o tres minutos, pero ella se pasó al menos cinco bajo la alcachofa, dejando que el agua caliente la empapara.

Si fuera tan fácil lavarse el alma como la piel.

Salió de la ducha y se quedó delante del espejo. Cada día

la misma escena. Ella, desnuda, con la cicatriz recordándole que estaba viva de milagro, y que debería agradecerlo a todos los dioses habidos y por haber. Ella viva y Quique muerto, solo porque su cuerpo se había llevado toda la metralla, haciendo de pantalla.

¿Qué habría sido de su vida de no haber contado con Victoria Soldevilla y el trabajo en la revista? ¿Habría acabado alcohólica?

Antes de vestirse fue a por el móvil. Lo había dejado cargando, lo mismo que el ordenador portátil. La idea de que Amara también pudiera estar muerta quedó despejada cuando se encontró con un *whatsapp* de ella: «Estoy bien, ¿por qué lo preguntas? Te llamo luego».

Llevó aire a sus pulmones.

Amara, Soraya y Karla se habían ido de la casa. Las que se habían quedado eran Sonia y Selene. La reacción de las dos huidas, de todas formas, no dejaba de ser comprensible tras encontrar muerta a Selene. Probablemente ni siquiera se habían parado a ver que en el baño había otro cadáver.

Abrió el ordenador y entró en Google Maps. Por un lado, buscar una casa desde el aire, aunque fuera con unas determinadas características, era como buscar una aguja en un pajar. Pero, por otro, Sant Cugat tampoco era un pajar gigantesco como Barcelona.

La casa, lo que hubiera sucedido en ella el sábado por la noche, era ya la última clave. Había muchas construcciones con piscina, muchas con cancha de tenis, muchas con jardines, pero con todo a la vez... Tardó media hora en encontrar su objetivo. Media hora de paciencia. Piscina, cancha de tenis, jardín... y dos cipreses en ambos lados de la entrada.

Bajó hasta el nivel de la calle y tuvo la casa de cara. La última prueba fueron las ventanas rojas.

—Te tengo —le dijo al ordenador.

Tomó una captura de pantalla, la recortó con el cursor y la imprimió. Una vez completada la operación, se levantó para vestirse. Mientras lo hacía, pensó también en lo inevitable: Juan.

Lo malo era que seguía sin poder decirle: «Mira, ayer entré ilegalmente en un piso de la calle Dalmases y encontré dos muertos. No te llamé porque...».

Sí, ya era tarde para telefonearle. Pero no podía dejar a Selene y a su novio allí, sin más.

Tuvo una idea. Se convenció de ella y marcó el número del móvil del inspector de los mossos.

Juan tampoco estaba disponible. Al cuarto tono le saltó el buzón de voz. Y llamarle a través de los cánones normales era un latazo. No tuvo más remedio que dejarle un mensaje:

—Llámame, he de hablar contigo. Si no contesto es que voy en moto, pero veré la llamada perdida y te telefonearé otra vez.

Cortó la comunicación.

Lo último que hizo antes de salir de casa fue asegurarse de que lo llevaba todo en el bolso, móvil y portátil.

Tomó la ruta más rápida para ir a Sant Cugat del Vallès: los túneles de Vallvidrera. La salida de Barcelona por la Vía Augusta era rápida, pero, por la hora, la cola de los que entraban en la ciudad era enorme. Y se seguía hablando de medidas anticontaminación. Aceleró en la autopista y tomó la salida menos de diez minutos después de haber entrado en los túneles. Una vez en el pueblo se orientó con el móvil.

Juan acababa de telefonearla, pero se esperó a devolverle la llamada hasta dar con la casa. Tardó otros cinco minutos.

Cuando detuvo la moto ante ella sintió una extraña sensación. Fuera lo que fuese que hubiera sucedido allí la noche del sábado al domingo, había costado tres vidas. Y estaba segura de que había ocurrido algo, que no estaba dando palos de ciego.

Llamó a Juan. Esta vez la respuesta fue instantánea.

—¿Magda?

—Hola, ¿cómo va todo?

El inspector de los mossos no respondió a su pregunta.

—¿Qué querías? —la urgió.

Sabía que ella estaba metiendo las narices en el caso, no era tonto; al contrario: la conocía demasiado bien.

—Escucha. —Cerró los ojos y se concentró en lo que iba a decir, porque se la estaba jugando—. Sonia tenía una amiga llamada Selene. Sé que hicieron algún trabajo juntas. Llevo dos días buscándola, hasta he ido a su casa —el conserje la había visto tres veces—, y no hay forma de dar con ella. A mí me parece raro, sobre todo después de lo que le ha sucedido a Sonia. Llámame paranoica, pero tengo un mal presentimiento.

—Si de algo me fío es de tus presentimientos. —Suspiró Juan—. ¿Dónde vive esa mujer?

—En la calle Dalmases. —Le dio el número y esperó a que él lo anotara—. ¿Puedo preguntarte algo?

—Puedes preguntar lo que sea. Otra cosa es que yo te conteste.

Pasó por alto el comentario. No tenía otro remedio.

—¿Aparece el nombre de Selene en el listado de llamadas del móvil de Sonia?

—Magda, no vayas por ahí.

—¡Dímelo, joder!

—¿Te vas a enfadar conmigo?

—¡Por Dios, Juan, no me quito de la cabeza la imagen de Sonia colgada de esas cuerdas! ¡No estoy haciendo nada malo! —mintió cruzando los dedos—. ¡Simplemente me preocupa que su amiga haya desaparecido! ¿Qué te cuesta decírmelo?

—Me cuesta que es una investigación policial y tú, una reportera de sucesos.

—¿Reportera de sucesos? —lo repitió como si acabase de acusarla de ser una tertuliana de un programa de telebasura—. ¿Eso piensas que soy?

—No quería decir eso... —intentó excusarse.

—¡Pues, vamos, solo te he hecho una pregunta! —Volvió a enfadarse—. ¡No creo que el caso peligre porque me la contestes!

En el fondo, era un trozo de pan. El mejor de los tíos.

—Sí, el nombre de Selene está presente en el registro de llamadas del móvil de Sonia.

—¿Y había muchas de ella?

—Algunas, sí —se rindió.

—¿De quién a quién?

—De la tal Selene a Sonia, principalmente.

—¿También el domingo?

—Sí.

En el móvil de Selene solo habían dejado dos llamadas hechas por ella el domingo, la del radiotaxi y la dirigida a Iván. Ambas a primerísima hora.

—Algo tenían entre manos, seguro —dejó ir para no complicarse la vida y buscarse una coartada en el caso de que Juan sospechara lo peor.

—¿Magda?

—¿Qué?

—¿Has averiguado algo?

—¡Te lo contaría! —Cruzó de nuevo los dedos.

—Pero sigues metiendo las narices en el caso, ¿verdad?

No servía de nada mentir tanto.

—Juan, ¿no lo entiendes? ¡Me metió ella al llamarme! Te lo dije al comienzo: ¡la mataron porque sabía algo de alguien!

«En concreto, de tres tíos negros que hablaban francés y parecían africanos y de dos hombres blancos, uno de Madrid y otro, el dueño de la casa delante de la que me encuentro y en la que seguramente sucedió todo», pensó para sí misma.

—Eso no lo sabes.

—¡Soy periodista, lo sé!

—¿Dónde estás?

—En *Zona Interior* —mintió.

—No oigo nada.

—Porque voy a subir ahora. Te dejo, va. ¿Mirarás lo de Selene?

—Sabes que sí.

—Vale, adiós.

Continuaba frente a la casa de dos plantas con las ventanas rojas. Ninguna señal de vida. Nadie tampoco en la calle. Ni un coche circulando. La calma era absoluta y la mañana, radiante.

Se acercó a la puerta y buscó un timbre. Había uno, lo pulsó y esperó. Nadie acudió a abrirla ni se oyó ninguna voz por el interfono de la entrada.

Paseó una mirada por los alrededores. La casa de delante era tan o más impresionante que la que centraba su interés. Cruzó la calzada y se acercó a la verja. Primero no vio a nadie. Después sí, a una mujer medio oculta por la espesura del jardín que parecía estar trabajando en un parterre de flores.

La llamó.

—¡Eh, usted!

Tuvo que hacerlo dos veces. La mujer levantó la cabeza y la vio. Primero no hizo el menor ademán de acudir a su llamada. Luego comprendió que no se trataba de una mendiga y se acercó despacio a la verja de la entrada.

—¿Sí? —preguntó a unos metros de distancia.

Llevaba un delantal con cofia. A veces las empleadas domésticas se cerraban en banda y no abrían la boca, por orden de sus jefes, siempre temerosos, mientras que en otras ocasiones eran toda una fuente de información.

Magda actuó con tacto.

—Perdone que la moleste. —La trató de usted pese a que no tenía más de veintiún o veintidós años—. Estoy buscando a las personas que viven aquí enfrente y no parece haber nadie en la casa.

—El señor sale muy temprano por las mañanas —dijo ella—. Con el chofer.

—¿Y no vive nadie más?

La muchacha siguió hablándole desde una respetuosa distancia.

—El matrimonio se divorció hará cosa de medio año y ella se fue con los hijos. Ahora el señor vive solo.

—¿Sin servicio?

—Bueno, he visto a alguien a veces limpiando, pero no sé. Tampoco lo controlo. Imagino que él tendrá otras casas.

—¿Y cómo se llama el dueño? —preguntó por fin Magda.

Fue solo un nombre. Pero resultó suficiente.

—Ribó —dijo la empleada doméstica—. Augusto Ribó.

28

Tuvo que sentarse en la moto, fuera del alcance de la mirada de la joven, para evitar que se le doblaran las piernas.

El nombre rebotaba por su cabeza como si fuera una pelota de goma: Augusto Ribó.

A veces no hacía falta llamarse Bill Gates o Amancio Ortega, Mark Zuckerberg o Carlos Slim, para que un simple nombre causara conmoción.

¿Quién no había oído hablar de Augusto Ribó en Barcelona o en toda España? ¿Incluso en tantos países como tenía intereses?

Aquello ya no era un simple crimen de dos prostitutas de lujo inicialmente disimulado y enmascarado en ambos casos. Aquello, de pronto, acababa de convertirse en algo grande, muy grande.

O «gordo», como le había dicho Sonia en su mensaje. ¿Tanto como para que Augusto Ribó estuviese metido en ello?

No quiso escudriñar en Internet allí, en mitad de la calle. Se puso el casco y, con el móvil en la mano, se orientó para regresar a los túneles de Vallvidrera y volver a Barcelona. Por el camino comprendió que, de pronto, las opciones para seguir investigando el caso se habían multiplicado. De entrada, tenía a Ribó y al novio de Selene, Iván. Ella le había llamado nada más salir de casa del empresario e industrial. ¿Para contarle algo relacionado con lo que las había llevado a la muerte a ellas y, de rebote, a él? ¿Había sido Iván Sotomayor un daño colateral?

Si iba a ver a Ribó, ¿llegaría hasta él? Y, en tal caso, ¿qué le diría? A primera vista un hombre como él era inaccesible. Si el que vivía en Madrid tenía el mismo perfil...

Detuvo la moto en la entrada de la Vía Augusta porque iba a estallarle la cabeza. No solo tenía la pista de Ribó y del cubano. Había otra que también podía ser reveladora. Tan simple, pero...

La gente hablaba en los taxis y los taxistas tenían los oídos finos. Dos mujeres guapas en un taxi a las siete de la mañana de un domingo y... posiblemente alteradas por algo...

Marcó el número del radiotaxi. De entrada, oyó la cantinela habitual, que si la llamada podía ser grabada por mejoras del servicio, que si quería un taxi a la dirección de siempre, que si... Esperó a que la atendiera la operadora.

—Ecotaxi, ¿dígame?

Le soltó la parrafada con el mejor de los ánimos y una voz cantarina.

—Sí, mire, el domingo les llamé para pedir un taxi a las siete de la mañana. Me recogió en Sant Cugat. —Le dio el nombre de la calle como si hiciera memoria en ese momento—. No les llamé desde este número, porque no tenía batería en el móvil y utilicé el de una amiga. ¿Podría enviarme al mismo taxista? Estoy en la esquina de Vía Augusta con la plaza del Carril.

—¿Al mismo taxista?

—Sí, por favor.

—Espere...

No tenía ni idea de si aquello era usual. Desde luego, a lo peor, sí que resultaba sospechoso. Si el taxista había comentado con alguien que había llevado a dos mujeres de bandera a las siete de la mañana y, ahora, una de ellas le reclamaba...

La espera fue larga, más de un minuto.

—¿Oiga?

—Sí, diga.

—Ya he localizado a su taxi, pero en este momento tiene un servicio. Si quiere el mismo tardaría alrededor de media hora.

—Bien, sí. Puedo esperar.

—¿Seguro que no quiere otro vehículo? —insistió la telefonista.

—No, gracias.

—¿Vía Augusta con plaza del Carril?

—Sentido Barcelona, sí. Gracias.

—Es el 0972.

—De acuerdo.

—Buenos días.

Media hora. Ahora sí sacó el portátil. Tecleó el nombre de Augusto Ribó en el buscador y aparecieron las primeras páginas en las que se hablaba del poderoso industrial y empresario, el clásico hombre hecho a sí mismo, surgido de la nada, aunque con las habituales especulaciones y sospechas de haber amasado su fortuna creando un imperio sobre la oscuridad de sus contactos políticos y un sólido entramado de maniobras internacionales con Gobiernos poco respetables. El conglomerado de empresas Ribó tenía intereses en Latinoamérica y África predominantemente, pero también en Oriente Medio y Asia. No se casaba con nadie. Lo suyo era la explotación minera y petrolífera, y tanto podía trabajar con un país árabe como hacerlo con Israel. Por lo visto, Ribó y su tecnología tenían olfato para encontrar agua donde no parecía haberla, oro donde ya no había minas, yacimientos de petróleo o gas donde era casi imposible que los hubiese y minerales preciosos en lugares de lo más recóndito. Partiendo de esta punta de lanza, el resto de empresas creadas bajo el paraguas de la principal había crecido hasta convertirlo en uno de los tipos más carismáticos e influyentes de la economía española.

La economía española.

Magda tuvo un estremecimiento, aunque no supo por qué. Si las grandes fortunas eran siempre sospechosas, por evasión de impuestos o por tener fábricas en países del Tercer Mundo, cuando estaban aliadas con el poder lo eran aún más. Corrupción, sobornos...

Abrió las siguientes páginas del buscador. Biografías, datos, informes financieros, *rankings* empresariales, listas de los hombres más ricos de España, análisis de futuros... Nada estridente, pero sí evidente.

Como otros muchos hombres poderosos, Ribó parecía querer ofrecer un perfil bajo, pero eso, en un mundo global, era cada vez más difícil. Según la chica de la casa de enfrente, se había divorciado hacía unos meses, y no había ni una sola palabra de ello en ninguna parte.

Secretismo. Las noticias eran escasas, y sin embargo... Se detuvo ante aquella:

Bechir Idani, ministro de Asuntos Exteriores de Burkina Faso, visita en Barcelona la central del grupo Ribó Corporation International.

Había una fotografía: Augusto Ribó junto a dos hombres de color, uno de ellos muy grande.

El pie de la foto rezaba:

Augusto Ribó en compañía de Bechir Idani, ministro de Asuntos Exteriores de Burkina Faso, y su asesor, el general Niougou Fofana.

El hombre grandote era el general.

La noticia y la fotografía estaban fechadas la semana anterior. El viernes, en concreto. Empezó a acelerársele el corazón.

Buscó más noticias relacionadas con la visita y las reuniones, pero no encontró ninguna. Hasta que, yendo hacia atrás, apareció otra relacionada con el dueño de la casa de Sant Cugat:

Ribó Enterprises Global Minning, rama de Ribó Corporation International, obtiene un permiso de prospección minera en Burkina Faso.

Burkina Faso. Uno de los países más pobres de África, con infraestructuras muy limitadas. ¿Y prospecciones mineras?

El artículo, en un texto aparte, hablaba de otra multinacional española, BDT, el grupo de Benito Dábalos Torres:

Importante plan de desarrollo en Burkina Faso con presencia de la empresa española BDT, que ha presentado un ambicioso proyecto de modernización nacional, con la construcción de carreteras, una vía férrea, aeropuertos...

Más que una campanita, lo que oyó Magda en la cabeza fue una aldaba.

Burkina Faso era una excolonia francesa. ¿Y de pronto eran dos empresas españolas las que metían allí sus narices?

¿Eran Bechir Idani y Niougou Fofana dos de los tres hombres negros de la fiesta del sábado por la noche?

—No jodas —se dijo a sí misma.

¿Podía quedar alguna duda de ello?

Dejó a Ribo y a Dábalos y se centró en el político africano. Las biografías que encontró estaban obviamente en francés, y no lo dominaba tanto como el inglés. Allí constaba la edad, su perfil y su carrera política. Idani había estudiado en la Sorbona de París, estaba casado con una francesa y, sin embargo, de pronto, le daba la espalda a estas íntimas relaciones y se arrojaba en manos de dos empresas españolas.

No había nada del general Fofana.

Tecleó luego en el buscador el nombre del país y una vez estuvo en el conglomerado de páginas dedicado a él dio con los nombres de los principales periódicos locales: *Sidwaya*, *Le Pays*, *L'Observateur Paalga* y *L'Express du Faso*. Todos de la capital, Uagadugú, y todos en francés. Podía intentar tirar de hemeroteca tratando de encontrar el rastro de los dos hombres, el político y el militar, y también de la presencia en el país de BDT y Ribó Corporation International, o de su rama Ribó Enterprises Global Minning, pero en mitad de la Vía Augusta y tratándose de una labor tan minuciosa, se le antojó excesiva. Ni siquiera sabía si la prensa local prestaba atención a ese tipo de noticias.

Si Benito Dábalos Torres era el segundo hombre blanco, el de Madrid, el que le había tocado a Karla y le propuso ir a verle en el AVE, tenía a cuatro de los asistentes a la fiesta de las prostitutas. Le faltaba el quinto hombre, el tercero de los negros, el alto y delgado del gorro de piel de tigre o leopardo, el que sí hablaba español y les hacía la rosca a los otros dos.

El calor del día empezaba a apretar, pero de repente sintió una titiritona de frío. De pronto, todo aquello cruzaba una línea. Del asesinato de una prostituta de lujo a... Palabras mayores.

Dejó de pensar en ello cuando vio a un taxi deteniéndose a unos metros de ella, y a un taxista que parecía buscar o esperar a alguien.

29

Magda fue hacia él. El número de la puerta coincidía: 0792.

No abrió el acceso de atrás, el de los pasajeros. Se coló en el asiento del copiloto cargando el bolso encima de las rodillas. Eso hizo que el taxista, un chico joven de veintitantos años, se quedara un poco sorprendido.

Magda fue la primera en hablar.

—Buenos días. —Y sin esperar respuesta disparó sus intenciones—: Mire, no quiero que me lleve a ninguna parte, pero le pagaré el doble de lo que marque el contador cuando hayamos acabado. O mejor directamente cincuenta euros y, así, apaga el motor. Solo quiero que me responda a unas preguntas.

El taxista la miró, revestido de dudas.

—¿Preguntas?

Parecía buen chico y, cosa rara, era local, no emigrante. Llevaba el pelo corto y para competir con los elegantes conductores de Uber vestía con mucha corrección: pantalón largo, zapatos y camisa. Un fino bigotito, más bien pelusilla, coronaba el labio superior. Más que barba su cara era un campo de minas en forma de granos.

Lo de los cincuenta euros, de todas formas, pareció animarle.

—Soy periodista. Me llamo Magda Ventura. Escribo en *Zona Interior*, ¿la conoce?

—Mi padre la lee, sí. —Asintió.

—Mejor. Entonces sabrá que hablo en serio, que esto no es ninguna broma con cámara oculta y que lo que quiero preguntarle es importante.

Parpadeó un par de veces.

La palabra «importante» aleteó en su ánimo.

—¿Qué es lo que quiere preguntarme?

—El domingo por la mañana, pasadas las siete, fue a por dos mujeres a Sant Cugat del Vallès y las llevó a Barcelona. ¿Esto es correcto?

—Sí.

—¿Tardó mucho en recogerlas?

—Empezaba mi turno y vivo en La Floresta, así que no. Fui rápido. No había nada de tráfico, tanto por la hora como por ser domingo.

—Eran dos mujeres muy guapas.

—Decir «muy guapas» es decir poco —se sinceró.

—¿Estaban serenas?

—¿Qué quiere decir?

—Si parecían bebidas o...

—No, no. Caminaban y hablaban bien, aunque desde luego salían de una fiesta, fijo. Tal y como iban vestidas, con esos escotes, sin sujetadores, las faldas tan cortas...

—¿Las llevó a sus casas?

—Sí, primero a la negra... Bueno, quiero decir...

—Era negra. No pasa nada. A mí también me parece estúpido lo de «persona de color».

—Pues eso, que primero llevé a la negra y después a la morena a Sant Just Desvern.

—¿Las oyó hablar entre sí?

—Sí, claro. —Asintió—. Lo hacían en voz baja pero, bueno, en primer lugar no podía dejar de mirarlas, porque uno no es de piedra, y encima llevando tan poca ropa... No sé si me entiende.

—Le entiendo. Siga.

—Pues eso, que las miraba por el retrovisor, pero es que, en segundo lugar, parecían muy nerviosas y excitadas, así que por más que intentaran hablar en voz baja no lo conseguían del todo. Encima tengo el oído fino y estaban ahí —señaló los asientos traseros—, a un metro de mí. Era imposible no pillar nada.

—¿Recuerda lo que decían?

Se quedó pensativo. Habían pasado poco más de tres días.

—¿Puede decirme a qué viene esto? —Vaciló.

Magda decidió no cortarse. Un taxista de Barcelona debía de inmutarse por muy poco.

—Una de ellas está muerta. La otra podría estar en peligro.

—¿Qué?

—Asesinaron a la morena esa mismo día. La negra ha desaparecido.

Solo ella sabía que Selene estaba muerta. Debía de cubrirse las espaldas por si Juan Molins llegaba a hablar con el taxista.

El impacto en el joven fue de los que hacen época. Abrió la boca y los ojos de par en par.

—¿Va a ayudarme? —insistió Magda.

—Oiga, no quiero meterme en líos.

—Y no va a hacerlo, tranquilo. Si los Mossos d'Esquadra se ponen en contacto con usted, les cuenta lo mismo que a mí y en paz.

—Entonces, ¿está tratando de ayudar a la chica negra, la que está en peligro?

—Sí.

—La hostia. —Tragó saliva.

—Vamos, intente ser preciso. Puede resultar importante.

—Bueno, pues... —Volvió a esforzarse, aunque ahora le costaba más encontrar la concentración necesaria—. No... no es que me acuerde de todo lo que hablaban. Recuerdo algunas frases... La morena le dijo un par de veces a la negra que estaba loca, que cómo se le ocurría husmear en el despacho y en el ordenador... Y la chica negra se reía. Estaba nerviosa, pero se reía. La morena insistía y le oí decir «esto es gordo», mientras que la otra respondía «Sí, demasiado». Entonces habló de alguien. Dijo un nombre, no sé si Juan, Germán...

—Iván.

—¡Sí, Iván! —Asintió—. Dijo que «Iván sabría qué hacer».

—¿Seguro?

—Seguro. La morena contestó: «¿Vas a meterlo en esto?». Y la negra dijo que sí. Entonces la morena se enfadó y dijo: «Lo complicará todo». Y fue en ese momento cuando la negra agitó un llavero y agregó: «¿Sabes lo que vale esto?».

—Espere, espere. ¿Agitó unas llaves?

—El llavero era también un USB. Las llaves colgaban de él.

Llavero. Llaves. En el piso de Selene vio lo segundo, no lo primero. Ningún USB con forma de llavero o viceversa.

—¿Es todo? —preguntó Magda medio perdida de pronto en sus pensamientos.

—Lo último que dijo la morena fue algo así como «¿Tan valioso es eso del coltán?». Entonces la negra le dio un codazo y me señaló a mí.

Magda tuvo que olvidarse del llavero y de las llaves.

—¿Está seguro de que empleó esa palabra?

—Me gusta leer y estar al día de lo que pasa. Y me encantan los móviles y la informática, todo lo que tenga que ver con el futuro y las ciencias. ¿Se cree que no sé lo que es el coltán y para qué sirve?

El mineral más valioso del mundo por su escasez. El presente y el futuro se fabricaban con él. Más aún: la gente moría por él. En las minas del Congo, donde yacía el 80 % de las reservas mundiales del mineral, los señores de la guerra, el poder, el dinero y la corrupción se daban la mano ante la impunidad del resto del planeta.

Ribó, Dábalos, coltán...

—¿Dijeron algo más? —Intentó seguir concentrada en el taxista.

—Hablar, hablaron poco. Algún cuchicheo y... Bueno, hacia el final, cuando ya llegábamos a casa de la primera, la negra comentó que para el 5 de agosto faltaba muy poco y que tenían que actuar rápido.

—¿Dijeron esa fecha?

—Sí, seguro. Es el santo de mi hermana Nieves. Por eso me chocó y me hizo gracia.

—¿Vio si alguna de las dos llamaba por teléfono?

—No, ninguna lo hizo.

Selene había llamado a Iván a las ocho y dos minutos. Tuvo que ser al bajar del taxi, ya en su casa.

Todo encajaba. Demasiado.

—¿Contestó algo la morena cuando su amiga dijo esa fecha y lo de actuar rápido?

—Fue algo en voz baja, aunque...

—¿Qué?

—Ahora que lo dice. Sí que me dejó un poco... Incluso creí que había oído mal. Tan temprano y con esas dos bellezas...

—¿Qué fue?

—La morena dijo: «¿Sabes la cantidad de gente que puede...?». Y no entendí bien la última palabra. Pudo ser «morir», pudo ser «sufrir»... No estoy seguro. Luego ya no hablaron más. Hubo silencio hasta que se bajaron del taxi. Durante el resto del día no dejé de pensar en ellas y, mire, ¿qué quiere que le diga? Todavía no me las había podido quitar de la cabeza. Y, encima, ahora con lo que acaba de decirme... Joder, oiga.

Magda parecía empotrada en el asiento del taxi. De lo único que estaba segura era de que el tipo se había ganado a pulso los cincuenta euros.

30

Le costaba desayunar nada más levantarse y odiaba no tomar algo con lo que mantenerse en pie por las mañanas. Por eso estaba en aquel bar, bebiendo su café con leche con dos cruasanes y con el ordenador abierto ante ella.

Tenía la cabeza a mil. De pronto había mucho que procesar.

Las páginas dedicadas al coltán eran muchas. También había imágenes y documentales, sobre todo de las minas del Congo. Todo parecía centrarse en ellas, aunque había más, como siempre que se escudriñaba algo a fondo. Incluso en España existían minas de coltán. Nada, sin embargo, comparado con las congolesas. Tal y como recordaba, el 80 % del coltán del mundo salía de ellas.

Leyó algunos artículos.

El coltán es más abundante en los países africanos, pero el principal productor es Australia, seguido de Brasil. A estos países se ha sumado recientemente China, que ha desarrollado un ingente plan de minería para aprovechar más y mejor sus recursos naturales. Teniendo en cuenta que el tejido industrial asiático se ha consolidado como el gran motor electrónico y tecnológico del mundo, y que algunas de las marcas que dominan el mercado mundial proceden de allí, no es de extrañar que la dependencia del coltán haya disparado la búsqueda de tan preciada materia. Hoy nos encontramos frente a una nueva era dentro de la minería. Antes se buscaban oro o diamantes. Hoy son los recursos básicos para el mundo tecnológico del futuro. Tristemente, cuando estos recursos se encuentran en los países menos desarrollados o pertenecientes al Tercer Mundo, la lucha por ellos, los intereses y las diferencias sociales estallan. Las minas de coltán del Congo son actualmente una vergüenza universal, un campo de trabajo de esclavos, donde los amos no son sino delincuentes y señores de la guerra que tienen el poder por encima de las leyes o los Gobiernos. Si hace años se hablaba de los «diamantes de sangre» de Sierra Leona, ahora son esas minas lo peor de nuestra actual sociedad. Todos tenemos un móvil, para el cual es indispensable el coltán. ¿Se han preguntado de dónde viene o, simplemente, no les importa mientras puedan hablar, hacer fotos o sumergirse en los agujeros negros de las redes sociales?

No solo eran los móviles. Magda acabó de ponerse al día en menos de cinco minutos. El coltán era indispensable, más allá de los *smartphones*, en las turbinas de los aviones y en las centrales nucleares, por su alta resistencia a la corrosión; en la elaboración de lentes para todo tipo de cámaras, tanto de vídeo como de fotografía, porque permitía adelgazarlas sin perder potencia; en la construcción de bases y plataformas espaciales; y como colofón, conducía la electricidad un 80 % mejor que el cobre, fundamental hasta el siglo XXI para la conductividad.

Y Sonia y Selene, dos prostitutas, habían hablado de coltán en el taxi a la salida de la casa de Augusto Ribó. Ribó se dedicaba a la minería. Dábalos a las infraestructuras. Y con ellos, en una fiesta orgiástica, un ministro de Asuntos Exteriores y un general, ambos de un país pobre africano. El cóctel perfecto.

Hizo una pausa en su búsqueda por Internet. Había mil teorías, pero una sola verdad, y esa era la más lógica. Las dos mujeres habían encontrado algo.

Selene hablaba francés. Magda cerró los ojos y volvió a oír en su cabeza la voz del taxista repitiendo las palabras de las dos chicas: «Esto es gordo», «Sí, demasiado», «Iván sabrá qué hacer», «¿Vas a meterle en esto?», «¿Sabes lo que vale esto?»...

Inesperadamente, la sobresaltó la música del móvil. Estuvo a punto de no responder al ver que era la habitual llamada matutina de Victoria Soldevilla. Pero lo hizo.

—Victoria...

—¿Qué pasa contigo? —La dueña y directora de la revista no se anduvo por las ramas.

Magda intentó parecer convincente.

—Escucha: dame un día más. Tengo algo muy muy muy pero que muy grande.

Hubo una pausa. A fin de cuentas, era una mujer dura de pelar.

—¿Qué es?

—Te lo cuento cuando lo tenga más maduro.

—No. Avánzame algo.

—Sin pruebas no puedo y no va a ser fácil conseguirlas. Por favor, confía en mí.

—Mañana es jueves. Necesito...

—¡Ya lo sé! —La detuvo—. Pero han muerto tres personas por esto, ¿entiendes? No quiero precipitarme, eso es todo. Mañana hablamos y decidimos con lo que tenga.

Por lo menos logró impresionarla.

—¿Quién ha muerto?

—De las tres víctimas, solo yo sé que han muerto dos de ellas, aunque supongo que los mossos darán con ellas hoy mismo. ¿Comprendes que tenga que moverme con pies de plomo?

Victoria Soldevila se dio por vencida.

—¿Mañana?

—Te lo juro, con lo que tenga.

—Ten cuidado, ¿vale?

—Sí, mujer.

—Deja notas.

Solo le faltó decir «por si te matan».

Pasó otros diez minutos examinando los cuatro periódicos de Burkina Faso, sin encontrar nada relevante o que tuviera que ver con el caso, y después echó un vistazo a las informaciones más importantes sobre el país que podían encontrarse en Internet.

Tal y como imaginaba, las naciones que más tratos comerciales mantenían con Burkina Faso eran Francia, las vecinas Costa de Marfil y Níger... y China.

China se abría paso en todas partes.

Por eso chocaba aún más que, si habían aparecido minas de coltán en Burkina Faso, no fueran los franceses o los chinos los principales inversores en ellas. Esto solo resultaba posible si las minas eran muy secretas, lo mismo que su hallazgo.

¿Por qué dos empresas españolas? ¿Realmente había aparecido coltán en Burkina Faso?

Fue a Google Maps y miró un mapa del país. Tenía fronteras con Costa de Marfil, Ghana, Togo, Benín, Níger y Mali. Mientras lo miraba, recordó el último dato de la charla de las dos chicas en el taxi: 5 de agosto.

Volvió a la web del país y lo encontró: el día de la Independencia. Burkina Faso se había independizado de Francia el 5 de agosto de 1960. Pasó a llamarse Alto Volta hasta que en 1984 había adoptado su nombre actual. Los cambios de régimen y golpes de Estado habían sido frecuentes, siempre con Gobiernos militares al frente. El último golpe aún estaba fresco en la memoria de la historia.

Encontró dos datos más: en la capital, Uagadugú, existía un vicec- consulado honorario español, lo mismo que en Madrid y Barcelona había consulados de Burkina Faso. Ninguna embajada en los dos países.

Una búsqueda más y encontró el teléfono del vicecon-sulado, en la avenida Kennedy de Uagadugú. Se quedó mirando el móvil, pensando en la posible diferencia horaria, que no debía de ser mucha, o directamente ninguna, porque España y Burkina Faso parecían compartir el mismo huso. Justo cuando se decidió a hacer la llamada, le entró otra a ella. Esta vez era Amara.

—Hola —la saludó con un suspiro de alivio.

La chica no le ocultó su sorpresa.

—¿Qué pasa? ¿Por qué me preguntaste si estaba bien? —Fue directa.

¿Qué podía decirle? Por el tono de voz era evidente que no sabía todavía nada de la muerte de Sonia y menos aún de la de Selene. Amara vivía en su mundo.

—Estaba inquieta —le mintió—. Me preocupaba que te hubiera pasado algo.

—¿A mí? ¿Por qué? —Su voz sonaba ingenuamente liviana y despreocupada, inocente y viva.

—Bueno, Sonia sigue sin aparecer. Y estamos a miércoles.

—¡Oh, vaya! —Fue su lacónico comentario.

Si Amara estaba bien, eso significaba que el tema se circunscribía únicamente a Sonia y a Selene, las dos que se habían quedado en la casa. Amara quedaba al margen. Y si Karla y Soraya habían huido, había sido solo por miedo a lo desconocido, precaución...

Por lo menos había estrechado el cerco.

—Perdona que te haya alarmado —se excusó sintiendo un ramalazo de simpatía por la rubia.

—No, si lo de Sonia es muy raro, sí. No entiendo que te llame y luego desaparezca. Pero mira: en este trabajo nuestro las cosas suelen ser así, ¡bumba! Te llama un cliente y sales corriendo. Tú preocupada y ella a lo mejor pasándoselo de puta madre en Punta Cana.

—Ya aparecerá, sí.

—Tú eres un poco protectora, ¿eh? —Se rio la chica.

Magda tuvo ganas de soltar una carcajada. Amara no iba a ganarse la vida como psicóloga.

—Gracias —se despidió—. Te dejo dormir.

—¿Cómo lo sabes? —Lanzó otra risa a través del móvil.

Cortó la comunicación y, entonces sí, marcó el número del viceconsulado de España en Uagadugú. No tenía ni idea de si era una oficina o simplemente la residencia particular del hombre.

Oyó la voz de una mujer preguntándole en francés:

—*Oui? Qui apelle?*

—¿Podría hablar con el vicecónsul? —preguntó ella en castellano.

—No se encuentra en este momento. ¿Quién es? —Su interlocutora cambió de idioma.

—Llamo desde España. Soy periodista.

—¿Puedo ayudarla en algo? El señor vicecónsul no creo que esté de vuelta hasta esta tarde, quizá incluso por la noche. Está resolviendo unos temas fuera de la ciudad.

—Quería preguntarle sobre las actividades de dos empresarios españoles en Burkina Faso, los señores Augusto Ribó y Benito Dábalos.

—Lo siento, no me suenan sus nombres.

—¿Y sus empresas, Enterprises Global Minning, BDT...?

—No podría darle esta información aunque la tuviese, señora.

—¿Por qué?

—Bueno, ha dicho que es periodista y este país es muy sensible a determinadas informaciones, entiéndalo.

—Lo dice como si fueran secretos de Estado.

—Lo siento, es lo que hay.

—¿Todo lo que viene de España, negocios, personas, lo que sea, pasa por el viceconsulado?

—No todo. Si es algo privado... La gente no tiene la costumbre de pasar por las embajadas o consulados para avisar de que están en un país. Si sucede algo, luego es más complicado resolverlo, por supuesto.

—¿Tampoco puede decirme nada de los trabajos de minería llevados a cabo por la empresa española de Augusto Ribó?

—¿Trabajos de minería? —repitió como si le hablara en chino—. Me temo que sabe más que yo, señora.

Era suficiente.

—¿Puede darle mi número al señor vicecónsul? Me gustaría hablar con él.

—Por supuesto. ¿Su nombre es?

—Magda Ventura. Soy de *Zona Interior*.

—¿*Zona Interior*? ¡Oh!

—¿La conoce?

—Por supuesto. A veces los periódicos o las revistas de España nos llegan tarde, pero nos llegan.

—Gracias. Ha sido muy amable.

—No hay de qué.

Acabó la conversación, se quedó unos segundos paraliza-da en la silla y, sin anotar nada en el bloc, para no perder tiempo, guardó el móvil y el portátil en el bolso, pagó y salió del bar dispuesta a aprovechar el último día que le quedaba antes del ultimátum de Victoria Soldevilla.

Sonia se lo había dicho.

Aquello era «algo gordo».

Probablemente incluso más.

31

La dirección de Iván Sotomayor le llevó otra vez al barrio de Gràcia, algo que le pareció coherente. Desde hacía años, Gràcia se había convertido en un crisol. Calles estrechas, muchas peatonales, pisos viejos, bares con música de todo tipo, multiculturalidad, intimidad por un lado y bullicio nocturno por otro, peluquerías para moldear el pelo según las modas y tendencias de la mayoría de países latinoamericanos y también pakistaníes, indios o marroquíes... Sucedía lo mismo en el Gótico. La ciudad cambiaba. Adiós a los cines, a los comercios de barrio, a tantas huellas e identidades perdidas. Recordaba a su padre hablándole de la cantidad de cines que había en Mayor de Gracia: el Selecto, el Principal, el Roxy ya en la plaza de Lesseps...

Dejó la moto en la plaza de la Revolución y subió calle Verdi arriba hasta Vallfogona. Con Iván muerto, no tenía ni idea de lo que iba a encontrar en su piso, pero a veces dar palos de ciego era la única opción válida.

Y sus palos, por lo general, no eran de ciego. Como mucho de tuerto.

No llegó a subir por la escalera: había portera. La casa tampoco era del todo vieja. La mujer se levantó de la silla en la que leía una revista nada más verla entrar.

—Voy al piso del señor Sotomayor.

—No está.

—¿Habrá alguien arriba?

—No, no. Vive solo desde que se fue su compañero hace un mes. A Iván hace dos o tres días que no le veo. Imagino que estará en casa de su novia o le habrá salido un trabajo fuera de Barcelona. —Adoptó una curiosa pose de madre orgullosa—. Con lo guapo que es y siendo modelo...

—Sí, me han dicho que ha hecho carrera aquí muy rápido.

—Es que, con la planta que tiene, no me extraña —continuó la mujer—. ¿Es amiga suya?

—Periodista.

—¡Oh! —Eso fue determinante—. ¿Va a entrevistarle?

—Es posible. ¿Cuánto lleva viviendo en España?

—Siete u ocho meses.

—¿Y la novia...?

—Otra belleza. —Suspiró—. Si es que Dios los cría y ellos se juntan. Imagino que acabará viviendo ya definitivamente en casa de ella porque si los viera... ¿Usted le conoce de algo?

—Por foto.

—Ya, claro. ¿Por qué no pregunta dos calles más arriba, en el 19? Ahí vive su primo Norberto.

—¿Norberto qué más?

—¡Ay! —Hizo memoria—. Creo que Sepúlveda, pero no estoy segura. Me viene a la cabeza por aquel cantante de boleros, Jorge Sepúlveda, el que cantaba «Mirando al mar».

—Muy amable, gracias.

El número 19 de dos calles más arriba sí se correspondía con un casa vieja. Entró en el solitario portal y miró en los buzones: Norberto Sepúlveda vivía en el primero. Subió hasta el rellano y llamó al timbre.

No tuvo que hacerlo una segunda vez. Se abrió la puerta de enfrente y por ella asomó una mujer en bata.

—Buenos días —la saludó Magda.

—Murió —dijo la mujer.

—¿Perdone?

—Norberto, el muchacho que vivía ahí. —Señaló la puerta—. Ahora no hay nadie porque ella se ha marchado.

Se acercó a la vecina.

—¿Norberto Sepúlveda está muerto?

—Sí, acabo de decírselo.

—¿Cuándo murió?

—El domingo por la noche, en una pelea.

Domingo. Sonia, Selene, Iván. Ahora el primo del modelo.

Contuvo la aceleración.

—No lo sabía.

—Se supone que fue algo de bandas, aunque yo... ¿Qué quiere que le diga? Me parecía un joven muy agradable, simpático, siempre risueño. No era de bandas.

—¿Cogieron al culpable?

—No, qué va. Le acuchilló alguien y nadie vio nada. También le robaron. La pobre Tatiana tuvo una crisis nerviosa.

—¿Dónde está ella ahora?

—No lo sé, con su familia, supongo. Pero trabaja no muy lejos de aquí, en la peluquería de la calle de la Perla.

—Ha sido muy amable, gracias.

—Qué desgracia —lamentó la mujer—. Y qué cosas pasan, ya ve. Los jóvenes no tienen muchas oportunidades en este mundo de locos, ¿verdad?

Le dio la razón y comenzó a bajar la escalera.

Cuando llegó a la calle tuvo que inspirar aire, porque no

le llegaba a los pulmones. ¿Otra muerte «accidental»? ¿Que no guardaba relación con las otras tres?

Norberto era primo de Iván, e Iván «iba a saber qué hacer» con lo que Selene y Sonia habían averiguado, probablemente de manera accidental, en casa de Augusto Ribó.

Dejó de caminar y apretó el paso hasta casi correr para llegar a la calle de la Perla. No era muy larga, pero para evitar ir de un lado a otro entró en un bar y preguntó. Le dijeron que la peluquería estaba cerca, en la misma acera. Hizo una carrera final. Al llegar a su destino vio que la clientela era de ambos sexos y que el local era eminentemente colombiano, por la bandera que presidía uno de los escaparates. Los posibles trabajos o dedicaciones tenían nombres curiosos:

Cortes masculinos: plancha, face, estadio, francés, cortes desvanecidos con barbera, hongos degradados, el siete, cuadro, clásicos a tijeras, yersi, alemán, ruso y muchos más. Técnicas avanzadas.

Cursos de peinados: moñas, trenzas, crespos, modernos, clásicos, sobrios y sofisticados.

Especialización en químicos: lo más avanzado y moderno en tintura de cabello, permanente y alisset, aplanchado y cepillado.

Curso de maquillaje para resaltar las facciones del rostro. Maquillaje para novia, quinciañera, universitarias y ejecutivas. Uso colectivo de implementos de maquillaje.

Encrespado permanente de pestañas en una sola clase.

Cursos de manicura y pedicura, seminario de estética corporal.

«*Quinciañera*», escrito tal cual. En Latinoamérica los quince años representaban las puestas de largo de las adolescentes. Y mantenían las tradiciones por lejos que estuvieran de casa.

Dentro del local vio a dos chicas jóvenes y un hombre, los tres con sus respectivos clientes. Se aproximó a la que tenía más cerca, que estaba haciendo un ornamentado peinado a una mujer.

—¿Está Tatiana?

—No —fue la seca respuesta.

—He de hablar con ella. Es urgente.

—Pues no está.

No supo qué hacer hasta que la otra peluquera acudió en su ayuda. Su acento también era de algún país latinoamericano, aunque no argentino ni mexicano ni cubano. Quizá colombiano, como la bandera, el escaparate y el rótulo.

—No ha venido esta semana —le dijo—. Hubo un accidente.

—Lo de su novio Norberto, ya lo sé. ¿Dónde podría encontrarla?

La miraron con un poco más de curiosidad.

—¿Para qué la quiere?

—Soy periodista.

No supo si eso arreglaba las cosas o las empeoraba. Las dos peluqueras intercambiaron una mirada. Al final, la mayor se encogió de hombros y cedió.

—Pregunte en casa de su hermana, en la calle Oro. El edificio bajo que hace esquina con Torrent d'en Vidalet.

Por lo menos seguía en el barrio.

Pensó en ir a recoger la moto, por si acaso, pero acabó yendo de nuevo a pie. Ya bajaría a por ella después. Encontró su nuevo destino y se tropezó con una portera ya mayor, arrugada, de las que parecían haber sido hechas con la casa. Lo único que sabía era el nombre de la novia: Tatiana.

—Perdone —se revistió de amabilidad—, ¿sabe si la hermana de Tatiana está en casa?

—¿La hermana de quién?

—Tatiana. Una chica cubana.

—Ah, Carol. —Asintió—. No, no está. A esta hora trabaja. Bueno, todos trabajan —lo dijo como si en el piso viviera un enjambre de personas—. Tendrá que volver por la noche, porque comen fuera.

—¿Sabe dónde trabaja?

—En un bar, pero no sé dónde está.

Magda empezó a sentirse impotente ante las respuestas, pero aguantó el tipo.

—¿Conoce a alguien que pudiera saberlo?

—Pregunte en el segundo primera. Son amigos. La señora Rosa está ahora en casa.

Subió al segundo primera y llamó a la puerta. La señora Rosa resultó ser una mujer mayor, anciana, de rostro tostado y piel ligeramente oscura. Llevaba chanclas, una falda roja con vuelo y una blusa hecha a mano con motivos indígenas.

—Perdone que la moleste. Estoy buscando a Carol y me ha dicho la portera que usted sabe dónde trabaja.

La señora Rosa la miró de arriba abajo.

—¿Tiene que ver con algo de lo que sucedió el domingo? —le preguntó con un fuerte acento cubano.

—Sí.

No mostraba desconfianza, solo el natural recelo hacia una desconocida.

—Bar del Son —dijo—. En la calle Reig i Bonet.

Se despidió de ella y, una vez en la calle, comprobó la dirección. Reig i Bonet estaba cerca de la calle Escorial. Esta vez sí fue corriendo a por la moto e hizo el trayecto en ella. Encontró el bar y aparcó en la acera de la calle Escorial, que era más amplia. El Bar del Son tenía una parroquia no menos variopinta que la peluquería. Tres mesas estaban ocupadas y en la barra dos hombres hablaban a voz en grito, como si en lugar de estar uno al lado del otro lo hicieran a distancia. Había una mujer lavando vasos, tan cubana como la señora Rosa, y otra limpiando las mesas vacías.

—¿Carol?

La mujer dejó de lavar los vasos.

—¿Sí?

—Estoy buscando a Tatiana.

No se movió, pero se le notó la convulsión en el rostro.

—Se fue —se limitó a decir.

—¿Cuándo?

—¿Es por algo de su novio?

—Sí.

—Pues se fue —repitió—. Ayer mismo. Después del entierro.

—¿Adónde?

—A La Habana.

Mentía. Se lo notó en los ojos, en la tensión corporal, en las manos reemprendiendo el trabajo casi con violencia. Los dos hombres de la barra reían.

—Escuche, puedo ayudarla.

—¿Ayudarla cómo?

—Soy periodista. Sé quién mató a Norberto.

La vio desmoronarse, caer como un castillo de naipes batido por un fuerte e inesperado viento. Pero no se rindió tan fácilmente y mantuvo el tipo ante ella.

—Váyase —le pidió.

—Por favor...

—Déjenos en paz, ¿quiere? —El tono traslucía agotamiento. Magda hizo un último intento.

—Usted sabe dónde está y, desde luego, no es en La Habana. —Empleó la mejor de sus vehemencias—. ¿Se ha escondido? ¿Tiene miedo?

Aparecieron unas lágrimas que la cubana supo contener. Con ellas, el silencio final.

—Se equivoca y ¡lo sabe! —le dijo Magda.

Dio media vuelta y salió a la calle con los puños apretados. Por aquel lado se le cerraba la última puerta. Al menos a ella. Juan sería menos complaciente cuando se lo contara todo. Y tenía mucho que contarle.

Dio los primeros pasos en dirección a la calle Escorial cuando oyó una voz a su espalda.

—¡Eh, oiga!

Se volvió: Carol estaba en la puerta del bar.

Regresó sin prisas, sin aceleraciones. Los ojos de la cubana no habían podido resistir la emoción. Tenía dos surcos húmedos en las mejillas.

—¿Sabe quién fue? —le preguntó Carol.

—Sí.

—¿De verdad es periodista?

Le enseñó sus credenciales, la del Colegio de Periodistas y la de *Zona Interior*. La hermana de Tatiana las inspeccionó a fondo, como si dudara de que fueran legales.

—¿Por qué quiere ayudarla?

—Porque estoy haciendo un reportaje y porque me consta que Norberto ha sido una víctima tangencial de algo que está pasando. Y porque sé que todo es obra del primo de Norberto, Iván, y de su novia Selene.

—¿Sabe dónde está Iván?

—Sí, muerto, igual que Selene. —Tuvo que decírselo.

Carol abrió los ojos y la sacudió un fuerte estremecimiento. Se vio obligada que apoyarse en el marco de la entrada, como si se hubiera mareado.

—Solo quiero hablar con Tatiana —insistió Magda—. Si lo desea, será por teléfono. No hace falta que me lleve hasta ella. —Se arriesgó un poco más—. Mire, la verdad, no creo que ella corra peligro, pero ha de confiar en alguien. No puede esconderse esperando que no suceda nada o las aguas se calmen, porque imagino que ella ni siquiera sabe de qué va todo esto. ¿Me equivoco?

—No, no se equivoca. —Suspiró—. Norberto no le dijo nada y, desde luego, sea lo que sea, es cosa de Iván. —Escupió el nombre con rabia—. Siempre es cosa de Iván.

—Usted decide.

—Venga —se rindió.

Volvieron a entrar en el bar. Mientras Carol se metía en la trastienda cruzando una cortina hecha con pedacitos de plástico unidos entre sí formando tiras, Magda se quedó en la barra, junto a los dos amantes de los gritos.

Era imposible no oírlos.

—¡Llevaba un almendrón! ¡El niche jamonero se hacía el guanajo!

—¡Lo que le gustaban las jebas con buen fondillo al compay!

—¡Pero se sacó una buena plata con el gardeo a presión, aunque acabó en el tanque!

No tenía ni idea de lo que acababan de decir. Ellos volvieron a carcajearse.

Carol reapareció casi al momento. Llevaba un móvil en la mano. Movió la cabeza de arriba abajo en señal de asentimiento.

32

Mientras caminaban una al lado de la otra, en silencio, Magda trató de romper el hielo.

—¿Qué es un almendrón?

—Los coches americanos que se quedaron en Cuba cuando la Revolución.

—¿Y un niche jamonero?

—¿Dónde ha oído esas cosas? —Logró esbozar una tímida sonrisa Carol.

—Los dos hombres de la barra del bar.

—Es jerga cubana —dijo—. *Niche* significa «negro», pero en plan despectivo. *Jamonero* es el que manosea a las mujeres. ¿Algo más?

—¿Jeba con buen fondillo? ¿Tanque?

—Mujer con un buen trasero. Y seguro que ha oído también lo de *singao*: «cabrón». El *tanque* es la cárcel.

No recordaba más palabras, pero tampoco hubiera tenido la oportunidad de preguntar, porque, de pronto, Carol se detuvo y dijo:

—Es aquí.

Esta vez sí era una casa vieja, sin portería. Carol fue la primera en entrar. Subieron hasta la última planta, la tercera, y la cubana llamó a la puerta con tres toques distanciados y dos seguidos. Les abrió un muchacho joven, de dieciocho o diecinueve años, con el torso desnudo y los pantalones muy bajos. Más que serio, estaba enfadado, con el ceño fruncido y la mirada penetrante. Las dejó pasar sin decir nada.

Antes de que cerrara la puerta, por el pasillo apareció Tatiana.

Magda supo que se trataba de ella porque lloraba y se abrazó a la que, evidentemente, era su hermana mayor. Ella tendría unos veintitrés o veinticuatro años; era mulata, de rostro dulce, casi exótico, cabello rizado, ojos grandes y labios carnosos. Vestía un *top* blanco y una faldita muy corta.

—Ésta es la señora periodista —la presentó Carol.

Magda le tendió la mano.

—Gracias por hablar conmigo —se le ocurrió decir—. No te arrepentirás.

Tatiana correspondió a su gesto, pero parecía estar ida. Probablemente llevaba todos aquellos días sin dormir. Miró a Magda con ojos turbios.

—Vamos a sentarnos —propuso Carol.

Lo hicieron en un comedor diminuto. El piso debía de estar abarrotado, porque allí mismo había un colchón tirado en el suelo y con una sábana revuelta por encima. No había rastro del chico que acababa de abrirles la puerta. Se sentaron en tres sillas, todas desparejadas. El único lujo era un televisor de respetable tamaño.

Tatiana seguía zombi.

—¿Puedes contármelo todo desde el principio? —propuso Magda.

—¿Qué es lo que sabe usted? —la detuvo la joven.

Quid pro quo. Podía estar asustada, pero no era tonta. Los supervivientes nunca lo son.

—Selene, la novia de Iván, tomó parte en una fiesta en

una lujosa casa de las afueras de Barcelona. Ella y otra mujer se quedaron después. U oyeron algo, o curiosearon por la casa o, simplemente, se encontraron con algo importante sin comerlo ni beberlo. Algo que valía su peso en oro y por lo que merecía la pena arriesgarse a chantajear a alguien. Selene tenía un llavero con un USB y creo que grabaron algo allí. Al salir de la fiesta, el domingo por la mañana, ella llamó a Iván. A partir de este momento todo tuvo que suceder muy rápido. Iván pidió dinero al dueño de la casa, Augusto Ribó. Éste pudo avenirse a pagar o no, lo ignoro. Lo cierto es que Iván llamó a su primo Norberto para que le ayudara y a partir de aquí...

—Me ha dicho Carol que Iván y Selene también están muertos.

—Sí.

—Dios... —Hundió la cara entre las manos—. Le dije a Norberto que...

—¿Qué le dijiste a tu novio?

—¡Que no se metiera! ¿Qué quería que le dijese? ¡Pero cuando aparecía Iván él siempre acababa...! ¡Yo sabía que era un mal bicho! ¡Lo sabía!

—Mi teoría es que mataron a Iván y a Selene el mismo domingo por la noche, al igual que a Norberto. Hicieron que el crimen de ellos pareciera una pelea, un caso de violencia de género, y el asesinato de tu novio, un ajuste de cuentas. Recuperaron el USB y luego fueron a por la amiga de Selene, Sonia.

Tatiana se echó a llorar. Carol se levantó. No estuvo fuera más allá de unos segundos. Regresó con un vaso de agua que le tendió a su hermana.

—Te toca —la invitó Magda.

La chica jugueteó con el vaso. Tenía los dedos largos pero las uñas despintadas.

—Selene sabía francés —comenzó a decir—. Norberto me dijo que oyó algo de lo que hablaban los hombres de la fiesta y que... Bueno, no sé, se le encendió la bombilla. Esa misma noche, ella y su amiga registraron el despacho del dueño de la casa mientras los hombres dormían la borrachera. El ordenador estaba abierto, como lo deja mucha gente, así que aprovecharon para grabar unos documentos.

—¿Sabes de qué clase de documentos se trataba?

—Algo de unas minas y...

—¿Coltán?

—No sé qué es eso, pero parece que eran las más grandes del mundo. Un gran descubrimiento. Mucho dinero. Lo importante era mantenerlo en secreto y esperar al cambio de Gobierno.

Magda sintió frío en las manos. No se trataba solo del coltán. Para que las concesiones fueran a parar a manos españolas...

—¿Esos documentos... hablaban de un cambio de Gobierno, estás segura?

—Sí.

—¿Un golpe de Estado?

Tatiana sostuvo el peso de su mirada.

—Creo que... iban a matar al presidente del país —musitó.

La que necesitaba ahora un vaso de agua era ella, pero prefirió no moverse ni dejar de preguntar a Tatiana.

—Yo... oí cómo Iván, Selene y Norberto hablaban. Ella traducía los papeles escritos en francés. Todo estaba planificado: el cambio de poder, las fases de explotación, la construcción de carreteras, un nuevo aeropuerto... Algo grande, muy grande. Iván dijo que eso valía millones para nosotros, porque lo que esa gente ganaría sería mucho más.

—¿Te suenan los nombres de Augusto Ribó, Benito Dábalos, Niougou Fofana o Bechir Idani?

—Creo que oí algo del primero. Era al que iban a chantajear, ¿no?

—¿Cómo se pusieron en contacto con él?

—No lo sé. —Parecía cada vez más agotada—. Hicieron una copia del USB que se quedó Norberto. Creo que tenía que llevarlo él. Luego ya no sé nada. Esa noche, cuando me lo apuñalaron, supe que había sido por todo eso. Entonces me asusté mucho. El USB, desde luego que se lo quitaron al matarle. El de Selene... no sé dónde puede estar.

Magda sí lo sabía. El maldito llavero desaparecido de su piso.

Y sin pruebas.

Carol acarició la cabeza de su hermana.

—Me matarán a mí también —gimió la chica—. Imaginarán que sé algo y...

—Escucha —intentó calmarla—. En primer lugar, no tienen por qué hacerlo. —Evitó decir que ella no era nadie, que quizá ni siquiera supieran que existía—. En segundo lugar, si de verdad conocieran de tu existencia y creyeran que sabes algo, ya te habrían buscado, encontrado y matado. Y, en tercer lugar, tienen lo que querían, las pruebas, y han eliminado a las cuatro personas que son la clave de todo.

—¿Por qué habla en plural?

No lo sabía.

Augusto Ribó era el chantajeado, la clave. Aunque ella pensaba en todos ellos, los cinco hombres de la fiesta.

—Tatiana —se sinceró—. Lo único que puedo decirte es que es mejor que sigas oculta un par de días, hasta que yo resuelva el caso y hable con la policía.

—¿La... policía?

—Va a ser inevitable, pero no temas. Te lo prometo.

—¿Qué hará usted para resolver... el caso, como dice?

—Aún no lo sé, pero suelen ocurrírseme cosas. —Trató de parecer firme y segura.

Firme y segura ante un complot internacional que incluía un golpe de Estado y, probablemente, un baño de sangre en Burkina Faso. Todo para que un nuevo presidente y un general ambicioso manejasen una inesperada fortuna aparecida en su suelo. Magda sintió asco.

Tatiana volvió a llorar desconsoladamente.

33

La sede del conglomerado empresarial de Augusto Ribó estaba en la parte alta de la Diagonal, cerca de la plaza de María Cristina, en una zona que muchos consideraban el nuevo centro de Barcelona. El edificio no era muy alto, estaba lejos de ser un rascacielos, pero desde luego impresionaba. Acero y cristal, con «RIBÓ» en lo alto. Cuando uno tenía algo así y le ponía el nombre en la cúspide, era porque había llegado a lo más de lo más.

El poder tenía mil tentáculos pero solo una cara.

La recepción estaba en la planta baja. Se imaginó que llegar hasta las alturas no iba a ser fácil. El primer baluarte defensivo lo encontró en las mujeres que atendían la entrada, parapetadas tras una impresionante estructura de mármol de apariencia muy fría. Eran tres. Dos hablaban por teléfono y la tercera atendía a un hombre con aspecto de mensajero. Esperó a que terminara con él y trató de que su voz sonara firme y autoritaria.

—Vengo a ver al señor Ribó.

La mujer ni se alteró. Miró un listado situado frente a ella y preguntó:

—¿Nombre?

—Magda Ventura.

Imaginó lo que iba a seguir. La recepcionista acabó de leer el listado.

—¿Tenía hora? —insistió dudosa.

—No.

Fue como si quisiera ver a Dios sin morirse antes.

—El señor Ribó... —empezó a decir.

—Soy periodista. El motivo de mi visita es profesional.

—Ya, pero es que el señor Ribó no concede entrevistas.

—¿Puede avisar a una secretaria y decirle tan solo una palabra?

—Me temo que no, señora —empezó a mostrarse inflexible.

—Una secretaria. Nada más. Y que luego le diga al señor Ribó la palabra «coltán».

La mujer no supo qué hacer. Miró a una de sus compañeras, que había terminado de hablar por teléfono. Debía de tener un cargo superior a ella, porque, tras comentárselo al oído, esta acabó asintiendo.

—Un momento, por favor —le dijo la recepcionista a Magda.

Tomó el teléfono y habló con alguien.

—Si quiere esperar allí —la invitó a sentarse en unas butacas situadas a la izquierda.

Magda la obedeció, aunque no fue a sentarse. Se separó del mostrador y caminó por el amplio vestíbulo, lleno de gente que entraba y salía como si estuvieran en el metro en hora punta. Para acceder al edificio que se extendía más allá de la recepción había que pasar por un arco de detección de metales. Los invitados recibían una acreditación que debían llevar colgando.

Transcurrieron cinco minutos.

Diez.

Hasta que por el pasillo que conducía a los ascensores apareció un hombre grandote, con las manos como mazas, cabeza cuadrada, rostro hermético, completamente vestido de negro: traje, camisa, corbata, zapatos. Un funeral andante.

Magda lo reconoció por la descripción de Amara: el chofer de Augusto Ribó. El hombre que las había ido a buscar para llevarlas a la fiesta.

Chofer o... guardaespaldas.

Intentó mostrarse serena. Ya era tarde para echarse atrás. Se había metido en la boca del lobo. Lo único que le quedaba era mantener el tipo, como siempre lo había mantenido, como lo mantuvo Rafa hasta que le mataron. Sintió un súbito dolor de estómago.

El hombre habló con la mujer de recepción y esta la señaló a ella.

Magda le esperó.

—¿Señora?

La mano del chofer pareció sepultar la suya, además de apretársela. Un signo tanto de autoridad como una demostración de poder.

—Magda Ventura —se presentó con la mayor de las firmezas que pudo reunir.

—Soy el secretario personal del señor Ribó —dijo él—. Me han informado de que es usted periodista.

—Sí, así es.

—¿De qué medio?

—*Zona Interior*.

No le gustó oírlo, pero él también mantuvo el tipo.

—Y quiere hablar con el señor Ribó de un tema... ¿Del coltán? ¿Lo he entendido bien?

Magda sacó la artillería pesada.

—Me han informado de que la empresa minera del señor

Ribó ha encontrado en Burkina Faso el mayor yacimiento de coltán del mundo, superior incluso al del Congo. Quería contrastar la información antes de publicar la noticia, eso es todo.

El guardaespaldas ni se inmutó esta vez.

—¿Coltán?

—Sí. Sabe lo que es, ¿no?

—Oh, por supuesto. —Intentó fingir una sonrisa, pero lo único que apareció en su cara fue una mueca—. ¿Quién le ha dado esa información?

—Bueno, ya imaginará que no puedo revelas mis fuentes.

—Pues debo decirle que en este caso sus fuentes la han informado mal.

—¿Está seguro?

—No puedo decirle más.

—Esas fuentes me han asegurado que no se trata de un rumor, sino de hechos contrastados.

—Especulaciones. —Se encogió de hombros.

Magda se cruzó de brazos y se tomó su tiempo. El miedo dejaba paso a su seguridad como periodista. Algo que se tenía o no se tenía.

—Bueno, entiendo su prevención —tanteó—. Imagino que algo así cambiaría el mercado por completo y sería una de las noticias del año, aunque eso de que la mina haya aparecido en un inestable país africano con un pasado lleno de regímenes militares y golpes de Estado...

—Señora Ventura. —Levantó una mano para detenerla, sobre todo tras oír las últimas tres palabras—. Entienda usted una sola cosa: si publica cualquier información falsa, del tipo que sea, y perjudica a nuestra empresa y a nuestros accionistas, las repercusiones legales pueden ser duras para su revista. Cualquier rumor no contrastado es siempre nocivo para todo el mundo y, aún más, si afecta a las bolsas o a la misma economía mundial.

—Ésa es la razón de que quisiera hablar con el señor Ribó en persona.

—Lo está haciendo conmigo y se lo repito: no hay nada.

—¿Su empresa no ha hecho prospecciones en Burkina Faso?

—Como en muchos países más. Unas veces con concesiones de los respectivos Gobiernos, algunas por acuerdos de cooperación y otras por iniciativas privadas, aunque siempre en comunión con las autoridades locales.

—¿Y el hecho de que la semana pasada estuviera en Barcelona con el señor Ribó el ministro de Asuntos Exteriores de Burkina Faso, acompañado por el general Fofana? —le preguntó mirándole a los ojos.

Era un hombre grande, pero fue como si acabara de asestarle un puñetazo en el estómago. Aunque lo resistió bien.

—¿Es usted de las que busca exclusivas donde no las hay? —preguntó con sequedad.

—Un hallazgo por parte de una compañía minera en un país determinado no creo que sea ninguna exclusiva. —Sonrió—. Por más que hablemos del coltán y de un Estado inestable al ser una excolonia con pocos años de independencia. Quiero decir que no es una historia muy comercial que digamos.

—Parece usted lista —dijo el chofer.

—Gracias.

—Sabe perfectamente que puede jugársela, ¿no es cierto?

—Hago mi trabajo —se limitó a decir.

—Un trabajo que puede reportarle disgustos si se mete con quien no debe. ¿Y todo por una noticia falsa?

—¿Y si no lo es?

—¿Va a arriesgarse a luchar contra esto? —Abrió las manos, como si abarcara el edificio entero.

—¿Por qué no le dice al señor Ribó que si me concede una entrevista me olvidaría del tema?

El hombre pareció apaciguarse.

—¿Así que una entrevista?

—Sí.

—¿Y eso sería todo?

—Sí.

El chofer lo consideró.

Magda supo que su propuesta había serenado un poco la situación. Acababa de convertirse en una periodista más.

—El señor Ribó tiene una agenda muy apretada, señora —aseguró el hombre—. Viajes, reuniones... Si no se coge vacaciones, quizá a mediados de agosto sería posible. ¿Por qué no nos llama para entonces?

—Mediados de agosto.

—Sí.

—Falta un mes y medio.

—Lo siento.

Nunca habría entrevista, y menos después de la fecha prevista para el casi seguro golpe de Estado.

Para entonces, todo estaría hecho. Y sin pruebas de lo único sobre lo que podría escribir sería de especulaciones.

Pensó en Juan. Nunca llegaría hasta Ribó.

Sonia, Selene, Iván, Norberto... Y el chofer. El maldito chofer.

—De acuerdo. —Le tendió la mano el asesino de todos ellos.

Magda logró dominarse y estrechársela.

—Les llamaré en agosto —se despidió.

—Hasta entonces.

Llegó a la calle rabiosa, encendida. La revelación había sido como un golpe propinado con una bala de cañón. Un impacto fulminante. El chofer, ¿quién si no? El chofer de Ribó había ido a por las chicas a casa de Selene. Sabía dónde vivía. Tras el chantaje de Iván, con la ayuda de Norberto, no había tenido más que ir a por ella. Primero a por la pareja. Después a por el primo. Finalmente, a por Sonia. Quizá incluso había torturado a Selene antes de matarla para que le diera las señas de la morena del quinteto.

Todo encajaba. Demasiado bien.

Llegó a la moto y tuvo que sentarse en ella. No sabía si llorar o gritar. Lo sabía todo y no podía probar nada.

—Mierda... ¡Mierda!

Miró la hora. La hora de comer en las oficinas.

Miró el edificio.

Le costó serenarse, ordenar las ideas, pero acabó consiguiéndolo. La única opción era ya Juan, contárselo todo. Pero antes... Comprobó los horarios del AVE.

Luego se quedó con el móvil en la mano, la cámara dispuesta, esperando. El coche negro conducido por el chofer de Ribó, quizá con él dentro oculto tras los cristales oscuros, salió por el aparcamiento del edificio diez minutos después. Mientras se detenía en la acera, esperando para sumarse al tráfico de la calzada, Magda tuvo tiempo de tomarle varias imágenes al conductor con el zoom al máximo. No eran muy buenas, pero sí suficientes para verle bien e identificarle.

Después se subió a la moto y arrancó a toda velocidad sabiendo que tenía el tiempo justo.

34

Llegó a la estación de Sants doce minutos antes de que el AVE 03152 con destino a Madrid saliera puntual de la vía 3. Logró comprar el billete, echar a correr, pasar el control y volar por el andén antes de los dos minutos de rigor previos al cierre de puertas. Cuando se dejó caer en el asiento, estaba sudando. Por eso lo primero que hizo ya con el tren en marcha fue ir al lavabo, aliviarse y mojarse la cara. Regresó a su asiento y entonces se detuvo para tratar de racionalizar lo que estaba haciendo.

Había frenado al chofer con la propuesta de la entrevista, como si eso la decidiera a olvidarse del coltán. Pero lo que iba a hacer a Madrid la pondría definitivamente en el ojo del huracán, en la diana.

La misma diana que se habían puesto en la espalda los cuatro muertos del caso.

Y ya era tarde para dar marcha atrás. La única parada del 03152 era en Zaragoza.

—Tú y tus impulsos... —masculló para sí misma.

No lo hizo con voz suficientemente baja, porque la mujer de al lado la miró de soslayo.

Era la hora de comer y lo más probable es que el restaurante se llenase de inmediato. Se levantó y fue al coche 4, donde ya había tres personas esperando. Pidió un bocadillo caliente de lomo y queso, una bolsa de patatas fritas y una botella de agua. No quiso comérselo de pie, en las barras laterales, y regresó a su asiento. Devoró el bocadillo con hambre sin dejar de pensar.

Pensar.

En su mente se estaba desatando la tormenta perfecta. Periodista. Información. Deber. Cuatro muertos.

Un político corrupto y un general dispuesto iban a dar un golpe de Estado. Por rápido que fuese, habría muertos. De entrada, el Gobierno del país. De salida, civiles, hombres, mujeres y niños. Con los nuevos hombres fuertes en el poder, Ribó extraería el coltán de las minas y Benito Dábalos recibiría unos jugosos contratos para «modernizar» infraestructuras. Con ellas, también sería más fácil sacar el coltán del país.

Dos empresas españolas se harían de oro. Bien por España.

Magda cerró los ojos al acabar el bocadillo y la bolsa de patatas fritas.

El 5 de agosto, el día de la Independencia, quizá con un desfile militar incluido, el Gobierno del país en pleno estaría reunido. El momento ideal para un golpe de Estado y una masacre... de la que se libraría el nuevo presidente, el actual ministro de Asuntos Exteriores, al que proclamaría de inmediato el general Fofana. Faltaba poco menos de un mes y medio, pero todo debía de estar ya orquestado. La fiesta en casa de Ribó había sido en realidad una celebración.

Sacó el portátil del bolso y lo abrió. Encontró la noticia del apuñalamiento de Norberto Sepúlveda en un pequeño apartado de los medios digitales. En los diversos artículos se coincidía en señalar que, en apariencia, parecía una cosa de bandas. También examinó los ecos del asesinato de Sonia. Los mossos investigaban la extraña muerte de una mujer aparecida en circunstancias poco habituales, colgada de cuerdas de acuerdo con un rito sexual. De nuevo poco más. Por supuesto, no había nada de Selene e Iván. Si Juan había conseguido una orden para entrar en el piso...

Pero había un detalle más que tener en cuenta. Sonia la había telefoneado para contárselo. Quizá por miedo, quizá por no fiarse de Iván, pero también quizá movida por su propia conciencia, al comprender lo que estaba a punto de suceder en Burkina Faso. La conoció poco durante el reportaje, pero le había parecido diferente, honesta. Ella era la víctima inocente de todo aquello.

Acababa de lavarse las manos, pero se miró la palma, como si le quedaran rastros del apretón del chofer de Augusto Ribó. Darse cuenta de que él y solo él tenía que ser el asesino de Sonia la había afectado. Chofer y guardaespaldas. ¿O, además, sicario? No, Ribó no debía ser de los que se fiaba de agentes externos. El presunto «secretario personal» encajaba a la perfección en el perfil. Hiro Takamata se lo había dicho: «Nudos gruesos. Quizá manos grandes. Cuerda rígida. Nudos no están en puntos importantes, son aleatorios. No crean corrientes. No alumno mío».

Pensó en un último detalle. Sonia le había dicho en el mensaje que quería «contarle algo», no «darle algo». Así que Sonia no tenía nada.

—Y yo tampoco. —Suspiró.

Nada, a excepción de la verdad.

Recogió el móvil y se dirigió a la plataforma. Salvo que viajaran en el vagón del silencio, la mayoría de las personas ya pasaban olímpicamente del respeto a los demás. Los vagones del AVE se habían convertido en lugares llenos de gritos y conversaciones nada privadas. Abogados discutiendo con clientes, hombres y mujeres haciendo negocios, empresarios dando órdenes: casi era una ostentación de poder y fuerza. Si nadie te llamaba, lo hacías tú. «Estoy en el AVE. Voy a Madrid» o «Estamos llegando. Lo que tarde el taxi».

Estaba sola en la plataforma. Marcó el número de su cuñado. Por lo menos tenía un buen «equipo» asesor: Néstor, abogado; Juan, inspector de los mossos, y Saúl, promotor inmobiliario. Por si faltara poco, con contactos. Su hermana Blanca había hecho lo que su madre definió en su momento como «una buena boda».

Lo único importante era que Blanca estaba enamorada, que Saúl estaba enamorado y que Alba había salido casi perfecta. Todo lo perfecta que puede ser una adolescente, claro.

—¿Magda?

—Hola, Saúl.

—Vaya. ¿Todo bien?

—Sí, ¿por qué?

—Tú nunca llamas para decir solo hola. ¿Pasa algo con Alba?

—No, no. Es un tema mío.

—Por cierto, gracias por llevarla al ginecólogo ayer.

—Para eso están las tías solteronas y con trabajos flexibles, ¿no?

—¡Anda, calla, calla! ¡Solterona porque quieres! ¿Recuerdas a Ismael?

—No.

—¡Sí, mujer, te lo presenté por Navidad!

—¿El de la barba?

—Me dijo que estabas de muerte, que eras toda una mujer y que no le importaría nada invitarte a cenar.

—No es mi tipo, pero que me llame.

—¿En serio?

—Bueno, por una cena gratis una hace lo que sea.

Saúl se echó a reír.

—¡Vete a la mierda, va! ¡Seguro que ganas más que él! —Cambió el tono al preguntar—: ¿Dónde estás? Se oye un ruido raro.

—En el AVE.

—Mírala ella, qué mundana. ¿Y qué quieres?

—¿Puedes contarme algo de Benito Dábalos Torres?

Logró impactarle.

—¿BDT? Vaya, pues sí que picas alto. ¿Vas a sacarlo en algún reportaje?

—Es posible.

—Pues ten cuidado. Es de esos que va al palco del Bernabéu, ya me entiendes.

—Cuenta.

—Todo lo que sé yo del personaje es que maneja el *holding* más grande de España, con intereses y ramificaciones en todas partes. ¿Una presa en Brasil? Allí está él a través de un consorcio. ¿La construcción de una línea férrea en un país petrodolarizado? Lo mismo. ¿Un canal para comunicar dos mares? También. Todo lo que te imagines, querida. Todo y más. Lo último que leí fue que estaba construyendo un aeropuerto en no sé dónde de Latinoamérica. Ah, y en menor medida, así en plan secreto a voces, la venta de armas, no le hace ascos a nada. Legal, sí, pero venta al fin y al cabo. Ya te digo que el tío está en todo.

—¿Tiene mala fama?

—Como cualquiera que esté forrado y sea empresario. Vamos, que no le tiembla el pulso si ha de cerrar una factoría y dejar a quinientos tíos en el paro. Lo suyo siempre ha sido el poder, y vaya si lo tiene.

—¿Sobornos y cosas así?

—Magda, no vayas por ahí.

—¿Por qué?

—¿Pero tú estás loca o qué? ¿Quieres acabar en el paro? Como escribas algo malo de él, compra la revista y te echa.

—Solo pregunto.

—Ya, como si no te conociera. ¿Vas a hincarle el diente? Porque acabarás sin dentadura.

—O sea, que paga sus comisiones.

—Imagino que, como todos, pero no aquí, en España. Comisiones con jeques árabes o dictadorzuelos de poca monta aunque sanguinarios. Es la ley del mercado, querida.

—¿Lo del palco del Bernabéu?

—Bueno, es donde se reúnen cada quince días políticos, empresarios... No hace falta quedar en un bar tomando copas. Entre gol y gol hacen de las suyas, montan y desmontan negocios, hacen y deshacen... Dábalos ya va por la tercera esposa y tiene cinco hijos con las dos primeras.

—¿Ha tenido negocios con Augusto Ribó?

—¿Pero tú a qué juegas? —exclamó—. ¿Primero Dábalos y ahora Ribó? ¿Estás majara?

—¿Quieres contestar?

—¡Otro que tal baila! Menudo es. Pero no, que yo sepa no, aunque me consta que son amigos. En las grandes cenas empresariales se sientan juntos. Tampoco me extrañaría, porque tienen tantas filiales... Oye, va, ¿a qué viene todo esto?

—Una investigación, ya sabes.

—Una investigación así, en la que salen estos nombres, es algo más que una investigación, ¿vale?

—Te quiero, cuñado.

—Y yo a ti, pero...

Fue como si, de alguna forma, el fantasma se Rafa apareciera en la línea.

—Te dejo antes de que se corte —se despidió Magda—. Entre Tarragona y Zaragoza ya hay mala cobertura.

—¿Me lo contarás?

—Ya comprarás la revista. —Se rio.

—¡Prefiero enterarme de primera mano!

—¡Adiós!

Dejó de reír al cortar y ya no regresó a su asiento. ¿A qué estaba jugando? Tenía que ser honesta con Juan. Por lo menos todo lo honesta que pudiera antes de dar carpetazo a la investigación y decidir con Victoria qué hacer.

Solo necesitaba unas pocas horas más. Se convenció a sí misma y marcó el número. Mientras esperaba se apoyó en la pared de la plataforma, junto a una de las puertas. Seguía estando sola y lo agradecía.

Su amigo inspector tardó un poco en ponerse, pero lo hizo antes de que saltara el buzón de voz.

—Dime, Magda.

—Hola, Juan. —Suspiró a fondo.

—¿Dónde estás?

—Voy en el AVE. Si se corta...

—¿A Madrid?

—Sí.

—Casi ni me atrevo a preguntar —rezongó sin ocultar su preocupación.

—Vamos, no te enfades.

—O sea que es por el caso.

—Te juro que mañana te lo cuento todo.

—¿Por qué no ahora?

—Porque me faltan un par de piezas.

—¿Que te faltan...?

—Juan, en serio, no estoy haciendo nada malo, solo mi trabajo.

El tono se hizo más duro.

—¿Con tres muertes a cuestas?

Había encontrado a Selene. Y tras el asesinato de Sonia, la teoría de la violencia de género para encubrir el doble crimen quedaba desmontada.

Eso quería decir que Juan ya estaba sobre la buena pista. Faltaba saber hasta dónde había llegado, aunque eso no iba a decírselo.

—¿Selene? —fingió no saber nada.

—Tenías razón —concedió el inspector de los mossos—. Ella y su novio, un tal Iván. Muertos en el piso de ella.

No quiso preguntarle si también había asociado ya la muerte de Norberto a la de su primo Iván o todavía no había llegado hasta él.

Eso sería descubrir sus cartas.

De manera que intentó moverse con cuidado por aquellas aguas pantanosas.

—Me lo temía —mintió.

—Sé que fuiste a verla tres veces, me lo dijo el conserje.

—Mi instinto...

—Magda, corta el rollo.

—Juan, vamos, no te enfades.

—¿Cómo no voy a enfadarme? ¿Por qué siempre creo...? —Se detuvo y rectificó—. No, ¿por qué siempre sé que me ocultas algo, conoces más de lo que dices o me cuentas únicamente parte de la verdad?

—¿Acaso me lo cuentas tú todo?

—¡No fastidies! ¡Sabes que es distinto! —se encrespó todavía más—. ¡Tres asesinatos! ¡Si tienes alguna información y te la callas estás obstruyendo mi labor, y si por culpa de eso muere alguien más...!

Alguien más. No, la única candidata era ella.

—Te juro que en cuanto hable con un par de personas te cuento todo lo que sé.

—¿Depende de tu visita a Madrid?

—En parte.

—¿Te das cuenta de algo?

—¿De qué?

—Ni siquiera me has preguntado cómo han muerto esa mujer y su novio.

Apretó las mandíbulas.

Un error grave. Era lo primero que tenía que haber preguntado.

—Has dado a entender que ha sido un asesinato —trató de sortear el lío.

—Parecía un crimen machista: ella machacada a golpes y él suicidado.

—Vaya por Dios —exhaló.

—¿Tú te lo crees?

—No sé.

—Mataron a Sonia Creixell tratando de que pareciera un ritual sexual que había salido mal y ahora su amiga, que llevaba posiblemente los mismos días muerta, ¿también muere en extrañas circunstancias?

—Demasiadas coincidencias.

—¿Sabes algo de una fiesta a la que fueron el sábado por la noche?

Empezaba a sentirse acorralada. Ella misma iba dejando un rastro más que claro.

—Sí.

—¿Y?

Juan seguiría el rastro de Iván y descubriría la muerte, también extraña, de Norberto Sepúlveda. Llegaría incluso hasta Tatiana, y ella o Carol le hablarían de la periodista.

Quizá también de todo lo demás. Aquello ya no era un mero reportaje, era mucho más.

—¿Qué se traían entre manos esas dos mujeres y el novio? —la instó Juan al ver que no hablaba—. Y no me digas que no lo sabes.

—Juan, en serio: mañana. Voy en AVE, no me hagas hablar aquí.

—¿Por qué mañana? ¿Cuándo regresas?

—No lo sé. Mañana temprano o quizá esta noche en el último tren, el de las 21.25. Por favor, confía en mí. Tú eres policía, vale, pero yo soy periodista. No puedo evitarlo.

—Si te pasa algo, ¿sabes cómo me sentiré?

De alguna forma, Rafa, su asesinato, todo lo sucedido trece años antes, seguía allí, entre ellos.

—No me pasará nada —dijo con determinación.

—Como vuelvas a Barcelona esta noche, te juro que te detengo.

—No serás...

La línea se cortó en ese momento, mientras rodaban por entre dos angostos terraplenes que apenas si dejarían pasar la más mínima señal procedente del cielo.

Magda lo agradeció. Y por si acaso le quitó el volumen al móvil.

35

Las oficinas de BDT estaban en la Castellana, un poco más arriba de la zona de Azca y el estadio Santiago Bernabéu. El taxi la dejó en la puerta a las seis y diez, veinticinco minutos después de haber llegado puntual a Madrid. Temió que, si las oficinas cerraban a las seis, hubiera llegado tarde por apenas un poco. Pero no tardó en descubrir que no, que los hábitos españoles se mantenían sin tener nada de europeos. Solo tuvo que entrar en el edificio para darse cuenta de que la actividad se desarrollaba de forma tan febril como si fueran las doce de la mañana.

Había tropezado con la burocracia y con el muro del guardaespaldas de Ribó en Barcelona. Sabía que sucedería lo mismo en Madrid si empleaba la misma táctica. Por lo tanto, llevaba la lección aprendida. Se acercó al amplio mostrador de recepción, donde atendían media docena de personas, y antes de que una de ellas le preguntara a quién venía a visitar, arrancó una hoja de papel de su bloc y escribió en ella dos cosas: «Coltán» y «5 de agosto».

Después esperó a ser atendida. Lo hizo un hombre joven, perfectamente trajeado, con el cabello cuidado y la sonrisa perfecta.

No le dejó ni hablar.

—Me llamo Magda Ventura. Soy periodista. Escribo en *Zona Interior*. No, no tengo hora ni cita, pero sé que el señor Dábalos me recibirá en cuanto vea esta nota. —Se la pasó por encima del mostrador—. Esperaré allí sentada, ¿de acuerdo?

El joven abrió y cerró la boca, mientras Magda ya se alejaba del mostrador.

—¡Señora!

Quizá Benito Dábalos no estuviera en su despacho. Quizá estuviera de viaje. Pero siguió jugando la única baza que tenía.

Llegó a la zona de espera, escogió una butaca y se dejó caer en ella. El hombre del mostrador seguía con la nota entre las manos, pero finalmente acabó rindiéndose y desapareció.

Magda soltó una bocanada de aire y se relajó lo que pudo. Después de todo, la suerte estaba echada. Si Dábalos no mordía el anzuelo, su viaje a Madrid no habría servido de nada. La otra gran pregunta era muy simple: Ribó había ordenado matar a cuatro personas. ¿Lo sabía el dueño de BDT?

Más aún, ¿estaría dispuesto a correr el riesgo de que lo vincularan a esas muertes, aun antes de que se desataran los acontecimientos en Burkina Faso?

Miró los cuadros repartidos por el hall del edificio, con las obras y las infraestructuras creadas o desarrolladas por BDT en los últimos veinte o treinta años. Había de todo, y todo era enorme, gigantesco, con obreros que parecían hormigas moviéndose entre toneladas de hormigón. La magnitud de cuanto la rodeaba la hizo sentirse pequeña. En Estados Unidos un periodista podía derribar a un presidente de Gobierno, como habían demostrado Woodward y Bernstein en el caso Watergate, o destapar los abusos de la Iglesia y la existencia de sacerdotes pederastas en Boston. También, y más recientemente, podía divulgar secretos de Estado, como probaban los escándalos de Snowden y Manning. La pregunta era: ¿y en España? ¿Podía ella cambiar la historia? ¿Podía enfrentarse a Ribó y a Dábalos? ¿Podría hacerlo Juan Molins y llegar tan alto? ¿Podría evitar... un golpe de Estado en un país del que solo había oído hablar de lejos y casi siempre con indiferencia?

Quince minutos ya. De un momento a otro dos guardias de seguridad la pondrían de patitas en la calle. Lo único que le quedaría entonces sería hablar con Juan, contárselo todo, resolver los asesinatos y punto.

El resto seguiría allí. El 5 de agosto continuaría en el horizonte.

¿Cómo escribiría un artículo sin pruebas antes de que todo sucediera? ¿Se lo permitiría Victoria? ¿Y serviría de mucho denunciarlo todo cuando los hechos fueran ya irreversibles?

Dejó de machacarse la cabeza.

Una secretaria-modelo caminaba hacia ella con paso vivo y los tacones de sus zapatos repiqueteando en el impecable suelo de mármol. Sonreía como si anunciara un dentífrico.

—¿Señorita Ventura?

Bueno, al menos para ella era «señorita». Llevaba todo el día oyéndose llamar «señora».

—Sí, soy yo.

—¿Puede acompañarme, por favor?

No hablaron, aunque fue un trayecto largo. No le dieron ni siquiera una credencial de visitante. Cruzaron la frontera de la recepción, evitaron el arco de control, tomaron un primer ascensor hasta lo que creyó que era la última planta y después otro que fue el que, con solo un piso de diferencia, la dejó en lo alto de la torre.

Porque era una torre. Con Madrid extendido a sus pies y rodeándola por los cuatro costados.

La secretaria se despidió de ella. Quedó en manos de un hombre, también joven y atractivo, como de anuncio de colonia. No por sonreírle fue menos directo.

—Por favor, deje aquí su bolso.

Le obedeció. El bolso acabó en una simple bandeja.

—¿El móvil?

—En el bolso.

—Por favor...

No fueron más que cinco pasos, pero recordó a Neil Armstrong al poner un pie en la Luna: «Un pequeño paso para el hombre, un gran salto para la Humanidad». Cuando cruzó la puerta del despacho de Benito Dábalos supo que había entrado en otra dimensión. La dimensión desconocida.

El dueño de BDT hubiera podido pasar por un abuelo feliz. Probablemente lo fuera. Pero sus ojos, al posarse sobre ella, lo delataban. Estaba sentado, en apariencia tranquilo. Las pupilas, sin embargo, eran hierros candentes. Dos reactores nucleares apretados bajo los párpados. Cuando Magda se detuvo ante él, comprendió que estaba frente a una roca.

No la invitó a sentarse.

—¿Qué quiere? —le disparó.

—Me llamo...

—Sé quién es —la cortó en seco—. Leo a veces su revista. Me encantan los escándalos ajenos.

—Entonces sabrá lo que quiero, señor Dábalos: respuestas.

—¿Sobre qué?

No era el momento de andarse por las ramas. No allí ni con aquel tiburón.

—Burkina Faso, el coltán, el golpe de Estado del 5 de agosto promovido por el general Fofana, la toma de poder por parte del actual ministro de Asuntos Exteriores... ¿Sigo?

Benito Dábalos Torres lo resistió como si fuera una de sus paredes de hormigón.

—No sé de qué me habla —dijo.

—Sí lo sabe, o no me habría recibido después de leer mi nota.

Los cristales debían de ser dobles. Las paredes, insonorizadas. No se oía nada. El silencio de pronto se convirtió en un grito interior. Al otro lado de los ventanales, Madrid brillaba ya como una hermosa ascua.

—¿Qué cree saber? —preguntó el hombre.

—¿De verdad quiere oírlo?

—De momento no ha dicho nada, aunque crea que sí. Salvas, fuegos artificiales, pólvora mojada. Si quiere jugar, hágalo en serio. ¿Qué es lo que cree saber? Y no me haga perder el tiempo.

Pasó de su nula hospitalidad y se sentó en una de las dos sillas situadas frente a la mesa. Se ponía nerviosa antes y después, no durante los hechos.

—El sábado pasado Bechir Idani, Niougou Fofana, un tercer africano, Augusto Ribó y usted participaron en una fiesta privada celebrada en casa del señor Ribó, en Sant Cugat, cerca de Barcelona. Creo que celebraban el acuerdo entre todos ustedes para aprovecharse de un yacimiento de coltán hallado inesperadamente en Burkina Faso. Les acompañaron cinco mujeres de bandera: una morena, una rubia, una pelirroja, una asiática y una negra. Cuando la fiesta acabó, dos de ellas se quedaron en la casa a petición del señor Idani. Por la razón que sea, bien porque una hablaba francés y los había oído en plena borrachera, o porque se encontraron con lo que no debían husmeando por la casa, dieron con los documentos que daban cuenta de todo un plan de enormes proporciones. Un plan millonario. Nada menos que el derrocamiento de un Gobierno para conseguir el control de la mayor mina de coltán jamás hallada. Me apuesto lo que quiera a que entre esos documentos había informes geológicos de Global Minning y todo un plan de mejoras nacionales que debía acometer BDT una vez establecido el cambio gubernamental. Unos y otros iban a hacerse ricos, ni más ni menos. —Hizo una pausa pero Benito Dábalos era ahora una máscara—. Esas dos mujeres podían ser putas, pero no tontas. Una se llamaba Selene, la negra. La otra, la morena, Sonia. Selene fue la que hizo una copia de todo y la guardó en un USB. Sonia era reticente a hacerlo, tenía miedo, pero Selene llamó a su novio, Iván, para orquestar todo un chantaje. Dinero a cambio del USB. Todo muy sencillo si Ribó hubiera pagado, porque el chantaje se le hizo a él. Pero este tuvo miedo. Sabía que los chantajistas nunca sueltan a su presa. Lo más sencillo era que murieran. Y el mismo domingo por la noche, aprovechándose de la estupidez o la inocencia de los chantajistas, los mataron a todos y recuperaron el primer USB y la copia que habían hecho. Crímenes meticulosos, siempre fingiendo ser otra cosa. Iván y Selene: un asesinato machista con suicidio incluido, Sonia, muerta en un ritual sexual, y el primo de Iván, que probablemente iba a ser el mensajero, convenientemente acuchillado en la calle, como si lo hubieran hecho miembros de alguna banda rival. —Llegó casi al final de su exposición sin perder la tensión aunque súbitamente cansada—. El mismo domingo por la noche todo había acabado, salvo por un detalle: que Sonia me había llamado a mí para contármelo todo.

Pudo ver como los ojos de Benito Dábalos se empequeñecían. Las pupilas se contrajeron convirtiéndose en dos cabezas de aguja negra.

—¿Quiere saber lo que pienso? —Magda hizo un gesto con la mano derecha—. Creo que al hombre de Ribó se le fue la olla. Pero, como buen perro fiel, solucionó el problema. Incluso puede que la policía, los Mossos d'Esquadra, hubieran llegado a confundir las cosas y a creerse su versión. De no ser por mí, tal vez no habrían examinado a conciencia el cuerpo de Sonia, colgado de cuerdas en un ritual de shibari. Y de no ser por mí tampoco, a lo mejor sí que habrían pensado en el asesinato machista de Selene por parte de su novio Iván Sotomayor. O, de no ser por mí, habrían deducido que el ajuste de cuentas entre bandas con Norberto Sepúlveda como víctima tenía sentido. Pero ya ve, al final todo es así de simple: de no ser por mí. Ahora ya no hay vuelta atrás. Los mossos investigan cuatro asesinatos.

El juego de miradas duró poco.

—Es una buena película —aseguró Dábalos—. Lástima que no tenga un final.

—¿Está seguro?

—Me parece una pobre loca en busca de una exclusiva truculenta donde no la hay.

—¿Esperamos al 5 de agosto a ver qué pasa?

—¿Cree que vamos a ayudar a orquestar un golpe de Estado en un país extranjero?

—No, eso lo harán los corruptos que se beneficiarán del hallazgo de esa mina, señor Dábalos. Pero Ribó y usted se harán de oro: uno con la explotación del coltán, y el otro construyendo medio país nuevo. Por supuesto, los miles de seres humanos que habrán muerto en el golpe no van a contar demasiado, ¿me equivoco?

Benito Dábalos se puso en pie de pronto.

Con tal ímpetu que, por un momento, Magda tuvo un atisbo de miedo.

—¿Ha venido de Barcelona para contarme toda esta patraña e insultarme en la cara, aquí, en mi propio despacho? —preguntó mientras se le acercaba y se detenía a un metro de ella.

—He venido a decirle que usted, de momento, no es un asesino y que puede desligarse de todo este asunto contándome la verdad.

—¿Por un maldito artículo?

—Porque ya no tiene más remedio.

—Es increíble. —Forzó una sonrisa de asco y se dejó caer en la otra silla, delante de ella—. ¿De veras cree que lo sabe todo y puede venir aquí, tan campante, y amenazarme con esto?

—No le amenazo: le prevengo. Ahora mismo es el único que tiene las manos limpias. Imagino que Ribó no le ha dicho nada del chantaje ni de las muertes de los chantajistas. Usted es inocente. Piénselo.

Quizá lo pensara, quizá no. Pero se quedó de nuevo en silencio. En ningún momento apartó la vista de ella. Magda se sintió como si la cortara en pedacitos, desmembrándola. Solo viéndolo era fácil comprender porque estaba delante de uno de los hombres más poderosos e influyentes de España.

—¿Qué quiere que haga? —rompió el silencio ella.

—No, dígamelo usted.

—Yo solo pretendo escribir una historia.

—¿Sabe lo qué sucederá si lo hace? No tiene la menor prueba de nada.

—¿Y los asesinatos?

—Circunstanciales —dijo como si tal cosa—. Le aseguro que no pillará a Ribó. Por mi parte solo puedo decirle que como escriba algo sin pruebas, ya puede ir olvidándose de su carrera profesional. Para siempre.

—¿Y cuando se produzca el golpe de Estado?

—¿Qué golpe de Estado? —Le enseñó los dientes.

—¿Van a pedirle a Fofana y a Adani que lo retrasen? —Se dio cuenta de que acababa de decir una estupidez—. No, no pueden. Bastante han hecho con mantener en secreto el hallazgo de esa mina. Cada día cuenta. Fofana y Adani lo harán igual y, si no negocian con ustedes, lo harán con los chinos o con los franceses. Les darán lo mismo o más. ¿Qué les importa a ellos que ustedes se queden con el culo al aire? —Empezó a cansarse de discutir con él y, de pronto, lo que más deseó fue volver a Barcelona, hablar con Juan y acabar con aquello—. Escuche, señor Dábalos. —Lanzó un suspiro que sonó a impotencia—. De lo que le hablo ya no es de su negocio, sino de dignidad. También de su vida, de esto. —Abrió las manos y abarcó lo que la rodeaba—. Pero sobre todo le hablo de dignidad. ¿No se da cuenta de que ni siquiera usted podrá librarse de los efectos del escándalo?

Benito Dábalos volvió a ponerse en pie. Él también suspiró y su voz sonó seca.

—Salga de aquí, señorita Ventura.

—¿Está seguro?

—Sí, lo estoy. Lárguese, ¿quiere?

Magda se levantó sin decir nada. Apartó los ojos de la figura del hombre, ahora recortada sobre el ventanal tras el cual se veían las luces de la Castellana, y dio el primer paso en dirección a la puerta del despacho.

El dueño de BDT la detuvo antes de que la abriera y la cruzara.

—Usted no tiene ni idea de cómo es el mundo de hoy —dijo despacio, como si le estuviera dando una lección de economía—. Es una idealista. Peor aún: una periodista idealista. Una *rara avis* extinta, o casi. ¿Qué ve cuando se mira al espejo? ¿Una heroína? Imagino que leyó *El Quijote* en la escuela, y que quería ser periodista para contar la verdad y luchar a su modo contra los molinos de la sociedad. —Soltó una especie de risa sin alma—. Qué ingenua, amiga mía. Ingenua y estúpida. ¿Qué edad tiene, cuarenta? ¿Y todavía no ha aprendido nada? ¿En serio? —La risita reapareció junto con un chasqueo de lengua—. Imagínese por un momento que su historia es cierta. Solo por un momento. ¿Sabe el dinero que le reportará a España, su país, todo esto? ¿Sabe la de puestos de trabajo que, de otra forma, no van a existir? ¿Lo ha pensado? ¿Cree que el mundo se mueve por sentimentalismos o juicios morales? ¿Cree que los que fabrican armas y balas se preguntan a cuántos niños matarán lo que hacen? No. Si cierran la fábrica o unos malditos ecologistas o pacifistas evitan que España las venda, ellos se quedan en la calle, y los que se mueren de hambre son sus hijos, por lo tanto... ¿Insiste en hablar de moralidad hoy? ¿Está segura?

—Supongo que las mujeres y los niños que mueren en las guerras son daños colaterales. Así los llaman, ¿no? Si encima son africanos... Bueno, ya se sabe: la culpa es de las mujeres de allí, que paren hijos uno tras otro. ¿Va a decirme que las guerras son buenas porque regulan el flujo de habitantes de cada lugar y dan más comida y posibilidades a los que sobreviven?

—Piense en quiénes mueven el mundo, señorita Ventura. Solo eso.

—Es lo que hago, señor Dábalos. Y por eso creo que así nos va. —Acabó de cruzar la puerta de una vez.

No necesitó dar un portazo.

36

Mientras circulaba en el taxi por las calles de Madrid, trató de reflexionar sobre lo que acababa de suceder.

¿Había sido ella? ¿Acababa de hablar con Benito Dábalos Torres, en su torre de BDT? ¿Realmente le había dicho todo aquello?

Sí, no era un sueño. Estaba loca, así que no era un sueño.

¿Cuánto habría debido de tardar Dábalos en llamar por teléfono a Ribó? Probablemente ni un minuto después de salir ella.

Y Ribo había hecho matar a cuatro personas.

Miró por la ventanilla. El tráfico, las calles, la gente.

Recordó una escena de una película sobre el hundimiento de la bolsa en 2008, desencadenante de la crisis global de la siguiente década... y más. En ella, un ejecutivo que sabía lo que le esperaba al mundo desde ese mismo momento miraba a la gente de la calle y decía: «No tenéis ni idea de lo que se os viene encima». Ese ejecutivo conocía la hecatombe inmediata que se avecinaba, los miles de parados que iba a haber, los miles de personas que perderían sus casas, una recesión brutal, quizá un cambio del orden establecido. La alfombra perfecta para que desembarcaran en los timones del mundo los Trump y compañía.

No era lo mismo, pero se sentía igual.

¿Qué le importaba a un español medio un golpe de Estado en un país africano de nombre raro? La mayoría ni siquiera sabría ubicar a Burkina Faso en el mapa. Ese español medio lo único que iba a querer es trabajo, el bienestar de los suyos. ¿Tenía razón entonces Benito Dábalos?

Magda se llevó una mano a los ojos.

—¿Cansada? —le preguntó de pronto el taxista.

—No, no. Pensativa.

—Bueno, ahora a casita y mañana será otro día.

No era de taxis, y menos de hablar con taxistas. Pero no quería seguir pensando en Dábalos.

—Todavía me queda un viaje en tren.

—¡Vaya por Dios! ¿Arriba o abajo?

—¿Cómo dice?

—¿Barcelona o Sevilla?

—Barcelona.

—¿Cómo está todo por allí?

Tuvo ganas de sonreír.

—Igual que por aquí —dijo.

—Bueno, mejor.

El hombre se calló. Salieron de un atasco y se metieron en otro. Magda siguió mirando por la ventanilla. Luego escudriñó el móvil para ver si le faltaba mucho para llegar a la calle Emilio Vargas, en plena Ciudad Lineal, justo al lado de un nudo vial de la M-30 y del Ministerio de Educación, Cultura y Deportes. ella estaban cerca.

Lo complicado sería llegar después a Atocha para coger el AVE, porque la distancia era considerable.

—Creo que es... aquí, sí, el número 10 —le indicó el taxista deteniendo el vehículo.

Pagó la carrera y el conductor le deseó un buen viaje de

regreso en tren. Lo agradeció y bajó enfrente del consulado de Burkina Faso en Madrid. Delante de él había una cafetería, La Boulé. Venció la tentación de entrar a tomarse un café y siguió su camino.

El consulado no era muy grande. La recibió una mujer negra y joven, muy guapa. También en él se seguían horarios españoles, porque había cierta actividad a pesar del rápido declinar de la tarde.

Lo malo era que no tenía muy claro qué estaba haciendo allí. ¿Echar un vistazo?

—¿Sí? —le preguntó la mujer al detenerse ante ella.

—Quería ver al señor cónsul.

—¿El señor Jawadogo?

—¿Es el nombre del cónsul?

—Bueno —dijo con un acento muy marcado—, el señor Jawadogo es el cónsul en funciones desde hace cuatro meses. El señor cónsul titular sigue enfermo en Burkina Faso.

—Entonces sí, quería ver al señor Jawadogo.

—Oumarou Jawadogo.

—Eso es. Gracias

—¿De parte?

—Soy periodista.

Fue suficiente. Ni siquiera le preguntó el nombre. Se retiró y desapareció detrás de una puerta. Magda miró los pósteres de las paredes, algunos con imágenes preciosas del país. Se preparó para decirle cualquier excusa al cónsul en funciones, como que quería visitar el país para escribir un reportaje.

Eso siempre colaba.

La puerta se abrió. Por ella reapareció la mujer y un hombre alto, delgado, con un gorro de piel de tigre o leopardo.

Tuvo que contenerse. Finalmente, se cerraba el círculo. El

quinto elemento. El quinto participante en la orgía del sábado en casa de Augusto Ribó. El cónsul real, enfermo. Y allí estaba, casualmente, su sustituto, el fiel escudero de Fofana y Adani en su visita a Barcelona. Tal vez el futuro embajador de Burkina Faso en España si tras el golpe se abría una legación en Madrid. Todos contentos.

Tuvo que contenerse, sí.

—¿Quería verme? —Le tendió la mano el recién aparecido.

No quiso perder el tiempo con la excusa de que era una periodista que deseaba visitar Burkina Faso. No quiso hablar ni un segundo más de la cuenta con él. Tenía ganas de regresar a Barcelona cuanto antes. Ya tenía suficiente.

—¿Sabe si el señor cónsul regresará pronto? —fue lo primero que se le ocurrió decir.

—Sigue de baja. —Le sonrió con una doble fila de blancos dientes—. Me temo... nos tememos que sí, que todavía pasarán algunas semanas. Luego dependerá de su evolución y de lo que digan los médicos. ¿Puedo ayudarla yo en algo?

—Tenía un asunto pendiente con él y... no, me temo que no. Era un tema privado. He estado de viaje y no sabía lo de su enfermedad.

Pareció desilusionarse.

—En este caso, lo siento. —Se mostró resignado—. Aunque si está en mi mano hacer algo...

—No, no, gracias. Lamento haberle molestado.

—No ha sido ninguna molestia, se lo aseguro. Lawula me ha dicho que era usted periodista, ¿verdad?

—De *La Vanguardia* de Barcelona, sí —mintió.

—Oh, bien. —Le hizo una pequeña reverencia.

—Gracias, señor Jawadogo.

Se dieron la mano de nuevo.

Cuando llegó a la calle, volvió a tener ganas de tomar un café. Pero luego pensó que, si tenía suerte, igual pillaba el AVE de las 20.30 en lugar del de las 21.25, y así llegaba antes a Barcelona.

37

No tuvo suerte.

Eran las 21.10 y estaba en la planta de arriba de la estación, esperando que en los luminosos se anunciara la vía por la que saldría el tren. Sentada en una de las sillas, apretada, rodeada de pasajeros con maletas monstruosas en algunos casos, tenía el cuerpo estirado hacia delante, las piernas extendidas, la cabeza en el respaldo a pesar de la incomodidad y los ojos cerrados.

El agotamiento había podido con ella.

Dábalos. Ribó. Dábalos. Ribo. Dábalos. Ribó. Dos monstruos del mundo empresarial. Dos monstruos también en lo personal. ¿Tendría fuerzas para enfrentarse a ellos desde las páginas de una revista? ¿La tendría Juan como inspector de los mossos para ir a por Ribó?

Sacó el móvil del bolso y, por enésima vez, miró la foto de Sonia. El plano general en la que se la veía atada y colgada. Mientras lo hacía, recordó a Selene, desfigurada por los martillazos.

Todavía tenía el teléfono sin sonido, con el dígito de «No molestar» activado. Lo recordó de pronto. Recuperó la función normal del móvil y examinó las llamadas perdidas y los *whatsapps* recibidos. Una llamada era de su madre. Otra de un número desconocido. No solía devolver las llamadas de los números desconocidos, pues casi siempre eran de operadoras de telefonía móvil con ofertas, y se concentró en los *whatsapps*. Ninguno era importante. Ninguno tenía que ver con el maldito caso.

Iba a guardarse el teléfono de nuevo cuando, inesperadamente, sonó.

Otro número desconocido, pero este muy largo. Comenzaba con varios prefijos encabezados por el 00 y seguía con 226 y 50. Luego aparecía el del teléfono en sí.

Recordó de pronto que era el mismo número al que había llamado ella horas antes, el del viceconsulado de España en Burkina Faso.

Se levantó de la silla para no hablar en medio de la gente y se apartó unos pasos mientras abría la línea. Recuperó el tono para sonar firme y decidida.

—¿Diga?

—¿Hablo con Magda Ventura? —escuchó una voz masculina.

—Sí, la misma.

—Soy el vicecónsul de España en Burkina Faso —le confirmó lo que ya suponía—. ¿Ha telefoneado usted hoy desde España?

—Sí, señor. Gracias por devolverme la llamada.

—No, al contrario. ¡Es un placer! —lo dijo casi cantando—. Soy un gran admirador suyo y de su revista. Nos llega muy de tarde en tarde, porque este es el último rincón del mundo, pero cuando lo hace la disfruto, se lo juro. La devoro de punta a punta y sus reportajes... son los mejores. Y que conste que, aunque le diga que es el último rincón del mundo, puedo asegurarle que es maravilloso y está lleno de gente maravillosa.

Parecía una buena persona. Aunque solo fuera por su voz y la amabilidad con la que se expresaba.

—Creía que con la eterna inestabilidad política siempre había dificultades —aventuró Magda.

—Bueno, la política es una cosa. La gente, otra, como en todas partes. —Le oyó reír—. ¿Qué país de esta zona de África no tiene problemas? Lo bueno es que, ahora mismo, aquí hay cierta estabilidad, y con estabilidad se hacen cosas. Están peor en Mali o en Nigeria, con las hambrunas, los grupos terroristas como Boko Haram... Pero en fin... —Soltó un suspiro a través del teléfono—. No creo que me haya llamado por eso, señorita Ventura. ¿En qué puedo ayudarla?

—Estoy escribiendo un reportaje sobre el país —tanteó.

—Puedo facilitarle toda la información que desee, será un placer. Pero me ha dicho la chica que usted se ha interesado por algunos temas en concreto.

No tenía ni idea de si la situación en Uagadugú era la misma que en Madrid: es decir, si el vicecónsul español de allí sabía tanto como el cónsul de Burkina Faso en España. Pero tenía que arriesgarse.

—Me interesa la implicación de empresarios españoles en el actual desarrollo del país, teniendo en cuenta que son Francia y China los Estados más activos, comercialmente hablando, además de los países vecinos.

—La verdad es que hay muy poca relación en este sentido —dijo el hombre—. Como muy bien ha dicho, aquí la que corta el bacalao es Francia, y China lo está haciendo de forma lenta pero progresiva, como en todas partes. Por lo me han comunicado, usted ha preguntado por personas muy concretas.

—Augusto Ribó y Benito Dábalos.

—Sé quiénes son, sí.

—¿Qué puede decirme de ellos?

—Me temo que nada. ¿Por qué?

—Han visitado recientemente Uagadugú.

—De manera privada.

—¿No habló con ellos?

—No.

—¿Por qué?

—Esto es un viceconsulado, señorita Ventura, no una embajada. Aquí las recepciones y las cenas son poco frecuentes. Tampoco es un lugar al que vengan turistas españoles.

Seguía pareciendo sincero y empezó a pensar que, probablemente, lo fuera.

—¿Sabe algo de una explotación minera por parte de alguna de las empresas del señor Ribó?

—Sí, tiene una concesión en la zona de Noumbiel, al sudeste, cerca de Ghana.

—¿Nada más?

—Aquí las cosas se mueven con gran secretismo. —Suspiró—. Hay muchos intereses cruzados. Y esa, desde luego, es una de ellas. Y no me refiero únicamente a lo que haga o pueda hacer una empresa española. Todas se mueven bajo los mismos esquemas. Hay política, corrupción; el país tiene un pasado inestable que no garantiza un futuro estable... Esas minas llevan meses abiertas, es todo lo que sé.

—¿El actual Gobierno es sólido?

—Todo lo sólido que pueda ser un Gobierno en esta parte de África. Piense que Burkina Faso tiene pocas décadas de independencia y que su herencia cultural por parte del colonialismo es francesa. Todavía hay heridas abiertas. Por esa razón el actual Gobierno ve con buenos ojos la incursión de China en el panorama social y económico. Todo lo que venga de allí es recibido con los brazos abiertos. Es inversión y dinero fresco. También están Rusia, Estados Unidos... Diría que siempre se espera al mejor postor. De todas formas...

—¿Sí? —dijo Magda al ver que se detenía.

—Espero que no ponga todo esto en mi boca. A veces hablo demasiado.

—Descuide. —Dio un paso más—. Hemos hablado de las minas y del señor Ribó. ¿Y qué me dice de Benito Dábalos? Creo que BDT va a construir un montón de infraestructuras.

—Primera noticia. —El tono sonó casi estupefacto—. ¿De donde ha sacado esa información?

—Tengo fuentes.

—Pues estarán bien informadas, porque algo así se sabría aquí.

Sin golpe de Estado sin nuevo Gobierno, no habría cambio ni obras. Tan simple como eso.

—¿Conoce usted a los miembros del actual Gobierno?

—Poco —reconoció—. Y desde luego ninguno en lo que pudiera llamarse una distancia corta.

—¿Ni siquiera al ministro de Asuntos Exteriores?

—Ése en concreto es un hombre escurridizo, además, y con ganas de poder. Lleva poco en el cargo y no puedo decir que las relaciones internacionales hayan mejorado mucho con él. Le mueve la ambición. Lo malo es que tiene adeptos.

—¿Y el general Fofana?

—¿Cómo sabe usted tanto del país?

—Me he informado.

—Pues se ha informado bien. Niougou Fofana se está convirtiendo en el hombre fuerte del ejército. En menos de un año se ha cepillado a cuantos le hacían sombra. Tiene fama de implacable e impenetrable, y sobre él corren no pocas leyendas, la mayoría falsas, supongo.

—¿Como cuáles?

—Una dice que de joven mató a un león con sus manos, otra que mató a una amante con su poderosa anatomía sexual y luego se comió su corazón.

—¿Eso es una leyenda?

—Aquí todo es posible. —Resopló.

—Pero si eso hubiera sido verdad, ¿no debería haber ido a la cárcel?

—¿Quiere que le diga algo? No puede mirarse a África o Asia con ojos occidentales. Es imposible, no se entiende. Y para ver las cosas con los ojos africanos u orientales, hace falta mucha paciencia, la mente abierta y el corazón libre. Tanto da si una leyenda es cierta o falsa. Lo que cuenta es si es buena. Aquí se teme a los militares, como en casi todas partes. Un uniforme implica poder. En este sentido Fofana es fiel a su uniforme por encima de todo. A mí me recuerda a Pinochet. ¿Sabe de quién le hablo, no?

—Claro.

—Juró lealtad a Salvador Allende y luego le apuñaló por la espalda liderando el golpe de Estado del 11 de septiembre de 1973 en Chile.

—Entonces, ¿sería Fofana capaz de dar un golpe de Estado en Burkina Faso?

—No lo sé —admitió—. Aquí todo es posible, incluso cuando hay calma y paz, como ahora. A veces basta con un simple detonante.

—¿Como que se descubra la mayor mina de coltán del mundo?

Ahí le pilló por sorpresa. Un segundo. Después notó la vacilación.

—¿Cómo dice?

Por la megafonía de la estación sonó la llamada de aviso

para la salida del AVE 03211 de las 21.25 con destino a Barcelona.

—He de dejarle, señor vicecónsul. —Se dio cuenta de que ni siquiera le había preguntado el nombre, ni la diferencia entre un cónsul y un vicecónsul—. Mi tren está a punto de salir.

—Espere, espere. —Trató de detenerla él reaccionando de golpe—. Usted sabe algo, ¿verdad?

—Es posible, pero no estoy segura —mintió.

—¿Puedo llamarla mañana? Me gustaría...

Magda caminaba ya hacia la puerta de embarque 5, junto con el resto de pasajeros del último tren, que casi nunca iba lleno.

—Lo haré yo, aunque no sé si podrá ser mañana, ¿de acuerdo?

—Señorita Ventura...

—Buenas noches, señor. Y gracias.

Mientras bajaba por la cinta metálica en dirección a los andenes, pensó que ojalá pudiera echar una cabezadita en el tren.

38

Había sido imposible dormir.

Iba a pasar a limpio las notas y acabó escribiendo un primer borrador de un posible artículo, con datos, nombres, cifras y detalles. Por un lado, el coltán, el golpe de Estado en ciernes. Por el otro, la ramificación de la historia con los asesinatos de Sonia, Selene y los dos hombres.

Cuando lo terminó y lo leyó, se le antojó tan fuerte que temió despertar y darse cuenta de que acababa de soñar que estaba en una película de James Bond.

Ella era la periodista intrépida a la que querían matar todos. Matar todos.

Ahora era la única que sabía la verdad. Una verdad sin pruebas. Indemostrable. ¿Tendría esto en cuenta Ribó?

Cuando salió de la estación de Sants y llegó a la moto, la cabeza empezó a darle vueltas. ¿A qué estaba jugando? ¿Acaso no era miembro de uno de los colectivos de riesgo más visibles del mundo? En otras partes ya la habrían liquidado.

Subió a la moto y de camino a casa empezó a sentir el miedo primero y el pánico después. Era un día normal, medianoche, y Barcelona, de pronto, le pareció más oscura que nunca. También más siniestra. Del pequeño bullicio residual de la estación de Sants pasó al silencio de calles y avenidas con poco tráfico. Un miércoles por la noche más.

Al llegar a su calle no encontró sitio para aparcar. Estaba habituada. Barcelona era la ciudad de las motos y de noche todas dormían en las aceras. La dejó en la esquina y caminó a pie hasta el portal. Antes de entrar en él, volvió a sentir aquel miedo. Al silencio, a lo desconocido, a la oscuridad.

¿Cómo habría entrado el asesino en casa de Sonia? ¿Le habría abierto la puerta ella misma? ¿Y en casa de Selene? ¿Realmente llegaría hasta el extremo final Augusto Ribó?

Pensó en el chofer. Ni siquiera sabía su maldito nombre.

Desde el vestíbulo observó la escalera. Encendió la luz, tomó el ascensor y se miró en el espejo. La imagen de siempre, un poco cansada, nada más. La diferencia era que ella nunca había tenido miedo y ahora incluso lo notaba en los ojos y en el rostro, de manera sutil aunque perceptible. Salió al rellano y se detuvo ante la puerta.

Todo estaba igual. Jugaba con fuego, pero todavía no se había quemado.

Entró en el piso. Y fue entonces cuando se echó a temblar.

Un temblor nervioso, agónico, imparable. Un temblor que nació en las manos, incapaces de ser controladas, y le subió por los brazos hasta el pecho y la cabeza, para acabar desparramándose por el resto del cuerpo. No supo si reír o llorar, si echar a correr o quedarse quieta.

Sí, todo estaba igual, pero sentía como que no, como si en realidad su asesino estuviera agazapado, esperándola en alguna parte de la casa. Se fijó en los detalles. Buscó la sutileza de un cambio, un roce, un mueble fuera de lugar. Y no había nada, nada, pero le dio igual porque sabía que él había estado allí. Era capaz de olerlo, sentirlo.

Le había dicho a Juan que le contaría todo lo que sabía al

día siguiente, que antes quería comprobar algo, un último detalle. ¿Pero de verdad merecía la pena? ¿Tenía que ser ella? ¿Por qué no lo llamaba ya? ¿A las doce y diez de la noche?

Ya no siguió su camino hasta el dormitorio. Fue incapaz. Dio media vuelta y salió sin hacer ruido. Nada más cerrar la puerta a cámara lenta se dio cuenta de que el ascensor estaba subiendo de nuevo.

Magda reaccionó por puro instinto y subió un tramo más de la escalera. Desde el piso de arriba no podía ver su rellano. No podía ver quién se bajaba del ascensor en él. ¡En él!

Esperó a oír el ruido de la puerta de su vecino, pero solo percibió el silencio. Nada más.

Sin hacer ruido, subió las siguientes dos plantas hasta llegar a la puerta del terrado. Extrajo las llaves del bolso. Siempre se preguntaba porque llevaba la llave de la puerta del terrado encima, si no la usaba nunca. Siempre pensaba en dejarla en casa y no lo hacía por miedo a olvidarse de dónde la había guardado si un día la necesitaba. Y ese era el día.

Abrió aquella puerta y salió al exterior. La misma noche, el mismo silencio, pero ahora convertido en el estruendo del pánico.

Una vez, mirando el pequeño muro que separaba su edificio del de la izquierda, se dijo que era tan bajo que cualquiera podía pasar de uno a otro. Quizá por eso los vecinos exigían que aquella puerta que comunicaba con la escalera estuviera siempre cerrada con llave, aunque no pareciese nada consistente y una patada pudiera echarla abajo. También agradeció ahora esa circunstancia. De un salto quedó sentada en el muro. Pasó las piernas al otro lado y aterrizó en el terrado del edificio vecino. Caminó por él hasta la caseta de la escalera y se la encontró no menos cerrada que la suya. Aunque también tan poco consistente como la suya.

No quiso hacer ruido. Nada de darle una patada. Rebuscó en su bolso en la oscuridad hasta encontrar un par de clips de los utilizados para unir papeles. Los desplegó y empezó a hurgar con los dos en la cerradura. Había tenido buenos maestros siendo estudiante, actuando de corresponsal y luego en la vida pública. Una habilidad que Juan desconocía. Afortunadamente.

Tardó un par de minutos, pero consiguió su objetivo. Después de colarse en la escalera vecina miró hacia atrás y cerró la puerta de inmediato. ¿Una sombra?

—Estás paranoica —rezongó.

Bajó la escalera a toda prisa, pero sin hacer ruido, preparada por si se encontraba con un vecino o vecina que regresase tarde a casa. Una vez en el portal abrió la puerta de la calle y se asomó. Ni un alma.

Echó a correr hasta la moto y la arrancó sin ponerse el casco. Pero dos calles más arriba se detuvo. Volvía a temblar.

—¿Y ahora qué?

Llegó a tener el móvil en la mano. Llegó a tener el número de Juan en pantalla. Pero acabó guardándolo de nuevo en el bolso. Tampoco telefoneó a Néstor. Daba igual que estuviera con alguien. Lo único que necesitaba era un lugar donde pasar la noche.

El resto del trayecto lo hizo más calmada. Y con el casco puesto.

En las casas ricas había conserje de noche. En las lujosas, máxima seguridad. Por suerte, el hombre la conocía de otras veces. Él mismo le abrió la puerta de la calle al verla aparecer y la dejó pasar. Tomó el ascensor y se bajó en la última planta. El ático de los sueños.

Tuvo que llamar tres veces, y no porque Néstor estuviera dormido. Le conocía bien y sabía que aún no era su hora de acostarse. Le abrió todavía vestido. El abogado se la quedó mirando con un deje de curiosidad.

—¿Estás solo? —fue lo único que le preguntó ella.

—Sí.

—Vale, mejor.

Pasó por su lado y no se detuvo hasta llegar a la sala. Las butacas y el sofá de Néstor eran los mejores del mundo. También su enorme cama.

Néstor apareció delante de ella. Medio sonreía, pero sin tenerlas todas consigo.

Magda hubiera deseado no hablar, acostarse y nada más. Algo que no era justo.

—¿Puedo quedarme? —le preguntó al ver que él no abría la boca.

—Ya sabes que sí.

—No he venido a follar.

—Vale.

—En serio, Néstor.

—Vale, vale. —Levantó las dos manos con las palmas hacia ella.

—Ven.

Néstor se sentó a su lado. Magda le cogió el brazo, se lo pasó alrededor de los hombros y se arrebujó contra él, con la cabeza apoyada en el pecho. Transcurrieron unos segundos.

—Estás perdiendo facultades —acabó diciendo Magda.

—¿Por qué?

—¿Otra noche solo? No lo puedo creer.

—Pues créetelo.

—Te haces mayor.

—Será eso.

Otro silencio. Por primera vez, Magda se dio cuenta de

que se oía una música suave. Néstor se había dejado abierta la puerta de la sala de música. Como buen melómano, la tenía acondicionada para ello.

Reconoció el concierto para violín de Chaikovski. No era ni mucho menos experta. Néstor sí. Solía hacerle escuchar cosas. Se estaba bien allí. Cerró los ojos.

—¿Vas a contármelo? —Le tocó el turno de quebrar el silencio a él.

—Mañana, por favor. Ahora estoy agotada.

—Te prepararé una cama.

—No seas burro —susurró.

—¿Quieres dormir conmigo?

—Sí.

—¿Sin hacer nada?

—Sí.

—¿Sin tocarte?

—Tanto como eso, no. Necesito que me abracen.

—¿Y ya está?

—Néstor...

La apretó un poco contra sí y le besó la frente.

—Soy un santo. Como para no creérselo —le susurró.

—Serías el plan perfecto si no fueras tan...

—¿Tan qué?

—Déjalo.

—Tú también serías el plan perfecto si no fueras tan...

—¿Tan qué?

—Déjalo —le devolvió el comentario.

Magda empezó a darse cuenta de lo difícil que sería volver a levantarse para desnudarse y meterse en cama.

JUEVES

39

Cuando acabó de contárselo, Néstor estaba alucinado. Con los ojos abiertos como platos.

—¡Ay, la hostia! —exclamó.

Seguían en la cama y era temprano. Una vez más, demasiado temprano.

—¿Qué me dices? —preguntó Magda.

—¿Que qué te digo? ¿Hablas en serio? ¿Un golpe de Estado?

—Ya ves.

—Estás que te sales, cielo. —Asintió tan asombrado como devoto.

—Menos coñas, va.

—¿Sabes lo que es esto?

—Sí, un marrón.

—¡Es el reportaje de tu vida!

—Por el que han muerto cuatro personas y que ayer hizo que me cagara de miedo... porque me cagué de miedo, ¿vale?

—Y morirán aún más si se produce ese golpe.

—Lo sé. —Soltó una bocanada de aire—. Pero no tengo ninguna prueba.

—¡Basta con que lo escribas para que no se produzca! ¡Allí tomarán medidas, detendrán a ese general y al ministro! Y por lo que respecta a lo de aquí... ¡joder, son cuatro muertes! ¿Crees que tu amigo Juan no irá a por quien sea?

—Quien sea es Augusto Ribó —le puso nombre y apellido ella.

—¿Y el de Madrid, Dábalos?

—A quien chantajearon fue a Ribó.

—Pero BDT es tan responsable como él.

—Lo sé. —Asintió haciendo ademán de ir a levantarse.

—Espera, espera. —Néstor la sujetó por un brazo—. Si anoche alguien estuvo en tu casa como sospechas, es porque el de Madrid llamó a Ribó y este dijo basta. Esa gente siempre se siente muy segura.

—¿Te recuerdo que fui al edificio de Ribó y me vio el maldito chofer, secretario o lo que sea?

—Estás loca, Magda.

—¿Me lo dices o me lo cuentas?

—¿En qué estabas pensando?

—¿Cómo coño crees que se escriben los reportajes, con ideas y conjeturas, sentada detrás de una mesa y con la mierda de la Wikipedia? ¡Tenía que preguntarles, verles la cara!

—Ya se la viste. ¿Qué vas a hacer ahora?

—Quiero confirmar una cosa. Solo una. Luego...

—¿Luego qué?

—Llamaré a Juan.

—No, llámalo ahora y acaba con esto.

—¿Y después qué, me escondo?

—No puedes ir a tu casa. Quédate aquí hasta que todo acabe.

—Mira, Juan ya debe de estar también sobre la pista, no es tonto.

—Por lista que sea la policía, tú te mueves siempre más rápido que ellos, lo sé. Menuda eres. Además, Juan investiga unos asesinatos. Dudo que sepa de qué va lo de Burkina Faso.

Eso solo lo conoces tú, me apuesto lo que quieras. Lo del coltán y lo del golpe son la clave del chantaje y el móvil de esas muertes. Así que llama a Juan ya.

—Luego, te lo juro.

—¿Pero por qué? —se encrespó.

—Porque me gusta acabar lo que empiezo.

—¡Serás terca!

—Soy lo que soy y punto. ¡Y se lo debo a Sonia!

—¡Y una leche!

—Pues vale —se contuvo para no saltarle a la yugular.

—¡No te busques excusas! ¡Lo que te pasa es que eres periodista, nada más! ¡Cuando te aferras a algo...! —Néstor se desesperó un poco más—. ¡Yo soy abogado, cariño! ¡Sé que un día tendré que defenderte en un juicio de dos pares de cojones, porque lo que son líos no te van a faltar, pero para que llegue ese día has de seguir viva!

—¡Déjame que haga las cosas a mi modo!

—¡Tu modo es el más solitario y peligroso! Encima...

—¿Encima qué?

—No hago más que darle vueltas a lo que te dijo ayer Dábalos.

—¿A qué te refieres?

—A tus opciones.

—Solo hay dos.

—Coño, ya. ¿Las has analizado bien?

Néstor se calmó un poco. Volvió a cogerla, esta vez de la mano, como si temiera que se escapara. De pronto dejó de parecer un amigo y se puso la piel de abogado.

Pero de abogado del diablo.

—Te callas. No haces nada. No escribes nada. No tiras de la manta. Se produce el golpe de Estado en Burkina Faso. Nada más tomar el poder, el nuevo presidente, apoyado por el general ese, da la noticia del hallazgo de la mina de coltán, algo que va a traer prosperidad y dinero a la nación. Dos empresas españolas van a ser las más beneficiadas. De hecho, van a forrarse. Dos tíos cabrones se harán de oro, pero eso también va a generar puestos de trabajo de muchísimas empresas afines y producirá un inesperado plus para la maltrecha economía patria. Todos contentos. Han muerto unos miles de negritos, vale. Como en todas partes y sin que nos rasguemos las vestiduras. Lo que importa es que España va a trincar una pasta gansa.

—¿Hablas en serio?

—Déjame terminar. —La detuvo—. Vayamos ahora a la opción contraria. Publicas esto. No sé si la policía tendrá bastantes pruebas para pillar a Ribó. A Dábalos, lo dudo. Pero dejemos a un lado los asesinatos. Tiras de la manta, alertas al Gobierno de Burkina Faso, detienen a los golpistas, el presidente actual nacionaliza la mina, echa a Ribó, rescinde los futuros contratos de BDT y se lo da todo a los chinos o a los franceses. España se queda sin nada. ¿Cómo lo ves?

—O sea que debo hacer patria y callar.

—Yo solo te digo lo que hay y te expongo una realidad. Como periodista, un diez. En el ínterin, te va a odiar la tira de gente, desde políticos a empresarios.

—Desde luego... —Magda se lo quedó mirando—. Dicho así, todo suena espantoso, cínico...

—No he hecho más que ponerle música a las palabras que tú ya sabes, o viceversa —quiso dejarle claro—. Hagas lo que hagas, es una decisión dura. Sin olvidar que te juegas la vida. Solo por eso, muchos desaparecerían una temporada.

—Te olvidas de algo.

—Lo sé.

—Soy periodista.

—A eso me refería.

—Tengo una noticia que ofrecer y una ética que mantener.

—Me gusta. Lo pondré en tu tumba.

Magda se mordió el labio inferior. Seguía con la mano presa de la de Néstor y se soltó.

—A veces no sé hasta qué punto hablas en serio o en broma, te haces el irónico como defensa o si realmente te sale el lado cínico que llevas dentro.

—No quiero que te hagan daño, eso es todo. —Se puso serio.

—Tengo que irme —se rindió ella.

—Voy contigo.

—Ni hablar. ¿No tienes trabajo?

—Sabes que me lo manejo bien. Para eso está mi bufete.

—Eres un rico asqueroso —le dijo.

Néstor estiró los brazos y se desperezó. Llevaba un espantoso pijama corto de color caoba. En un santiamén recuperó su sonrisa y su aspecto de pasar de todo. Su encanto.

—Hablando de eso... —Hizo una mueca—. Toda esta discusión aquí, en la cama, contigo desnuda... Vaya, que me ha puesto cachondo. Y encima después de pasar la noche sin tocarte... ¿Uno rápido?

Magda se levantó. Por segunda vez en el día, no supo si reírse o saltarle encima para ahogarle. Prefirió no arriesgarse y se dirigió al baño.

—¿Sabes algo? —le dijo mientras andaba—. A veces no sé si te quiero por ser así o te odio por lo mismo.

—Somos tal para cual, cariño —replicó él antes de que ella entrara en el baño y cerrara la puerta—. Por eso nos soportamos y estamos bien juntos. —Rectificó y agregó—: Bueno, más o menos.

40

Llegó justo a tiempo porque Hiro Takamata estaba acabando una clase de lo que fuera con media docena de mujeres, todas de entre cuarenta y sesenta años. Cuando salió de la sala se la quedó mirando con su imperturbable y hierático rostro casi falto de ojos.

—Tú vuelve —le dijo también con su laconismo habitual.

—Sí —reconoció Magda.

—Bien.

—Pero no es para una sesión —quiso puntualizar.

—¿No gustó?

—Todavía no lo sé. Solo puedo decirle que da que pensar.

—Mente en expansión.

—Será eso.

—Es. Expansión conduce a caminos y caminos llevan a libertad, a encuentro con yo interior.

Pensó que la filosofía oriental debía de ser algo innato, como una marca de fábrica.

Unas veces soltaban perlas y otras frases curiosas y pintorescas; unas veces parecían inteligentes y otras fatuos actuando de cara a la galería para el inocente público occidental, que se lo tragaba todo.

—¿Sabe algo? Aunque me gustase mucho eso de ser atada

no deja de ser perverso, salvo que lo haga una persona que te quiera y entonces haya amor.

—Shibari solo es arte. Con persona amada es sexo.

—¿No es lo mismo?

El japonés se quedó en plan estatua. Muy quieto.

—Tú mujer interesante —dijo—. Muchas facetas.

—Oh, sí, como un diamante.

—Sin embargo, dolor sigue ahí dentro. —Le puso dos dedos en la frente.

—Mire, hoy no estoy para lecciones de nada. He venido a verle por algo urgente.

—Siempre prisa.

—Bienvenido al loco mundo occidental.

—Pregunta.

Magda sacó el móvil. Esta vez buscó en el registro de fotografías las que le había tomado al chofer y secretario de Augusto Ribó. Escogió la mejor, aquella en la que se le veía casi toda la cara a través del cristal delantero del coche.

Le pasó el móvil a Takamata.

—¿Le reconoce?

La respuesta la dejó conmocionada.

—Sí.

—¿En serio?

—Sí —insistió el maestro—. Hombre vino aquí.

Magda ya estaba en guardia.

—¿Cuándo fue eso?

—Dos meses.

—¿Entonces es alumno suyo a pesar de todo?

—Digo «vino». Ya no. Él interesado en shibari, pero hizo única lección. Yo pedí no vuelva y él no vuelve. No alumno mío.

—¿Usted le dijo que no volviera?

—Sí.

Había que arrancarle cada respuesta. Era como si tuviera Asperger: se limitaba a contestar la pregunta y nada más.

—¿Por qué?

—No arte. No sexo. Hombre sádico. Solo dolor.

—¿Era violento?

—Yo di cuenta de que quería aprender para hacer daño. No difícil. Quería saber límite entre placer y dolor. Quería... Él disfrutaba causando perversidad.

—¿No ha vuelto a verle?

—No.

—¿Le dijo algo más?

—Él contar que gustaba zen, meditación. También amante artes marciales. Interesado en cultura japonesa, sí. Pero demasiada violencia en mente y cuerpo. Imposible sentirse bien con zen. Imposible meditar cuando dentro hay guerra. Él quería shibari para liberar demonios.

—¿Sabe su nombre, dónde vive?

—No.

—¿No le tomó los datos, le hizo una ficha...?

—No.

—¿Por qué?

—Primera sesión siempre gratis. Después hacer ficha. Dije no servía y se fue. Repito: no alumno mío.

—¿Y cómo llegó hasta usted?

—Envió fotógrafo. —Señaló una de las fotografías de la pared.

—¿Sergio Canals? —Se quedó fría Magda.

—Sí. —Asintió Hiro Takamata.

41

Sergio Canals no tenía sesión. Demasiado temprano. Pero estaba en su estudio muy enfrascado preparando la decoración para más tarde. Y desde luego no iban a ser las fotos de un bebé recién nacido ni de un niño encomunionado. Había juguetes por todas partes, sí, pero juguetes sexuales.

Se la quedó mirando con media sonrisa flotando en su cara. La otra media debía guardársela dependiendo de lo que fuera a suceder después.

—Vaya, ha vuelto —dijo en un tono semejante al del maestro oriental.

—Parece que sí.

—¿Se ha decidido?

—¿A qué?

—Le pedí tomarle una foto y me dijo que otro día, ¿recuerda?

Lo había olvidado.

—Pues no he venido a eso, lo siento.

—Lástima. —Dejó un látigo junto a un enorme consolador de color rosa—. Le dije que tenía mucha fuerza.

—El día que me pase al lado oscuro de esa fuerza, le juro que seré toda suya. Mientras tanto...

Sergio Canals cogió una especie de cinturón de castidad

de cuero negro. Parecía estar jugando con ella, estudiar sus reacciones.

Magda se dio cuenta de que no era un tipo siniestro, pero sí impresionante. Cada cual jugaba sus bazas. La del fotógrafo residía en el poder de sus ojos y la convicción de su voz para hacer que las modelos hicieran lo que les pedía.

Sacó el móvil del bolso y repitió el gesto que acababa de hacer en el Centro Zen: se lo pasó a su interlocutor con la imagen del secretario de Augusto Ribó en la pantalla.

No quiso arriesgarse a que Canals le mintiera.

—Me ha dicho Hiro Takamata que le conoce.

Sergio Canals sostuvo el móvil. Miró la imagen.

Y, aun antes de que hablara, Magda supo que sí, que iba a mentirle. La crispación en los ojos.

—No se distingue muy bien —comenzó a decir.

—Es el secretario y chofer personal de Augusto Ribó.

—¿Y ese quién es?

—¿No le suena?

—No.

—Hay más fotos de ese hombre. —Magda le hizo un gesto con la mano, para que las pasara.

Sergio Canals así lo hizo.

—No, no lo conozco —insistió antes de devolverle el teléfono.

—¿De verdad no lo recuerda?

—Ya le digo que no. Por aquí pasa mucha gente. Es imposible que me quede con todas las caras. Si fuera una mujer... Pero un hombre...

—Takamata acaba de decirme que usted le envió para que le enseñara algo de shibari.

—Si él lo dice...

—Y fue hace dos meses.

—Oiga. —Empezó a cansarse de estar a la defensiva—. Le repito que por aquí pasa mucha gente, algunos más zumbados de lo que se cree, desde el tipo que me pide estar presente en una sesión con modelos, solo para verlas, hasta el que directamente me pide sus teléfonos, que les venda fotos, películas... Si ese tipo estaba interesado en el shibari, es lógico que le enviara al local de Hiro. La escena debió de durar diez segundos, así que ¿cómo quiere que le recuerde?

Magda no quiso dejarlo. Sentía rabia, pero fingió creerle.

—¿Recuerda que le enseñé una fotografía de una mujer colgada y asesinada?

—Sí.

—Estoy casi segura de que lo hizo él.

Sergio Canals palideció un poco. La nuez de la garganta le subió y le bajó espasmódicamente. No supo qué hacer con las manos.

—¿En serio? —vaciló.

—Takamata me comentó que eso lo había hecho un *amateur*, con una cuerda poco apropiada y nudos gruesos hechos por manos grandes. Además de mal colocados, no precisamente en los puntos energéticos. Usted por su parte me habló de la estética de la pose, la forma en que estaba colgada, el tiempo que se había tomado el asesino para atarla, sin prisas. También me aseguró que el tipo debía de tener sus fantasías, deseos ocultos, que tal vez fuera un reprimido.

—Sí, bueno, ¿y qué?

—Entiendo que si solo recibió una clase de Takamata no fuera lo que se dice un experto, pero me cuesta creer que pasara por aquí solo para informarse.

—Debió de ver una foto mía, ¿qué quiere que le diga?

Sergio Canals empezaba a impacientarse.

Y Magda comprendió que no iba a conseguir mucho más

de él. Aunque tampoco era necesario. Ya tenía la última pieza del puzle: el asesino y su conocimiento del shibari.

El hijo de puta había disfrutado con Sonia.

—Lamento haberle molestado —arrió velas Magda.

—No, no ha sido ninguna molestia.

—Me pensaré lo de la foto. —Trató de parecer distendida y simpática.

El fotógrafo había perdido todo interés.

—¿Sigue con su reportaje? —quiso saber.

—Lo intento, pero estoy en un callejón sin salida —fingió resignarse ella.

—Suerte —le deseó.

Magda le dio la espalda y caminó hacia la puerta. Notó los ojos de Sergio Canals fijos en ella como puñales. Tras cruzarla la cerró despacio, pero sin llegar a encajarla en el marco. La dejó separada medio centímetro de él. Bajó unos peldaños por si el dueño del estudio comprobaba que ya se había ido y, cuando vio que no era así y estaba sola, subió de nuevo para repetir lo que había hecho con Karla.

No hizo falta que entreabriera más la puerta. El fotógrafo hablaba a gritos.

—¿Gonzalo? —La respuesta debió de ser muy breve—. ¡Mierda, tío! ¿Qué has estado haciendo? —Pausa—. ¿Nada? ¿Estás seguro? ¡Joder, ha venido una periodista preguntando por ti, con una foto tomada de lejos con el móvil! —La pausa fue un poco mayor—. ¡Qué coño voy a decirle nada! ¿Me tomas por idiota? ¡Pero esa es de las que cuando coge una presa no la suelta, joder! ¿En qué estás metido? ¡Dice que has matado a una tía! —La pausa volvió a ser breve—. ¡Yo solo te digo lo que me ha contado ella, coño! ¡Es todo lo que sé! —Pausa—. ¡Sí, acaba de irse! —Pausa—. ¡Vino el martes, me habló de un asesinato, y me enseñó una foto de la muerta, atada y colgada! ¿Y hoy vuelve con tu foto y me larga que has sido tú? ¡Cagüendios, macho! ¿De verdad? —Otra pausa más. El tono del fotógrafo volvió a dispararse—. ¡Por eso te llamo, joder! ¿Vas a contarme qué mierda...? —La pausa final—. ¿Cómo que...? ¡Gonzalo! ¡Gonzalo, coño, espera!

Se hizo el silencio.

Magda ya no perdió el tiempo. Saltó los escalones de dos en dos y salió a la calle. Corrió hasta la moto. Le había dicho a Juan que le faltaba una sola cosa y ya la tenía. Caso cerrado. Al menos en lo que se refería a los cuatro asesinatos. Lo otro...

Pensó en arrancar la moto y llamar al inspector de los mossos desde la redacción de la revista, pero comprendió que ahora cada minuto contaba.

Seguía sin poder ir a casa. Tenía la adrenalina tan a tope que le costó encontrar el móvil en el fondo del bolso y aún más serenarse para buscar el número de Juan y llamarlo. Le dolía el pecho, le zumbaban las sienes, temblaba. Cerró los ojos suplicando que su amigo se pusiera al aparato. Necesitaba oír su voz. Y la así lo hizo, pero en el contestador. No tuvo otra opción que dejarle un mensaje.

—Juan, escucha: el asesino de Sonia se llama Gonzalo. No sé el apellido, pero no importa. Quizá ya estés sobre la pista, quizá no. Es el chofer y secretario personal de Augusto Ribó. No hace falta que te diga más. Ve a por él y, cuando estés disponible, me llamas y hablamos. Yo no puedo ir a casa porque creo que van a por mí. —Acompasó un poco la respiración antes de concluir—: Y... perdona, en serio. Lo siento. Te contaré el resto después. Perdona, perdona, perdona...

Una vez le había visto llorar. Cuando le confesó que todos los caminos para dar con el asesino de Rafa estaban cerrados, que no tenían nada, que era como darse contra un muro de piedra.

También le había pedido perdón. Después de aquello, la amistad había perdurado. Juan nunca iba a dejar de buscar. Y ella sabía que un día, tarde o temprano...

Ya había cortado la comunicación, pero seguía con el móvil en la mano musitando:

—Perdona...

42

Victoria Soldevilla leía despacio para no saltarse ni una coma, para embeberse del contenido del texto. Mientras lo hacía, Magda la observaba de reojo, mitad nerviosa, mitad serena. Al borrador que había escrito la noche anterior en el AVE solo le faltaba el nombre del asesino de las cuatro víctimas. El resto estaba allí, todo.

Todo, a falta de lo más elemental: poder demostrarlo.

La directora de *Zona Interior* llegó a la última página impresa.

Era una gran mujer. Magda la quería pero, por encima de cualquier otra consideración, la respetaba. Discutían, se peleaban, siempre por trabajo, siempre por divergencias acerca de lo que se podía o no se podía poner en una página impresa que luego leerían miles de personas de todos los signos. Su vida era la revista. La de las dos.

Magda estaba de pie. Primero se había movido inquieta, como un perro enjaulado, hasta que Victoria le dijo:

—¿Quieres parar?

Se había ido a la ventana para mirar al exterior y ya no se había movido de allí.

Tres, dos, uno...

Victoria acabó la lectura. Mantuvo las cuartillas entre las

manos, como si se aferrara a ellas para no caerse antes que para sujetarlas.

Miró a Magda. Sus ojos lo decían todo.

—Querida...

Magda se apartó de la ventana. Sin dejar de estar pendiente de sus ojos se sentó delante de ella.

—¿Qué tal? —la animó a seguir.

—Esto es gordo —reconoció la mujer.

—Ya.

—¿Seguro que no puedes conseguir nada más?

—No lo sé. De momento he agotado todos mis recursos.

—Tú siempre dices que cuando menos te lo esperas se abre una nueva puerta.

—Ahora mismo me siento bastante colapsada, aunque la pregunta debería ser: ¿cómo conseguir algo más?

—Quizá yendo a Burkina Faso...

—¿En serio? —No pudo creerlo—. Faltan poco más de cinco semanas para el 5 de agosto.

—Pero sobre el terreno... —Volvió a dejar la frase sin acabar.

—Victoria, Ribó y Dábalos ya saben de mí. ¿Cuánto crees que tardarán en detenerme nada más poner un pie en Uagadugú? Y si solo fuera detenerme... ¿Quieres que aparezca en una cuneta macheteada?

—Ya, perdona. —Agitó las cuartillas—. Es que es...

—Una bomba.

—Atómica, diría yo. Pero si lo publicamos sin pruebas, a las que nos estallará en las manos es a nosotras.

—¿Y si nos concentramos en el golpe de Estado?

La directora de la revista lo calibró.

—No se pueden separar las muertes de esas mujeres de lo que va a suceder en Burkina Faso.

—Puede que sí.

—¿Hablamos de la mina de coltán y de que se ha mantenido en secreto porque un sector del país va a provocar una involución en el Gobierno, además de nacionalizar la mina y quedarse los beneficios?

—Más o menos.

—Si no damos nombres, estaremos especulando. Y si hablamos de Idani y Fofana, se nos cae el pelo.

—Pero evitaríamos el golpe, ¿no? De lo que se trata es de que no mueran cientos o miles de personas, porque dudo que sea incruento y no le pase nada a nadie.

—El problema es que mencionar la mina sin citar a Ribó es complicado. —Se pasó una mano por los ojos—. No quiero ni pensar en una demanda por parte de esos dos tiburones.

Magda abrió las manos mostrando sus palmas desnudas.

—Victoria, al conocer esto, no podemos ser cómplices de lo que vaya a ocurrir. Porque, desde luego, si callamos sabiendo lo que sabemos seremos cómplices.

La mujer apoyó la cabeza en el respaldo de la butaca. Las hojas con el borrador de la historia acabaron sobre sus piernas. Magda se inclinó hacia delante. El aire acondicionado no estaba fuerte, pero sintió frío.

Lejos, en algún lugar de Barcelona, se oyó el ulular de una sirena.

—Escríbelo —dijo de pronto Victoria Soldevilla.

—¿Entero?

—Sí, entero.

—¿Vas a publicarlo? —No pudo creerlo.

—De momento déjalo a punto. Mejor tenerlo ya listo. Luego veremos.

—De acuerdo.

—¿Seguirás investigando?

—Lo intentaré cuando Juan haya detenido al tal Gonzalo.

—¿Y si ese tipo no actúa solo?

—Creo que es el hombre fuerte de Ribó, o al menos su brazo ejecutor. Dudo que haya alguien más. Él fue el que llevó a las chicas, el que devolvió a tres de ellas a Barcelona, el que sabía que dos se quedaron en la fiesta, dónde vivía Selene... Cuando se produjo el chantaje solo tuvieron que sumar dos y dos e ir a por Selene y su novio, luego a por Sonia... Si Juan atrapa a Gonzalo, Ribó no se arriesgará a más.

—¿Y si no le coge?

—Lo hará.

—¿Confías en él?

—Claro.

—Enfrentarse a Ribó no será fácil.

—Son cuatro muertes, Victoria, no fastidies. A ese energúmeno de Gonzalo se le fue la mano, por más que tratase de aparentar que cada caso era accidental.

—Más bien le desmontaste el plan al unir las piezas y dejar claro que se trataba de asesinatos, no de muertes aisladas y producidas por causas diversas —dijo Victoria—. Sin ti, esto habría sido mucho más difícil.

—No, la clave fue que Sonia comprendiera la gravedad del tema y me lo quisiera contar. Sin eso...

—Pobre chica.

—Selene era un trasto, se pasó de lista y su novio, aún más. A Sonia le quedaba un mucho de dignidad.

—Bueno, también quería que le pagaras —repuso Victoria.

Casi lo había olvidado.

De vuelta a unos segundos de silencio. Quedaba lo peor: la espera.

Magda cogió el móvil. Nada.

—Sea como sea, he de tomármelo con calma y aguardar a que Juan me diga que ya estoy a salvo —se resignó.

—¿Y mientras qué harás? Puedes quedarte aquí o venir a mi casa.

—No, tranquila.

—¡No puedes salir a la calle! ¡Te pegarán un tiro!

—No seas absurda. —Movió la mano como negando esa posibilidad—. ¿Matar a una periodista, en la calle y a plena luz del día? ¿Un sicario? Antes me hacen «desaparecer».

—¡Calla, por Dios! ¡Tienes una sangre fría!

—No es sangre fría.

—¿Te parece poco? Estás aquí hablando como si tal cosa del tema después de lo de anoche...

—La excitante vida del periodista —trató de bromear.

A su amiga no le hizo gracia.

—Magda, a veces es como... si no te importara morir. —Exhaló aire preocupada.

—No digas eso. —Bajó la cabeza.

—A él le mataron, sí. Pero tú estás viva. No puedes seguir sintiéndote culpable.

—Y no me siento culpable. —Intentó parecer serena.

—La semana que viene se cumplirán trece años. ¿Crees que no lo sé?

Magda no quiso responder nada. Pensó en Beatriz Puigdomènech. No supo si sería suficiente. Odiaba los aniversarios.

—Voy a pasar a limpio ese borrador. —Señaló el artículo al tiempo que se levantaba.

—¿Te quedas en la redacción?

—No.

—¿A dónde vas? —le preguntó Victoria.

—A casa de mi amigo Néstor. Allí estaré a salvo.

—¿Estás segura?

—Sí.

—¿Me llamarás cuando Juan te diga algo?

—Serás la primera. Mientras, piensa en cómo dar salida a todo esto. —Señaló el puñado de cuartillas con el primer borrador de su artículo.

43

Pruebas.

Siempre era lo más difícil de encontrar. Pocos iban por ahí dejando rastros. Bueno, Gonzalo sí lo había hecho.

Lo que Selene se había llevado del ordenador de Ribó tenían que ser los informes geológicos del terreno, la calidad o pureza del coltán encontrado, las dimensiones de la veta, la mina o lo que fuera que se usase para calcular su cantidad. Luego lo que se necesitaba para la explotación: carreteras o vías de exportación. Burkina Faso no tenía salida al mar. Quizá las infraestructuras también llegasen hasta Costa de Marfil, que sí tenía acceso marítimo. Por último, estaba segura de que en esos documentos también se hablaría de los planes de la ejecución del golpe de Estado: cómo y en qué momento acabar con el Gobierno, de qué forma ocupar el aeropuerto, la televisión, las emisoras de radio y las sedes de los periódicos. No había un manual del perfecto golpe de Estado, pero los pasos para hacerse con el control de un país, maniatar a la posible oposición y dejar a la gente sin alternativas eran colapsando la vida y congelando las libertades a través de la fuerza de las armas. No sería de extrañar que los documentos del plan incluyeran los nombres de los que participarían en él, además del ministro de Asuntos Exteriores o el general Fofana. Por fuerza tenía que haber ya más ramificaciones.

Quizá Victoria tuviera razón y la clave era viajar a Uagadugú. Tal vez debía desplazarse en avión a un país vecino y luego cruzar la frontera en coche... Aunque no, las capitales más cercanas eran Bamako en Mali, Kumasi en Ghana y, sobre todo, Niamey en Níger, a más de quinientos kilómetros. Encima sola y por carreteras infestadas de peligros.

Caminó despacio hacia la moto. Se moría por un café. Cuanto antes llegara a casa de Néstor, mejor. Cuanto más tiempo pasara en la calle, peor. Sin embargo, estaba en pleno paseo de Gracia, en pleno día y en plena hora punta. ¿Qué podía pasar?

Llamó a Néstor.

—¿Estás en casa?

—No, en el despacho.

—Pues voy a tu piso.

—Bien.

—¿Avisas al conserje para que me deje entrar?

—Lo hará igualmente aunque no le diga nada. Le dije un día que tenías carta blanca para pasar. Pero ahora le llamo, tranquila. ¿Estás bien?

—Sí.

—¿Qué ha dicho tu jefa?

—No es mi «jefa».

—Va, ¿qué te ha dicho?

—¿Qué va a decir? Que es una bomba y que sin pruebas es difícil de publicar.

—O sea que...

—Lo publicará. Lo sé. Es demasiado gordo.

—De acuerdo. —Dio por terminada la conversación—. Vete a casa y yo volveré cuanto antes. Comeremos juntos y esta tarde te masajearé los pies.

—Ooh...

—Sabía que eso funcionaría.

No le dijo nada de Gonzalo, de que por lo menos los cuatro asesinatos estaban resueltos.

—Hasta luego, pervertido.

—Hasta luego, princesa.

Tenía otra llamada de su madre y media docena de *whatsapps*, pero ninguno tan urgente como para necesitar responderlo ya. Eso sí, cuanto más tardase en hablar con su progenitora, peor sería la bronca.

Llegó a la moto y sacó el casco del maletero. No podía dejar de pensar en todo aquello. Si Juan cogía a Gonzalo, ¿hablaría? Por lo general, los perros fieles no lo hacían. Confiaban en los amos y eran capaces de asumir todas las culpas, decir que todo había sido iniciativa suya, cualquier cosa. De todas formas, tratándose de cuatro asesinatos...

¿Habría pruebas para inculparle de todos? A Norberto lo había apuñalado, a Sonia le había inyectado algo, a Selene le había destrozado la cabeza a martillazos... ¿Daría Juan con algún rastro de todo ello?

Iba a subirse a la moto cuando notó el pinchazo en la espalda. El filo del cuchillo.

Por un momento, pensó que ya se lo había hundido en el cuerpo y que todavía no lo había notado, como si la muerte se tomara un tiempo para manifestarse. Luego comprendió que no, que solo era el contacto, aunque la punta le hubiera rasgado la ropa y la carne ligeramente.

La voz sonó junto a su oído.

—Hola, Magdalena.

Nadie la llamaba «Magdalena». Se sintió peor de lo que ya estaba.

Estuvo a punto de levantar las manos, pero se quedó quieta.

—¿Quieres que te mate aquí mismo o prefieres hablar? —le preguntó la voz.

No contestó.

El cuchillo la presionó un poco más.

—Si prefieres hablar, asiente con la cabeza.

Asintió con la cabeza.

—Bien —dijo la voz—. ¿Ves esa camioneta que está aparcada ahí?

Estaba a unos cinco metros, con las luces de posición encendidas, sobre la misma acera.

Asintió con la cabeza por segunda vez.

—Vamos. Y tranquila. Si echas a correr te pego un tiro.

Estaba en el centro de Barcelona, a plena luz del día, en hora punta... ¿Y el asesino de Ribó la estaba secuestrando? Le pareció una broma. Una broma pésima y de mal gusto. También algo muy triste.

Caminó despacio, sujetando el bolso con fuerza, deseando que sucediera algo, como por ejemplo que un guardia fuera a ponerle una multa a la camioneta o una turista la detuviera para preguntarle dónde estaba el parque Güell. Pero no sucedió nada de eso. Al acercarse a la camioneta vio, reflejado en el cristal lateral, al hombre que se la estaba llevando.

Sí, Gonzalo. Grandote, fornido y con casco de motorista, como ella, para ocultar su cara a las cámaras que les rodeaban.

—Por detrás —le indicó Gustavo.

Abrió ella misma la puerta. El interior estaba vacío. Vacío salvo por una manta cubriendo el suelo. Se le antojó un detalle, aunque mejor hubiera sido una colchoneta.

—Sube.

Así lo hizo. Y fue entonces cuando sintió el segundo pinchazo. No el del cuchillo. Uno más fino. El que produce la aguja de una jeringuilla al penetrar en el cuerpo.

Ya no pudo pensar en nada. Dejó de sentir los brazos y las piernas, después el cuerpo, finalmente la cabeza. Lo último que vio fue la manta acercándose a su rostro mientras caía inconsciente hacia delante.

44

Los ojos.

Los ojos cerrados.

Lo primero que tenía que hacer era abrirlos.

Después...

Después moverse, sí.

¿Por qué no podía moverse?

Bueno, despacio, los ojos.

¿Tan difícil era levantar los párpados?

—¡Tú puedes! —le gritó una voz, que identificó como la de su subconsciente.

Claro que podía, pero no era tan fácil.

¿Por qué no sentía los brazos ni las piernas?

¿Cuánto llevaba dormida?

¿Dormida?

No. Le había sucedido algo. Seguro. No estaba en una cama. Si fuera así, no estaría boca abajo, porque nunca dormía boca abajo. Y estaba boca abajo y... como flotando.

Volaba.

—Mierda... —rezongó.

Era su voz. ¿Acaso hablaba en sueños?

No, no, ¡no! Estaba despierta y lo único que tenía que hacer era abrir los malditos ojos.

¡Zas!

Los abrió.

Lo primero que vio fue el suelo a una distancia de un metro y medio más o menos. Incluso metro sesenta o setenta. Lo segundo, el entorno, peculiar, curioso. No podía mover mucho la cabeza, porque algo se la sujetaba con firmeza, pero la sensación de encontrarse en una especie de templo oriental le golpeó la razón. Parpadeó, volvió a abrir los ojos y comprendió que no, que no era un templo, solo un lugar dedicado devotamente a todo lo que fuera, sonara o pareciera oriental. Muebles, cuadros, jarrones, esteras... Al menos lo que lograba ver desde su posición.

¿Un japonés o un fan de Japón?

Intentó mirar un poco más allá, al frente, a los lados, y no lo consiguió.

¿Por qué no podía mover la cabeza?

¿Qué se la sujetaba?

¿Y qué le pasaba a su cuerpo?

A medida que adquiría consciencia de la realidad, empezó a devorarla el miedo, y del miedo pasó al pánico. Durante unos segundos todo se descontroló en su interior. Comenzaron a juntarse sensaciones a cual peor. La primera, que estaba suspendida por encima del suelo. La segunda, que estaba atada. La tercera, que estaba desnuda.

Intentó mover una mano.

La otra.

Nada.

El golpe final fue demoledor.

La realidad.

Shibari.

Y todo le vino por fin a la mente: la camioneta, el pinchazo, el maldito secretario de Augusto Ribó.

Gonzalo.

El ramalazo de frío la sacudió de arriba abajo. Pensó en Sonia. A ella la había matado primero y colgado después. En su caso era distinto: seguía viva.

Se quedó muy quieta.

No se oía nada.

¿O sí?

Un rumor, al otro lado. Un roce de alguien que se movía sin zapatos.

Siguiente estremecimiento, inesperado.

Alguien le tocaba los pies.

No, no era tocar, era...

¿Se los estaba lamiendo?

Sintió asco, repugnancia, pero ni siquiera podía permitirse el lujo de vomitar. No estaba en condiciones de hacerlo. ¿Estaba desnuda, con los brazos extendidos y las piernas abiertas, y lo único que se le ocurría hacer a aquel loco degenerado era comerle los pies?

¿O era solo el comienzo?

—¡Eh! —gritó de pronto.

Casi se asustó a sí misma.

Dejó de sentir la lengua y la humedad en los pies. El rumor de las pisadas se acercó a ella hasta quedar a la vista la enorme forma corpórea de su agresor. Gonzalo llevaba un kimono negro salpicado con dragones rojos. Para estar más en consonancia con el ambiente, se había tintado la cara de blanco, al estilo de las geishas.

—Hola —la saludó casi con dulzura.

Magda hizo lo posible por verle mejor la cara.

Era difícil.

—Espera —dijo él.

Y tiró de una polea. El cuerpo suspendido subió un poco

más. Tanto que pudo verse a sí misma en un espejo frontal. Atada, minuciosamente atada, con una tupida red de nudos y un entramado de cuerdas que la hacía parecer tanto un paquete de regalo como una escultura animada.

Quizá fuera plásticamente perfecta, pero también era macabramente surrealista.

—Bájeme de aquí. —Trató de parecer calmada.

—Oh, esto no funciona así —dijo él en un falso tono apesadumbrado.

—¡Bájeme!

Le dio un cachete. No muy fuerte. Pero sonó de manera seca y violenta.

—No grites —le pidió—. Esto está insonorizado. Y, además, vivo en una urbanización.

—¿No vives con tu amo, en la caseta de los perros? —le tuteó como hacia él.

El segundo cachete fue un poco más violento.

Magda se enfrentó a sus ojos: los ojos tanto de un loco sádico como de un asesino.

—Creo que te gusta el dolor. —Sonrió.

Prefirió no responderle. No quería más cachetes. Aunque si solo se tratara de eso...

Gonzalo volvió a subir la mano, pero esta vez no fue para golpearla, sino para acariciarle la mejilla.

—Quedarás muy bien en foto —dijo—. Estás muy bien, ¿sabes? Tienes un cuerpo estupendo, aunque esta cicatriz del vientre... —Le pasó los dedos por ella—. ¿Cómo te la hiciste? ¿Jugaste con fuego? ¿Sientes algo aquí?

Era piel muerta. No sentía nada. Pero no se lo dijo.

Gonzalo siguió tocándola y esta vez sí sintió su mano.

—Si me matas, será peor —dijo para intentar detenerlo.

—¿Peor para quién?

—Para todos.

—No lo creo. —Plegó los labios hacia dentro indiferente—. Además, en tu caso, nadie va a encontrar tu cuerpo. Legalmente habrás desaparecido.

—La policía ya lo sabe todo.

—¿Todo?

—Que mataste a Sonia con una inyección y montaste el número del shibari. Que mataste a Selene fingiendo que se trataba un caso típico de violencia de género que había desembocado en asesinato para luego hacer ver que Iván se había suicidado, aunque los que han matado a su pareja no se cortan las venas, sino que más bien se tiran por la ventana. Y que lo de Norberto no fue un ajuste de cuentas entre bandas, sino el remate final para acabar con todos los que sabían algo del chantaje.

—¿La policía sabe eso? —se burló.

—¿Crees que son idiotas? Tú y tu jefe estáis perdidos.

—No seas ingenua.

—Te fotografié conduciendo, le enseñé la imagen a Hiro Takamata y te reconoció. Después Sergio Canals me mintió, pero eso ya da lo mismo. Si no, ¿por qué crees que sé tu nombre? ¿Eh, Gonzalo? Yo misma telefoneé a los Mossos d'Esquadra.

Logró sorprenderle un poco.

Aunque solo un poco.

—¿Quieres que me crea eso? Eres una periodista. Lo único que te interesa es tu reportaje. ¿Desde cuándo los periodistas hablan con la policía?

—Desde que un inspector es su mejor amigo. A estas alturas ya deben de estar buscándote y sabrán dónde vives.

—Entonces tendré que darme prisa.

Subió otra polea y la cuerda que tenía Magda alrededor del

cuello se le tensó un poco, impidiéndole respirar a pleno pulmón. Aparecieron las primeras lucecitas brillantes en los ojos.

Después salió del foco visual de ella durante unos segundos. Regresó empujando una mesita con ruedas. Una mesita con un buen montón de artilugios de tortura sado. También había en ella un móvil y un USB. Un USB que era parte de un llavero.

Magda levantó las cejas. Tuvo que olvidarse del USB porque eso ya era lo de menos.

—¿Qué... haces? —gimió entrecortadamente.

—Me supo mal matar a Sonia y machacar a golpes a Selene destrozándole ese exótico rostro. —Puso cara de pena—. Eran tan guapas... Pero sentiré menos hacértelo a ti. Ellas, a fin de cuentas, se movían por dinero. Tú, en cambio, estás loca, eres peligrosa, como todas las metomentodo.

—No... podéis...

—Oh, sí podemos —aseguró buscando algo entre los utensilios—. Ellos sí. Lo pueden todo. —Magda supo que se refería a Ribó y a Dábalos—. Nosotros solo somos instrumentos. Y está bien así. No me quejo. Es el mundo que nos ha tocado vivir. Ellos ponen la música y nosotros bailamos a su son.

—Eso es... muy pobre...

Gonzalo cogió unas pinzas con las puntas planas.

—¿Tienes los pezones sensibles? —le preguntó.

Magda empezó a sentirse mareada.

—Ribó... es un asesino peor... que tú... —siguió hablando.

—No, te equivocas. —Gonzalo tenía la cara casi pegada a la de ella. Su aliento la golpeaba de lleno, y era asqueroso—. El señor Ribó es un visionario. Cuando nadie creía en esa mina perdida en mitad de ninguna parte, él apostó por ella.

Ni siquiera esos condenados negros tenía la menor idea de ella. Y cuando encontró el coltán... ¿Entonces qué? ¿Tenía que compartirlo, darles a los burkineses el control, dejar que ellos negociaran la extracción con empresas francesas o chinas? ¿Para qué, pudiendo quedárselo todo? Lo único que necesitaba era un nuevo Gobierno y un socio español capaz de crear las nuevas y necesarias infraestructuras. De esta forma, el negocio era redondo y todos contentos.

—En un... golpe de Estado... mueren inocentes.

—Y también en unas inundaciones, en una pandemia, en una hambruna, en una sequía... —Se encogió de hombros—. Los pobres mueren igual y de todas las formas posibles. ¿Eres tan ingenua como para no ver el bosque porque un simple árbol te lo tapa? El señor Ribó diseñó el plan perfecto, querida.

—No desde el momento en que... dos putas... husmearon de noche... en su casa —jadeó—. Ni siquiera pensaron que... que una de ellas... hablaba francés...

Gonzalo se olvidó de las pinzas y le dio un tercer cachete. Las lucecitas de los ojos de Magda empezaron a convertirse en una miscelánea de colores.

—Ribó... está perdido —insistió ella—. Y el plan... se os ha ido... a la mierda.

—¿Por qué habría de estar perdido y por qué el plan se les ha ido a la mierda? —Se cruzó de brazos el hombre.

—¿Crees que solo hicieron.. copias en ese... USB? —Movió los ojos en dirección a lo que antes había sido el llavero de Selene.

—No te pases de lista. —Hizo una mueca que quería ser una sonrisa sardónica—. Selene copió los archivos en ese USB, sí. Y luego hicieron otra copia más, que era la que pretendían darnos. La misma que le quité yo al compañero del modelo cubano y le di al señor Ribó. —Subió y bajó los hombros—. Ya no hay más, querida. Me aseguré de eso.

La mente de Magda trabajaba rápido.

Pero se estaba quedando sin argumentos.

Y apenas si podía ya respirar.

—¿Y... por qué... has conser.. vado ese... USB? —musitó—. ¿Es que ne... necesitas un seguro... de vida por... por si Ribó te deja con... el culo al aire?

—Eres idiota —se burló él—. Ese USB era de Selene, encanto. Además de los archivos del señor Ribó, ¿sabes la de imágenes que hay de ella?

De no haber sido por la situación, Magda se habría echado a reír. Tenía allí delante la prueba de todo. Una prueba de la que Gonzalo no se había deshecho... porque el USB contenía imágenes porno de la escultural prostituta negra.

—Eres... un cerdo...

—No quiero que pierdas el conocimiento antes de que empiece. —La acarició por segunda vez.

—Estás a tiempo... de parar. Desátame y deja... que me vaya.

—Cállate de una vez.

Tiró de la polea que tensaba la cuerda de la garganta.

Las luces se hicieron multicolores. Volaba en el centro de un mágico arco iris. Un arco iris de dolor.

Gonzalo le pasó una mano por el pecho, el vientre... El sexo. Se lamió los dedos.

—Creo que te follaré una vez muerta —dijo.

Lo último que pensó Magda fue que era una estupidez morir así. Una estupidez y una cerdada. Tanto tiempo deseando morir, o despreciando la muerte, y justo ahora descubría que lo que más quería era vivir. Encima su cuerpo acabaría en el fondo del mar o en algún lugar inencontrable.

Una muerte indigna, cuando podía haberse producido en Herat, en Afganistán, y convertirse en una heroína.

¿Qué tenía de malo ser una heroína? «Periodista muerta en acto de servicio.»

El aliento final.

Las luces.

«Rafa, ya voy», se dijo a sí misma al adentrarse en la oscuridad.

45

Un segundo, un minuto, una hora, un día.

El tiempo no existía.

¿Acababa de cerrar los ojos o había transcurrido una eternidad?

En la oscuridad, de pronto, lo que sí había eran voces.

—Magda...

«¿Rafa?», pensó.

—Magda, abre los ojos.

No, no era Rafa.

Aunque también conocía esa voz.

Se agitó. Y aun siguiendo inconsciente, descubrió que podía mover las manos y las piernas. Ya no estaba atada. Tampoco muerta, porque le dolía todo el cuerpo. A los muertos no les duele el cuerpo, ¿verdad? Eso la hizo sentirse alegre.

—Magda, estás a salvo. Vuelve, vamos.

Hermosas palabras: «a salvo» y «vuelve».

Abrió los ojos. Al primero que vio fue a Juan. Luego, por detrás de él, a varios mossos yendo de un lado para otro de la sala-santuario al estilo oriental, haciendo fotos, sin tocar todavía nada, porque el posterior registro a conciencia se produciría cuando ellos salieran de allí.

—¿Juan?

—Sí —le confirmó.

Recordó que estaba desnuda. Seguía desnuda. Pero envuelta en una sábana, de pies a cabeza.

Suspiró aliviada.

—¿Cómo te encuentras?

Se llevó una mano a la garganta.

—Bien —concedió sin estar todavía segura del todo.

—Tranquila. Hemos llegado a tiempo. Creo que acababas de perder el conocimiento. —Puso cara de niño malo y agregó—: Les has alegrado la vista a algunos de mis hombres, pero... son gajes del oficio. Te han bajado sin mirar demasiado.

—Ya.

—Caray, mujer, ¿qué querías que hiciéramos?

—Llamar a las chicas, ¿o no tenéis tías en el cuerpo?

—¿Y mientras qué, te morías?

Recordó algo de pronto. Lo más importante.

—¿Gonzalo...?

Ni siquiera sabía el maldito apellido.

—Ya nos lo hemos llevado.

—¿No se ha liado a tiros?

—Para nada. Hemos entrado aquí y se ha venido abajo. Ni siquiera hemos visto un arma. Salvo todo este material de tortura, claro. —Hundió en ella una mirada cómplice—. Si no hubieras llamado por teléfono dándome el nombre de ese tipo...

—¿Así que me he salvado a mí misma?

—En parte. ¿Ves como es esencial hacer las cosas bien y confiar en nosotros?

—¿Cómo has dado con él tan rápido?

—Chofer y secretario de Augusto Ribó, fichado... No ha

sido difícil. Pero te diré algo, señora periodista: te ha ido de un pelo.

—Lo sé.

—Hemos llegado como el Séptimo de Caballería en las viejas películas del Oeste, aunque sin trompeta anunciadora.

—Gracias.

—Tienes mucho que contarme.

—Lo imagino.

—Y vas a hacerlo ahora mismo, en cuanto te vistas y salgamos de aquí. Sin excusas ni «luego» o «mañana». Directa a comisaría.

—¿No me lleváis al hospital a ver si estoy bien?

—Estás bien —quiso dejarle claro él.

—Vale.

—Magda.

—¿Qué?

Se lo dijo sin ambages:

—Estás loca.

—Soy periodista.

—Loca.

—¿Vas a darme la vara?

—De momento voy a detenerte.

—Anda ya.

Hablaba en serio. Se lo notó en la cara.

—Obstrucción a la justicia de entrada. Luego puedo pasar a ocultación de pruebas, injerencia con...

—¿Te estás vengando? —lo detuvo boquiabierta.

—Es la única forma de tenerte cuarenta y ocho horas controlada sin que te metas en más líos.

Magda se lo pensó. Ribó o Dábalos todavía podían actuar a la desesperada.

—¿Podré escribir? —quiso saber.

—No.

—Juan...

—De acuerdo.

—Bien, ¿nos vamos?

Juan se levantó. Ella lo hizo a continuación, todavía envuelta en la sábana. Algunos mossos disimularon poniéndose de espaldas. Se lo habrían pasado en grande y tenían tema de conversación para días. Tampoco podía culparlos.

Magda vio algo más. La mesa de los instrumentos de tortura y sado de Gonzalo. El USB seguía allí, ahora medio tapado por una máscara de látex negro.

—¿Dónde está mi ropa? —le preguntó a Juan.

—Voy a por ella. —Se dio la vuelta.

Fue sencillo. Le bastó con alargar la mano. Nadie reparó en su gesto. Apretó contra ella el USB con la documentación, los archivos y las pruebas de todo lo que había escrito en borrador en el AVE y que ahora perfilaría con muchos más detalles, como dónde estaban las minas, su tamaño, importancia, informes geológicos, los planes de desarrollo impulsados por BDT tras el cambio de Gobierno, la estructura del golpe de Estado, los objetivos...

Echó a andar tras Juan Molins.

—¿Qué tal, chicos? ¿Os lo habéis pasado bien? —se le ocurrió decirles a los mossos con desparpajo.

UNA SEMANA DESPUÉS

46

De nuevo, el tiempo congelado.

Y la escena repetida.

Misma silla, misma ventana cortinada, misma luz, mismo marco decorativo, mismo aire, mismo ambiente, mismos muebles, misma psiquiatra, misma sonrisa suave, mismas formas, mismo tacto.

Todo igual.

Pero desde la última visita, apenas diez días antes... Un mundo.

Beatriz Puigdomènech, además, tenía la revista justo sobre la mesa, entre ellas, sin disimular.

Magda se dejó caer en la silla. La notó caliente, como si el último que acababa de estar en ella se hubiese levantado un segundo antes. El calor de julio ya les machacaba de manera inmisericorde, con su primera ola estival, y presagiaba un verano de infierno.

—¿Cómo está? —le preguntó la doctora, decidida, como siempre, a emplear bien el tiempo del que disponían.

Magda asintió.

—Bien —verbalizó la respuesta.

—Parece que ha estado muy activa desde la semana pasada —tanteó la mujer.

—Un poco.

Beatriz Puigdomènech esbozó una de sus sonrisas. Pura delicadeza.

—No creo que sea de las que se escude en la falsa modestia.

—No —concedió Magda.

—Usted ama su trabajo y está orgullosa de lo que hace.

—Sí.

—Entonces debo felicitarla.

—Gracias —aceptó el cumplido.

—Lo que ha escrito es...

—¿Increíble?

—Más bien diría que demencial. Además, la forma en que lo cuenta usted, tan simple, encierra todo un mundo, un verdadero horror del que, afortunadamente, ha librado a mucha gente. A mí me parece sensacional. Deberían darle un premio por esto.

—Tampoco crea que una noticia así, con tantas implicaciones, hace feliz a todo el mundo.

—Lo imagino.

—El Gobierno se ha visto obligado emitir un comunicado diciendo que los negocios de las empresas son privados, y los ministros de Asuntos Exteriores y de Industria también se han visto obligados a hacer declaraciones al respecto.

—Lo he leído, sí. Pero ha puesto en la picota a dos peces muy gordos de la economía española.

—Tanto Ribó como Dábalos han declarado y ya están libres, aunque el primero con cargos. De aquí a que se celebre el juicio pasaran meses, incluso años. Y, mientras, ellos seguirán a lo suyo. El único responsable ya imputado es ese hombre, Gonzalo Puerta Larrea, y se ha declarado culpable en solitario. Ha dicho que todo lo hizo por iniciativa propia, protegiendo a su jefe. De todas formas, lo más seguro es que, por si cambia de idea cuando se dé cuenta de lo estúpido que es, alguien acabe matándole en la cárcel.

—Pero las pruebas sobre la implicación de Ribó y Dábalos en ese golpe de Estado eran abrumadoras. Todos los documentos y papeles que usted ha reproducido aquí. —Señaló el ejemplar de *Zona Interior*.

—Hubieran sido abrumadoras de haberse producido el golpe. Pero no ha sido así. Hemos evitado miles de muertos y un cambio de Gobierno, pero sin delito...

—Usted no cree que el avión en el que viajaban el general Fofana y el ministro Adani se haya estrellado accidentalmente, ¿verdad?

—No, no lo creo.

—¿Aunque el incidente se produjera un día antes de publicarse el reportaje?

—Con la detención de Gonzalo Puerta, lo rápido que apareció el nombre de Augusto Ribó y las declaraciones de Benito Dábalos desmarcándose de todo incluso sin que se mencionara inicialmente su nombre... La bola ya era imparable. No sé qué pasó en Burkina Faso, hay cierto hermetismo. Pero Adani y Fofana quedaron al descubierto. También han hecho volver de manera fulminante a Oumarou Jawadogo, el cónsul suplente en Madrid.

Beatriz Puigdomènech tenía el bloc cerrado, pero jugaba con el bolígrafo.

Magda se quedó como hipnotizada viendo sus movimientos.

—¿Puedo preguntarle algo? —continuó la psiquiatra.

—Por supuesto.

—Pese al riesgo que corría, ¿lo hizo por convicción, por esas mujeres asesinadas...?

—No hay mucha diferencia —convino—. Era el mismo caso. Primero vino el detonante: el asesinato de Sonia. Luego el motivo: el descubrimiento de la trama. Al final los hechos se encadenaron.

Cabalgó una pierna sobre la otra, más relajada.

—Selene murió por ambiciosa. Sonia por tener dignidad. Pero las dos fueron víctimas de una trama que iba más allá de su realidad cotidiana. Sin esa fiesta con la que esos cinco hombres celebraban sus acuerdos, nada de esto habría sucedido. Ellos mismos cavaron su fosa.

—¿Qué siente?

—¿En qué manera?

—¿Orgullo, satisfacción por el deber cumplido, paz, saber que ha hecho justicia, comprender que ha salvado posiblemente a cientos o miles de personas que habrían muerto con ese golpe de Estado...?

—No sabría decirle —se sinceró—. He hecho mi trabajo, nada más.

—Vamos, Magda... —lo puso en duda la psiquiatra.

—Mire, en unos días todo estará olvidado. Lo que no ha sucedido no cuenta. Y ese golpe nunca llegó a producirse. La semana próxima *Zona Interior* volverá a salir con otros reportajes.

—No es justa, ni con usted misma ni con la relevancia de todo esto.

—¿Le confieso algo?

No esperó la respuesta.

—No confío mucho en el futuro. El golpe de Estado evitado ahora no impedirá los de mañana. Solo serán diferentes. La mina de coltán ya es del Gobierno. China y Francia se arrojarán sobre ella y sobre el país como lobos hambrientos. Si el equilibrio mundial peligra, intervendrá Estados Unidos y, si lo hacen ellos, aparecerá Rusia. Es la eterna cadena. Los países que no tienen nada suelen estar tranquilos. Pero, pobres de ellos, si en su territorio aparece petróleo o... una mina de coltán. La paz es mejor que la riqueza.

—Si tan mal ve las cosas, ¿por qué sigue luchando? Y no me diga que es por su trabajo.

—Lo hago porque estoy viva —dijo Magda.

—No es religiosa, pero siempre habla de esperanza.

—Es que sin esperanza en uno mismo ya no queda nada. Mientras viva, daré guerra. Estoy aquí por algo.

Beatriz Puigdomènech no se detuvo. Ya hablaban distendidamente.

—Hoy es el día, ¿verdad?

—Sí.

—¿Sabe que él estaría orgulloso de usted?

No pudo evitarlo.

Las dos lágrimas acudieron a sus ojos y saltaron al vacío. Resbalaron por sus mejillas dejando dos cauces húmedos en la piel.

—Rafa estaba orgulloso de mí aunque no hiciera nada —musitó con ternura.

—Una de las primeras veces que vino me dijo que seguía viva por él. ¿Aún lo cree?

—No —dijo terminante—. Sigo viva por mí misma, eso lo tengo claro. Otra cosa es la memoria.

Ahora sí, la psiquiatra abrió el bloc. Como si la sesión acabase de empezar.

—¿Quiere un vaso de agua?

—No, gracias.

—¿Qué hará al salir de aquí? —la sorprendió con la pregunta.

—Iré al cine.

—¿Sola?

—Sí.

—¿Alguna película en concreto?

—No, la que sea. Para eso hay multisalas.

—¿Y esta noche?

Respondió con toda naturalidad:

—Abriré una botella de cava y brindaré con él. Miraré sus fotos, lloraré y me acostaré. No puedo fingir que es un día más. ¿Sabe algo? —Miró el reloj—. Lo mataron más o menos a esta hora.

—¿Por qué no cena con su amigo inspector y su mujer, o con...?

—¿Néstor?

—Sí.

—No. Es mi vida. Es cosa mía. Pero, tranquila, en serio: estaré bien. Los ataques de ansiedad o pánico son en los días previos. Hoy estoy tranquila.

—Magda, ¿qué pensó cuando creyó que iba a morir?

Otra pregunta difícil.

Pensar no era la palabra correcta.

Quizá sentir.

—Pues... estaba desnuda y atada. ¿Ha leído la parte del shibari?

—En su artículo, sí.

—Entonces creo que empezaré por hablarle de lo que sentí las dos veces que viví la experiencia, sobre todo la primera. —Se relajó en la silla.

—¿Quién la ató esa primera vez, y por qué? —se mostró desconcertada Beatriz Puigdomènech.

—Lo hizo un anciano japonés, sin ánimo sexual. Un artista. Y fue porque yo quise... —Se detuvo un momento y miró hacia la ventana, como solía hacer casi siempre allí—.

Bueno, en realidad no sé lo que quise, pero por eso le pago, ¿no? Quizá usted pueda decírmelo, o me lo saque, o qué sé yo que conseguiremos remover de aquí a que acabe mi hora, ¿verdad?

Agradecimientos

Mi gratitud a Ester Pujol, por confiar en Magda Ventura; a Isabel Martí, por su apoyo; a Jaume Comas, por sus lecciones de ginecología; y a Francesc Gómez, por darme la moto de Magda.

El personal del consulado de Burkina Faso en Madrid, así como el del viceconsulado de España en Uagadugú, es ficticio y no guarda el menor parecido o relación con la realidad. Mis respetos a las personas que sí trabajan en ellos y mi agradecimiento por su ayuda. Gracias también a la Oficina de Información Diplomática del Ministerio de Asuntos Exteriores de España por sus datos y aportación logística. Por último, gracias a los centros de introducción y enseñanza del shibari de Barcelona.

Esta historia es una pura ficción. Cualquier parecido de empresas o empresarios españoles con las empresas o empresarios del relato sería meramente accidental y fortuito.

El guion de esta novela fue desarrollado en A Coruña, Ginebra, Córdoba, Roma y Barcelona entre noviembre y diciembre de 2019. El texto fue escrito en Barcelona en enero de 2020.